W0059872

HUNDEKRIMIS

Zwölf bissige Geschichten
von
John Lutz,
Margery Allingham,
Rex Stout
und anderen Autoren

Herausgegeben von Cynthia Manson

Deutsche Erstausgabe

WILHELM HEYNE VERLAG
MÜNCHEN

HEYNE ALLGEMEINE REIHE
Nr. 01/9585

Titel der Originalausgabe
CANINE CRIMES

Redaktion: Monika Köpfer

Copyright © 1993
by Bantam Doubleday Dell Direct, Inc.
Copyright © 1995 der deutschen Ausgabe
by Wilhelm Heyne Verlag GmbH & Co. KG, München
Printed in Germany 1995
Umschlagillustration: Daniel Kirtz
Umschlaggestaltung: Atelier Ingrid Schütz, München
Satz: Schaber Satz- und Datentechnik, Wels
Druck und Bindung: Presse-Druck, Augsburg

ISBN 3-453-08902-2

INHALT

Der Hund wurde von Autoren und Autorinnen in Romanen, Kurzgeschichten und Filmen schon immer als dramatisches und komisches Stilmittel verwendet. In dieser einmaligen Sammlung von Kriminalgeschichten, die *Alfred Hitchcock's Mystery Magazine* und *Ellery Queen's Mystery Magazine* entnommen wurden, spielt der Hund eine entscheidende Rolle, und zwar sowohl für den Handlungsverlauf als auch für die thematischen Zwischentöne. In den hier präsentierten Krimis lassen deren Verfasser und Verfasserinnen den Hund in einer ganzen Reihe unterschiedlicher Funktionen auftreten; als Detektiv, Verdächtiger, Held und Schlüsselfigur.

So ist beispielsweise in vielen Geschichten das Verhalten unserer Hundepersönlichkeiten der wesentliche Hinweis zur Lösung eines Mordfalls. Das Vertrauen des Detektivs auf die natürlichen Begabungen eines Hundes – wie seinen Geruchssinn oder seine Neigung, seinen Herrn zu beschützen und ihm treu ergeben zu sein – führt zur Aufklärung des Verbrechens. Klassische Beispiele dafür finden wir in den Kurzgeschichten von Rex Stout, Thomas Walsh, Donald Olson und M. M. La-Cour. Ein hervorragendes Beispiel bietet auch Jean Potts meisterhafte Kurzgeschichte ›Das verdorrte Herz‹, in der die Funktion des Hundes nicht nur darin besteht, den entscheidenden Hinweis zur Ergreifung eines Mörders zu geben, sondern in der der Hund auch das moralische Gewissen des Mörders symbolisiert.

Ein heiterer Aspekt findet sich in Ed Hochs Geschichte mit dem Detektiv Nick Velvet, der den Auftrag bekommt, einen vermißten Hund zu finden: Der Schlüssel zur Lösung dieses Falles liegt im Gebell des Hundes. Wenn Sie das verwirrt, lesen Sie die Geschichte doch! Wir hoffen, daß Sie diese Sammlung unterhaltsamer und oftmals bissiger Hundekrimis genießen werden, in denen der beste Freund des Menschen die Hauptrolle spielt.

EDWARD D. HOCH

Wie man einen bellenden
Hund stiehlt

Nick Velvet war nach England gekommen, um einen Hund zu stehlen.

»Es ist nicht der Hund von Baskerville«, hatte ihm die Frau in Blau gesagt. »Wenn das Haus nicht so streng bewacht wäre, würde ich ihn mir selbst holen. Es ist nur ein großer Bobtail. Er heißt Rodney und ist ganz zahm.«

»Ist dieser Manuel Curzon ihr ehemaliger Mann?« fragte Nick und machte sich Notizen, während er mit Evita Curzon sprach. Sie war eine dunkle, südamerikanische Schönheit mit einem lasziven, verführerischen Lächeln.

»So ist es. Rodney ist eigentlich mein Hund, aber Manuel will ihn nicht herausgeben. Er ist in dieser Sache sehr uneinsichtig.«

»Mein Honorar wäre fünfundzwanzigtausend Dollar zuzüglich Reisekosten. Ist Ihnen Rodney so viel wert?«

»Das und mehr.«

Ursprünglich hatte Nick geplant, Rodney durch einen gleichaussehenden Hund zu ersetzen, wenn er sich mit dem Original aus dem Staub machte. Mit Hilfe der Fotos des Hundes, die er von Evita bekommen hatte, wollte er sich einen geeigneten Ersatz beschaffen, der ihn nach England begleiten sollte. Doch dann erfuhr er von den strengen Quarantänebestimmungen, die dort für Haustiere galten. Wenn sich der Zeitaufwand für seinen Auftrag also in halbwegs vertretbaren Grenzen halten sollte, mußte er sich in England einen Hund beschaffen.

Deshalb flog Nick allein nach London, nachdem er sich von Gloria am Flughafen mit dem Versprechen verabschiedet hatte, ihr ein Geschenk mitzubringen. Nachdem er sich im Mayfair Hotel ein Zimmer genommen und einen Wagen gemietet hatte, galt sein erster Besuch einem Tierheim am Stadtrand. Er erkundigte sich nach Bobtails, aber sie hatten nur welche, die entweder zu klein waren oder die falsche Färbung hatten.

»Er muß grau und weiß sein, wie der auf diesem Foto«, sagte Nick dem zuständigen jungen Mann.

»Komisch, erst vor ein paar Tagen war jemand hier, der genau so einen Hund wollte. Er hatte sogar ein Foto dabei, das vom selben Hund sein könnte: Die Farbe war ihm allerdings egal. Ihm kam's nur auf die Größe an. Ich soll ihn anrufen, wenn wir einen reinkriegen.«

Das fand Nick hochinteressant, und möglicherweise war es mehr als nur ein Zufall. »Haben Sie vielleicht den Namen des Mannes zur Hand?«

»Ich habe seine Visitenkarte in die Schublade hier gelegt. Sie müßte eigentlich ganz oben liegen. Ja – da ist sie –, Percy Apjohn. Wohnt in Wembley.«

»Danke«, sagte Nick lächelnd. »Ich werde mich mit ihm in Verbindung setzen. Wenn wir das gleiche Anliegen haben, sollten wir uns vielleicht gemeinsam auf die Suche machen.«

Als er Apjohn unter dem Vorwand, einen Hund zu haben, anzurufen versuchte, meldete sich niemand. Da Wembley auf dem Weg zu Manuel Curzons Haus in Oxhey lag, beschloß er, erst bei Apjohn vorbeizuschauen. Er wohnte in einem kleinen freistehenden Haus gegenüber einem Pub. Auf sein Läuten hin öffnete niemand, also ging Nick über die Straße und bestellte sich ein Glas Bier.

»Ich suche Percy Apjohn«, sagte er zum Barmann. »Haben Sie ihn gesehen?«

»Die letzten paar Tage nicht. Das ist ziemlich ungewöhnlich. Normalerweise kommt er jeden Abend auf ein Glas vorbei.«

Nick trank sein Bier aus und ging wieder über die Straße. Das kleine Haus wirkte viel zu ruhig, und er bemerkte etwas, das ihm zuvor entgangen war. Auf der Eingangstreppe lagen zwei Zeitungen, halb verdeckt von einem blühenden Strauch. Er ging hinters Haus und schaffte es, mit einer Kreditkarte den Riegel der Hintertür zurückzuschieben.

Sobald er die Küche betrat, stieg ihm der Geruch in die Nase. Er war nicht angenehm, und er wußte, was er bedeutete. Der Mann lag im Durchgang zum Wohnzimmer, in einer Pfütze aus getrocknetem Blut. Er war schon eine Weile tot. Todesursache schien die klaffende Wunde an seiner Kehle. Nick hoffte, sie rührte von irgendeiner Waffe her und nicht von einem großen, bösen Hund. Er sah sich rasch um und bemerkte auf dem Tisch die Visitenkarte einer Firma, die sich ›Essex Lagerhallen‹ nannte. Ohne besonderen Grund steckte er sie ein.

Auf demselben Weg, auf dem er gekommen war, ging er wieder nach draußen und machte sich über den Hinterhof davon, damit ihn im Pub niemand weggehen sah. Eine Leiche zu finden war nicht unbedingt der ideale Einstieg bei einem Auftrag, und er konnte nur hoffen, daß es sich dabei um einen Zufall handelte. Auf jeden Fall würde er bis auf weiteres um jeden Zwinger einen weiten Bogen machen. Die Straße nach Oxhey lag direkt vor ihm.

Manuel Curzon war in diesem Vorort von London kein Unbekannter. Er besaß ein größeres Grundstück an der London Road und schien wohlhabend, obwohl die Leute, mit denen Nick sprach, über die Quelle seiner Einkünfte keine näheren Angaben machen konnten. Nick hielt mit seinem Leihwagen am Straßenrand an und brachte zwei große runde Aufkleber mit der Aufschrift *Oxhey Tierüberwachung* an den beiden Vordertüren an. Aus einiger Entfernung, fand er, sahen sie durchaus glaubwürdig aus.

Dann parkte Nick in der Einfahrt von Curzons Haus und ging auf dem gepflasterten Weg auf die Haustür zu. Sein Nahen wurde prompt mit dem kehligen Bellen eines großen Hundes quittiert, bei dem es sich höchstwahrscheinlich um Rodney handelte. Allerdings ging auf sein Erscheinen hin nicht die Tür auf. Statt dessen tauchte plötzlich hinter ihm ein breitschultriger junger Mann in Chauffeursuniform auf. »Kann ich Ihnen irgendwie helfen, Sir?«

»Ich hätte gern Manuel Curzon gesprochen. Bei uns ist eine Beschwerde wegen lauten Hundegebells eingegangen.« Das schien Rodney noch mehr zu erbosen, und das Bellen wurde merklich lauter.

»Mr. Curzon empfängt keinen Besuch.«

»Ich muß wegen des Hundes eine offizielle Verwarnung aussprechen«, sagte Nick. »Wie heißen Sie?«

»Gilligan, Sir.«

Nicks britischer Akzent war nicht allzu gut, aber er versuchte, seinem Auftreten einen amtlichen Anstrich zu verleihen, als er ein beeindruckend aussehendes Formular ausfüllte und dem Mann aushändigte. »Also, Gilligan, das ist eine Verwarnung. Wenn es zu weiteren Beschwerden kommt, bin ich möglicherweise gezwungen, das Tier zu konfiszieren und …«

»Was gibt's?« Eine junge Frau in einem Männerhemd und Jeans kam um die Ecke des Hauses. »Was ist los, Gilligan?«

»Er ist von der Tierüberwachung, Miß. Jemand hat sich über Rodneys Gebell beschwert.«

»Lassen Sie das nur mich machen.«

Gilligan zögerte nur ganz kurz, bevor er sich zurückzog. Nick wandte sich der jungen Frau zu und erkannte sofort den Gesichtsschnitt und den Teint von Evita Curzon wieder, der Frau, die ihn engagiert hatte. Das konnte nur ihre Tochter sein – ein Sachverhalt, den sie fast im selben Moment bestätigte. »Ich bin Catherine, Mr. Curzons Tochter. Kann ich Ihnen behilflich sein?«

Nick wedelte mit dem Formular. »Eine Beschwerde wegen Hundegebells.«

»Das kann unmöglich Rodney gewesen sein. Er hat noch nie jemanden gestört.«

»Könnte ich bitte Ihren Vater sprechen?«

»Er ist – er ist sehr krank. Er hatte letzten Monat einen Schlaganfall.«

»Das tut mir leid, Miß.«

»Er kann immer noch nicht sprechen, obwohl der Arzt glaubt, sein Zustand wird sich wieder bessern.« Nach kurzem Zögern faßte sie einen Entschluß. »Aber wenn Sie möchten, können Sie sich den Hund ansehen. Sie werden mir bestimmt recht geben, daß Rodney lammfromm ist.«

Sie öffnete die Haustür und führte ihn nach drinnen. Der große Bobtail kam sofort auf sie zugesprungen. Seine rote Zunge war das einzige, was unter dem langen weißen und dunkelgrauen Fell zu sehen war: Sie kniete sich neben den Hund und umarmte ihn, dann sagte sie: »Schau, Rodney! Dieser nette Herr da ist aus der Stadt gekommen, um dich zu sehen, Mr. ...?«

»Velvet«, ergänzte Nick und begutachtete die teure Einrichtung.

»Mr. Velvet mag große Hunde, aber am liebsten mag er sie, wenn sie keinen Lärm machen.«

Das Bellen, mit dem Rodney antwortete, schien tatsächlich recht gedämpft. Zum Zeichen der Anerkennung tätschelte ihm Nick den Kopf. »Wenn du immer schön brav bist«, ermahnte er ihn, »dann brauche ich dein Frauchen nicht noch mal zu verwarnen.«

Als er sich aufrichtete, stach ihm ein gerahmtes Foto ins Auge. Es stand inmitten mehrerer Familienfotos auf dem Flügel und zeigte fünf Männer vor einem roten Sportwagen. Er hätte ihm keine weitere Beachtung geschenkt, wenn der zweite von links nicht eindeutig Percy Apjohn gewesen wäre, dessen Leiche er vor kurzem entdeckt hatte. »Wer sind denn diese gutaussehenden Burschen?« fragte er beiläufig.

»Freunde meines Vaters. Er ist der in der Mitte.« Sie betrachtete Nick leicht mißtrauisch.

Nick studierte das dunkle, pockennarbige Gesicht. Selbst das Lächeln, das Curzon für das Foto mit seinen Freunden aufsetzte, wirkte gehetzt und gezwungen. Nick konnte sich vorstellen, daß Evita Curzon das Leben mit solch einem Mann schwierig gefunden haben könnte. Er wandte sich wieder Catherine zu und sagte: »Einer dieser Männer kommt mir bekannt vor. Das ist doch Percy Apjohn, oder nicht?«

»Ja, das ist richtig. Er hat sich rührend um meinen Vater gekümmert, ist immer wieder vorbeigekommen, um nach ihm zu sehen.«

»Wohnen die anderen auch hier?«

»Zwei von ihnen. Der vierte, Matthew Kane, ist irgendwo im Ausland. Ich weiß nicht mal, ob er überhaupt von Daddys Schlaganfall gehört hat.«

»Wenn man sie so dastehen sieht, könnte man fast meinen, sie wären so eine Art Sportteam.«

Das brachte sie zum Kichern. »Wohl kaum! Wenn man davon absieht, daß er ab und zu auf die Jagd gegangen ist, war Daddy nie ein großer Sportsmann. Die fünf sind am Samstagabend immer zum Kartenspielen zusammengekommen. Aber vor ein paar Jahren hat sich der Kreis aufgelöst.«

»Na schön, Sie werden jedenfalls auf Rodney achtgeben, ja?«

»Sicher. Vielen Dank auch für Ihr Verständnis, Mr. Velvet.«

Als er zu seinem Auto zurückging, war er sich sehr deutlich bewußt, daß ihn Gilligan keinen Moment aus den Augen ließ. Trotzdem, wenn der Chauffeur der einzige Bewacher war, den es zu überlisten galt, konnte es nicht allzu schwierig werden. Morgen früh würde Rodney ihm gehören. Er nahm sich in einem Gasthaus ein Zimmer für die Nacht.

Evita Curzon hatte vorgehabt, am selben Abend in London einzutreffen, und Nick rief sie nach dem Abendessen in ihrem Hotel an, um ihr mitzuteilen, er werde ihr Rodney am nächsten Tag übergeben. »Ich habe mich heute mit dem Terrain vertraut gemacht und Ihre Tochter kennengelernt.«

»Catherine? Wie geht es ihr?«

»Offensichtlich besser als Ihrem Mann. Wissen Sie, daß er letzten Monat einen Schlaganfall hatte?«

»Ich habe es gehört, ja.«

»Aber nicht von Ihrer Tochter.«

»Ist es denn von Bedeutung, wer es mir erzählt hat? Beschaffen Sie mir den Hund, und Sie kriegen Ihr Geld.«

»Kennen Sie einen Freund Ihres Mannes namens Percy Apjohn?«

»Ich kenne ihn, zähle jedoch nicht gerade zu seinen Bewunderern.«

»Wieso das?«

»Hören Sie, Mr. Velvet, ich habe Sie engagiert, damit Sie einen Auftrag durchführen. Sind Sie nicht darauf spezialisiert, Gegenstände von geringem oder gar keinem Wert zu stehlen? Und ich zahle sie dafür, daß Sie mir meinen Hund zurückbringen. Alles andere braucht Sie nicht zu interessieren.«

»Selbstverständlich. Trotzdem habe ich noch eine wichtige Frage. Ist Gilligan der einzige Aufpasser im Haus?«

»Ja, aber unterschätzen Sie ihn nicht. Er behauptet, schon mal einen Mann umgebracht zu haben.«

Vielleicht auch zwei, dachte Nick bei dem Gedanken an Apjohns Leiche. »Ich werde vorsichtig sein.«

Gerade als er auflegte, klopfte es. In der Annahme, es

wäre der Wirt, öffnete er ohne Zögern. Ein großer Mann, dessen Gesicht ihm bekannt vorkam, schlug ihm mit der flachen Hand auf die Brust. »Zurück, Mister!«

Ein zweiter drängte sich hinter dem ersten in das Zimmer, und Nick merkte, daß er keine Wahl hatte. Die Tür wurde geschlossen, und er war allein mit den beiden. »Ist das ein Überfall?« fragte er und machte keine Anstalten mehr, mit englischem Akzent zu sprechen.

»Vorerst noch nicht«, knurrte der zweite Mann. »Und wir sind hier, um zu verhindern, daß es einer wird, Mr. Nick Velvet! Catherine Curzon hat mich angerufen. Sie hat gesagt, ein gewisser Velvet von der Tierüberwachung wäre bei ihr gewesen und hätte sich ein bißchen eigenartig benommen, hat sich unter anderem für das Foto von uns interessiert.«

»Ich weiß nicht, wovon Sie überhaupt reden«, erklärte Nick, obwohl er es sehr wohl wußte. Es waren zwei der fünf Männer auf dem Foto mit Manuel Curzon.

Der große Mann zog eine zusammengefaltete Zeitung aus der Tasche. »Versuchen Sie mir bloß nicht zu erzählen, das wären nicht Sie.«

Es war eine ganze Seite, die aus einer fast vier Jahre alten Ausgabe einer Londoner Zeitung herausgerissen war. Der Artikel befaßte sich mit einem Postraub, bei dem eine Bande im Norden des Landes einen Zug aufgehalten hatte und mit Banknoten in Höhe von mehreren Millionen Pfund entkommen war. Ein Begleitartikel über polizeilich bekannte Diebe enthielt ein Foto von Nick, leicht unscharf, aber trotzdem war er darauf deutlich zu erkennen. Der Fairneß halber wurde in dem Artikel allerdings darauf hingewiesen, daß er vermutlich nie etwas von Wert gestohlen hatte.

»Das bin ich, allerdings«, gab ihm Nick lächelnd recht. »Da gibt es überhaupt keinen Zweifel. Aber jetzt sind Sie mir eins voraus. Wer sind Sie?«

»Phil Banyon«, sagte der Lange. »Und das ist Roger Green. Was wollen Sie hier?«

»Ich mache Urlaub. Und Sie?«

»Wir leben beide in Oxhey. Wir sind Freunde von Manuel Curzon und würden gern wissen, was Sie in seinem Haus rumzuschnüffeln haben.«

»Wer wird denn hier gleich von Rumschnüffeln reden!«

»Wie würden Sie es dann nennen?« fragte Green. »Mit gefälschten Aufklebern an Ihrem Auto? In Oxhey gibt es keine Tierüberwachung.«

»Dann haben die Leute hier sicher nichts dagegen, wenn ich eine aufmache.«

Keiner der beiden Männer lächelte. Bevor Nick wußte, wie ihm geschah, schoß Banyons rechte Faust vor. Sie traf ihn am Kinn und streckte ihn aufs Bett nieder. Als er sich wieder aufrichtete, schlug der andere zu.

Wie verabredet, traf sich Nick am folgenden Morgen mit Evita Curzon im Londoner Green Park. Gepflegt und adrett, in einem maßgeschneiderten blauen Kostüm, kam sie auf ihn zu und nahm ihre Sonnenbrille ab. »Wo ist Rodney?« fragte sie.

»Ich habe ihn noch nicht.«

»Sie haben ihn noch nicht? Warum? Was ist mit Ihrem Gesicht?«

»Zwei Herren haben mich gestern abend auf meinem Zimmer besucht. Es kam zu Handgreiflichkeiten, aus denen leider die beiden als Sieger hervorgegangen sind. Als sie gegangen sind, habe ich ein kleines Nickerchen gemacht, und als ich wieder wach wurde, war es schon zu spät, um Ihren Hund zu holen.«

»Wer waren diese Männer?«

»Zwei Ihrer alten Freunde – Banyon und Green.«

»Sie waren Freunde meines Mannes, nicht meine. Was haben sie zu Ihnen gesagt?«

»Sie haben mir vorgeworfen rumzuschnüffeln. Und dann haben sie mich einfach zusammengeschlagen.«

»Ja, das hört sich ganz nach ihnen an.«

»Vielleicht sollten Sie mir mal sagen, was das alles soll.«

»Ich habe Sie nur engagiert, meinen Hund zu stehlen, Mr. Velvet. Alles andere braucht Sie nicht zu kümmern.«

»Sie haben mir nichts von Ihrer Tochter erzählt.«

»Catherine hat mit der ganzen Sache nichts zu tun.«

Nick blickte zu den Baumkronen hoch. »Sagen Sie mir wenigstens eines, Mrs. Curzon – wie sind Sie auf mich gekommen?«

»Wie …?«

»Irgendwie sind Sie an mich herangetreten, um mich zu engagieren. Wie haben Sie hier in England von mir erfahren? Durch einen Zeitungsartikel vielleicht? Die zwei Männer haben mir den Artikel gezeigt, bevor sie angefangen haben, mich zu verprügeln. Einer dieser großen Zugüberfälle, für die ihr Engländer eine ausgesprochene Schwäche zu haben scheint.«

Sie schwieg einen Moment. Schließlich sagte sie: »Was diesen Zeitungsartikel angeht, haben Sie völlig recht. Dadurch bin ich ursprünglich auf Sie gekommen.«

»Ihr Mann und die anderen müssen ein ganz spezielles Interesse an dem Artikel über diesen Postraub haben – immerhin haben sie ihn fast vier Jahre aufgehoben. Könnten sie es gewesen sein, die den Zug überfallen haben? Alle fünf?«

»Das weiß ich nicht«, antwortete sie. »Aber mir ist dieser Gedanke auch schon gekommen. Die Presse war einhellig der Meinung, die Räuber würden ihre Beute so lange verstecken, bis die Verjährungsfrist abgelaufen ist. Im Haus habe ich allerdings keinerlei Spuren entdeckt.«

»Falls Ihr Mann das Geld aufbewahrt, wäre es nur

verständlich, daß sein Schlaganfall die anderen ein bißchen nervös gemacht hat.« Nick fiel plötzlich etwas ein.

»Mich interessieren keine Zugüberfälle«, erklärte sie. »Ich will nur meinen Hund zurück.«

»Gut.«

»Heute abend?«

»Heute abend.«

Aber erst mußte Nick Velvet noch einer anderen Sache nachgehen. Ihm war die Visitenkarte der Essex Lagerhallen wieder eingefallen, die er in Percy Apjohns Haus gefunden hatte. Vielleicht hatte sie ja nichts zu bedeuten, aber falls tatsächlich eine versteckte Beute existierte, kam eine Lagerhalle durchaus als Versteck in Frage. Die Essex Lagerhallen befanden sich in Richtung London, nicht weit von Apjohns Haus in Wembley. Als Nick bei der angegebenen Adresse hielt, fand er ein langes, niedriges Gebäude mit mehreren Schwingtoren vor, groß genug, um dahinter nötigenfalls ein Auto abzustellen. An eine Seitenwand war der Firmenname gemalt: Essex Lagerhallen – Schlüssel-, Kombinations- und Spracherkennungs-Schlösser.

Nick suchte den Geschäftsführer auf, einen stämmigen jungen Mann namens Jennings. »Ich stelle Nachforschungen über den Vermögensstand von Manuel Curzon an«, sagte Nick in seinem amtlichsten Bankangestelltenton.

Jennings schien überrascht. »Ist er gestorben?«

»Er ringt seit einem Schlaganfall mit dem Tod, und deshalb hielten es seine Angehörigen für angezeigt, schon erste Vorkehrungen zu treffen, falls das Unvermeidliche eintreffen sollte.«

»Verstehe.«

»Unseres Wissens hat er bei Ihnen einen Lagerraum angemietet.«

»Richtig. Kommt ungefähr jedes halbe Jahr mal vorbei, um nach dem Rechten zu sehen.«

»Wissen Sie darüber Bescheid, was er dort gelagert hat?«

»Dazu kann ich keine Auskunft geben. Das ist gegen die Bestimmungen, wissen Sie.«

»Heißt das, ich müßte mir einen Schlüssel besorgen?«

»Nein, nein – Curzon hat den am besten gesicherten Lagerraum. Er hat ein Voiceprint-Schloß.«

»Was ist das bitte?«

»So eine Art Computer, wenn ich's richtig verstehe. Darin wird das Stimmprofil des Kunden gespeichert, und das wird dann mit dem desjenigen verglichen, der sich Zutritt zu verschaffen versucht. Wenn sie nicht übereinstimmen, läßt sich das Schloß nicht öffnen. Wir sind eins der ersten Unternehmen, die so was haben.«

»Muß der Sprecher ein bestimmtes Wort oder einen bestimmten Satz sagen?«

»So ist es. Es ist natürlich ein gewisses Spiel für natürliche Abweichungen eingeplant, aber die Stimme muß ziemlich genau die gleiche sein. Wenn jemand die Stimme imitieren kann, so weiß er immer noch nicht das Kennwort.«

»Tja, das ist mit ein Teil des Problems, wissen Sie. Aufgrund des Schlaganfalls kann Curzon nicht mehr sprechen. Es ist fraglich, ob er sich je wieder so weit erholen wird.«

»Genau aus diesem Grund bestehen wir bei dieser Art von Schloß auf einem zweiten Sprecher. Für den Fall, daß eine Person stirbt oder aus irgendeinem Grund nicht mehr sprechen kann, öffnet der andere das Schloß.«

»Wer war Curzons Ersatzmann?«

»Keine Ahnung. Wir haben in unseren Unterlagen nur den Namen des Hauptkunden stehen.«

Nick fischte einen Zehnpfundschein aus der Tasche

und hielt ihn beiläufig zwischen zwei Fingern. »Es ist sehr wichtig, daß wir diese Person finden.«

»Tut mir leid, Chef. Ich weiß es einfach nicht.«

»Was für eine Nummer hat sein Lager?«

»Das steht in den Unterlagen.« Er bekam den Blick nicht mehr von dem Geldschein los. »Kommen Sie mit ins Büro.«

Er blätterte in einem Aktenordner. »Hier – Nummer fünfundsechzig, auf der anderen Seite.«

»Steht da auch, was dort gelagert ist?«

Etwas widerstrebend antwortete Jennings: »Ein Land Rover.«

»Mehr nicht?«

»Mehr steht hier jedenfalls nicht.«

Nick nickte und gab ihm den Zehnpfundschein. »Danke, Mr. Jennings.«

An diesem Abend, nach Einbruch der Dunkelheit, stellte Nick seinen Wagen in einiger Entfernung von Curzons Haus ab. Er hatte eine Reihe von Gegenständen bei sich, einige davon an seinem Gürtel befestigt. Er war ganz in Schwarz gekleidet, und selbst seine Taschenlampe war mit schwarzem Gummi beschichtet. Beim Überqueren des Vorgartens achtete er vor allem darauf, die Alarmanlage nicht auszulösen. Nichts deutete darauf hin, daß Gilligan auf dem Grundstück unterwegs war, und so sollte es auch bleiben.

Nicks erster Besuch hatte gezeigt, daß Rodney die Nächte im Haus verbrachte. Das war kein Tier, das man in eine Hundehütte verbannte. Nick fand im Erdgeschoß ein paar offene Fenster und befestigte mit Klebstreifen kleine Röhrchen mit einem chemischen Duftstoff am Fensterbrett. Ganz gleich, wo Rodney war, gleich würden ihm die Ausdünstungen einer läufigen Hündin in die Nase steigen.

Nick zog sich zu der Stelle zurück, wo er seinen

Wagen abgestellt hatte. Kaum war er dort angelangt, hörte er, wie der große Hund zu bellen anfing. Er brachte die Tierüberwachungsaufkleber wieder an den Autotüren an und schlüpfte in ein Tweedsakko, das ihm einen geschäftsmäßigeren Anstrich verlieh. Nach zehn Minuten bellte Rodney immer noch. Nun ließ er den Wagen an und fuhr zum Haus hoch.

Noch bevor er ganz angehalten hatte, kam Gilligan schon nach draußen geschossen, eine Webley Luftpistole im Anschlag. Er war im Bademantel, aber das schien ihn nicht davon abzuhalten, seiner Aufgabe nachzukommen.

»Nehmen Sie das runter!« befahl Nick in seinem amtlichsten Tonfall. »Sie widersetzen sich der Oxhey Tierüberwachung!«

»Verlassen Sie sofort dieses Grundstück!«

»Nicht ohne diesen Hund! Er stört in der ganzen Nachbarschaft den nächtlichen Frieden.«

Gilligan behielt die Pistole weiter im Anschlag. Nick wußte, daß englische Luftpistolen tödlich sein konnten, und er verspürte nicht das geringste Bedürfnis, die Effizienz dieses speziellen Modells auf die Probe zu stellen. In diesem Moment erschien Catherine Curzon hinter dem Chauffeur in der Tür und fuhr ihn an: »Nehmen Sie die Waffe runter, Gilligan! Was soll das!«

»Der Hund …«, begann Nick und stieg aus dem Wagen.

»Ich weiß auch nicht, was Rodney hat«, sagte sie, ehrlich besorgt. »So hat er sich noch nie aufgeführt.«

Währenddessen war auch Rodney selbst aufgetaucht. Er zog das durchgerissene Seil, mit dem er festgebunden gewesen war, hinter sich her. Nick bückte sich, packte das Seil und hielt ihn damit zurück, als er nach draußen zu entwischen versuchte. »Ich hab' ihn«, verkündete er. »Leider muß ich den Hund mitnehmen. Sie können ja morgen bei der Tierüberwachung einen Antrag auf Herausgabe stellen.« Bis dahin wäre der Hund bei Evita Curzon in London, und Nick konnte sein Honorar zählen.

»Das würde Mr. Curzon nie zulassen«, sagte Gilligan, der sich nur mit Mühe beherrschen konnte, nicht von seiner Waffe Gebrauch zu machen.

Catherine ging auf ihn zu und legte ihre Hand auf die Pistole. »Das kommt überhaupt nicht in Frage. Ich weiß zwar nicht, was Sie im Schild führen, Mr. Velvet, aber wie ich Ihrem übel zugerichteten Gesicht entnehme, sind Sie ein Mann, der nur schwer zu überzeugen ist. Ich werde morgen früh gleich als erstes bei dieser Tierüberwachungsstelle anrufen, und dann sind Sie Ihren Job los!«

Nick machte die hintere Tür seines Wagens auf. Um den Hund hineinzulocken, hatte er auch dort etwas von dem Duftstoff ausgelegt, und tatsächlich leistete das Tier keinen Widerstand. Dann setzte sich Nick ans Steuer, händigte Catherine Curzon eine offiziell aussehende Empfangsbestätigung für ihren Hund aus und fuhr weg. Rodney bellte ein letztes Mal und ergab sich dann frustriert auf dem Rücksitz in sein Schicksal.

Am folgenden Morgen, es war ein kühler, aber sonniger Frühlingstag, brach Nick Velvet mit Rodney zu einem Spaziergang in den Green Park auf. Er war wirklich ein prächtiges Tier, das praktisch von allen, die ihnen begegneten, mit bewundernden Blicken bedacht wurde. Er hatte damit gerechnet, seine Auftraggeberin würde ihn bereits erwarten, aber zu seiner Überraschung war weit und breit keine Spur von ihr zu sehen. Das Nahen eines kleineren Hundes entlockte Rodney ein kurzes Kläffen, und er hätte sofort die Verfolgung aufgenommen, hätte Nick nicht an der Leine gezogen.

Fünfzehn Minuten später begann ihm zu dämmern, daß sie nicht mehr kommen würde. Es war etwas passiert – etwas, wovon Nick nichts wußte. Er überlegte, was er nun machen sollte, mit einem großen, braven Hund, der gern bellte, im Schlepptau.

»Mr. Velvet?«

Nick drehte sich um und sah einen Mann mittleren Alters mit einem runden Gesicht und schütterem Haar hinter sich stehen. Es war der fünfte Mann auf dem Foto in Curzons Haus, der fehlende Matthew Kane. »Ja?« Nick ließ sich nicht anmerken, daß er ihn erkannte.

»Evita konnte nicht kommen. Sie hat mich geschickt, den Hund zu holen.«

Als verstünde er, worum es ging, gab Rodney ein leises, aber unmißverständliches Knurren von sich. »Haben Sie das Geld dabei?« fragte Nick und packte die Leine fester.

»Das kriegen Sie von ihr. Ich soll nur den Hund holen.«

»Kommt überhaupt nicht in Frage.«

Die Augen des Mannes wurden hart. »Ich habe eine Waffe eingesteckt, Mr. Velvet, und ich zögere nicht, Gebrauch davon zu machen.«

»Bringen Sie mich zu ihr. Bringen Sie mich zu Evita Curzon. Sobald ich das Geld habe, kriegen Sie den Hund.«

»Na gut. Aber keine Dummheiten.«

»Wohin gehen wir?«

»Sie hat eine Wohnung in der St. James Street gemietet. Das ist nur eine Straße weiter.«

Nick war fest davon überzeugt, er würde in der Wohnung auf Evita Curzons Leiche stoßen und in wenigen Minuten um sein Leben kämpfen. Statt dessen öffnete sie ihnen, als sie dort eintrafen, lächelnd und offensichtlich wohlbehalten die Tür. »Eigentlich hätte ich mir denken können, daß Sie den Hund nicht herausgeben, solange Sie ihr restliches Honorar nicht bekommen haben, Mr. Velvet. Ich treffe gerade Reisevorbereitungen.«

»Ich habe eigentlich mit Ihnen gerechnet, nicht mit einem der Freunde Ihres Ex-Mannes.«

»Oh? Sie kennen sich?«

»Ich habe im Haus Ihres Gatten sein Foto gesehen. Matthew Kane, nehme ich an, nach langem Auslandsaufenthalt wieder zurück in der Heimat.«

Kane und Evita tauschten Blicke. »Ich habe Ihnen bereits gesagt, daß Sie das alles nichts angeht«, erklärte sie Nick. »Sie haben den Hund gebracht, und hier ist Ihr Geld.«

Er nahm den Umschlag entgegen und zählte rasch das Geld. »Danke«, sagte er lächelnd. »Es war mir ein Vergnügen, mit Ihnen zusammenzuarbeiten, Mrs. Curzon. Mit Ihnen beiden, um genau zu sein.«

Rodney bellte zum Abschied, als er zur Tür hinausging.

Nick Velvet hätte zum Flughafen fahren und die ganze Geschichte vergessen sollen. Percy Apjohn war tot, aber das betraf ihn nicht weiter. Schließlich hatte er den Mann nicht mal gekannt, und was die vier anderen anging, hätten sie ohne weiteres eine Bande von Posträubern sein können. Komisch war nur, daß er in der Zeitung noch nichts über Apjohn gelesen hatte, aber vielleicht war die Leiche noch nicht entdeckt worden.

Es gab nur eines, was er noch tun konnte, bevor er sich ins Flugzeug setzte. Er konnte nach Wembley hinausfahren, und wenn die Leiche noch immer nicht entdeckt worden war, würde er die Polizei verständigen. Dann würde er die nächste Maschine zurück nach New York nehmen. Vor einem Geschäft hielt er, um ein Waterford Kristallglas für Gloria zu kaufen, bevor er zu Apjohns Haus weiterfuhr. Dort sah es genauso aus wie vor zwei Tagen.

Im Garten nebenan mähte ein Mann den Rasen, und Nick fragte ihn: »Haben Sie Percy Apjohn in letzter Zeit gesehen? Ich hätte was mit ihm zu besprechen.«

»Ich habe ihn erst gestern gesehen«, antwortete der

Mann. »Ich habe kurz mit ihm gesprochen. Haben Sie schon geklingelt?«

»Gestern?« Nick fragte sich, wie weit sein Mund wohl offenstand. »Sind Sie da auch wirklich sicher?«

»Natürlich bin ich sicher! Denken Sie, ich bin blöd oder was? Wenn ich gestern sage, meine ich auch gestern.«

Nick ging auf die Tür zu und klingelte, halb fürchtend, die Leiche, die er gesehen hatte, würde gleich öffnen. Aber niemand kam an die Tür. Er spähte zu dem Nachbarn hinüber, wartete, bis er um die Ecke des Hauses verschwand, und ging dann zur Rückseite von Apjohns Haus. Wie bei seinem ersten Besuch schob er den Riegel mit seiner Kreditkarte zurück.

Diesmal war es anders. Diesmal war keine Leiche im Durchgang zum Wohnzimmer zu sehen.

Alle Blutspuren waren entfernt worden, und wenn etwas zu riechen war, dann der süßliche Geruch eines starken Desinfektionsmittels.

Nick mußte sich erst mal besinnen. Er ließ die seltsamen Eindrücke Revue passieren: Da war Percy Apjohn, erst tot und dann wieder zum Leben erweckt. Dann Rodney. Und das Foto mit den fünf Männern tauchte vor seinen Augen auf. Dann ging er zu seinem Auto zurück und fuhr zu Curzons Haus in Oxhey hinaus.

Ausnahmsweise wurde er nicht von Gilligan begrüßt. Statt dessen kam Catherine Curzon persönlich an die Tür. Sie trat einen Schritt zur Seite, um ihn vorbeizulassen. »Eine Oxhey Tierüberwachung gibt es gar nicht«, stieß sie aufgebracht hervor. »Könnten Sie mir das vielleicht erklären!«

»Das werde ich, zu gegebener Zeit.«

»Wo ist Rodney?«

»Erst möchte ich Ihren Vater sehen!«

»Was? Sind Sie verrückt? Mein Vater ist todkrank!«

»Es ist sehr wichtig. Ich brauche nicht mit ihm sprechen, aber ich muß ihn sehen. Ich kann in der Tür seines Zimmers stehenbleiben.«

Aber sie versperrte ihm unerbittlich den Weg. »Erzählen Sie mir lieber, was das alles soll.«

»Es geht um den großen Postraub vor vier Jahren. Ich glaube, daran waren Ihr Vater und seine vier Freunde beteiligt. Ihre Mutter wußte davon, und wenn mich nicht alles täuscht, haben auch Sie etwas geahnt.«

»Diese Männer auf dem Foto sind keine engen Freunde meines Vaters mehr.«

»Aus gutem Grund. Die Beute von dem Überfall ist irgendwo versteckt, und bis die Verjährungsfrist abgelaufen ist, halten alle schön still. Mittlerweile ist dieser saubere Verein jedoch in drei Gruppen zersplittert – Banyon und Green sind immer noch zusammen, Ihre Mutter scheint sich mit Matthew Kane zusammengetan zu haben, und Percy Apjohn ist möglicherweise ermordet worden, oder auch nicht.«

»Was?«

»Ich habe das Foto mit diesen Männern darauf gesehen – alle bis auf Ihren Vater. Zudem habe ich nur Ihr Wort, daß er noch am Leben ist.«

Unschlüssig biß sie sich auf die Unterlippe und wandte sich dann zur Treppe. »Folgen Sie mir, Mr. Velvet. Aber seien Sie bitte leise.«

Sie führte ihn in einen Wintergarten auf der Rückseite des Hauses. Dort, in einem Rollstuhl, mit einer Decke über den Beinen, saß der fünfte Mann auf dem Foto, Manuel Curzon. Sein Kopf hob sich, als sie eintraten, und er versuchte zu sprechen, brachte aber nur unverständliche Laute heraus.

»Sind Sie jetzt endlich zufrieden?« fragte sie Nick.

»Tut mir leid, aber ich mußte mir Gewißheit verschaffen.«

Sie führte ihn wieder nach unten. »Gewißheit worüber?«

»Wußten Sie, daß Ihr Vater bei Essex Lagerhallen einen Lagerraum gemietet hat?«

»Das ist mir neu.«

»Er hat dort einen Raum von der Größe einer Garage, in dem er einen Land Rover untergestellt hat.«

»So einen hatte er früher mal. Allerdings dachte ich, er hätte ihn verkauft.«

»Das Schloß wird durch einen Voiceprint betätigt.«

»Was ist das?«

»Eine graphische Darstellung der Stimme Ihres Vaters. Dabei werden die Frequenzen durch einen Spektrographen aufgezeichnet. Nur mit dieser Stimme, mit der ein gewisses Kennwort aufgezeichnet wurde, kann man das Schloß öffnen.«

»Aber er kann nicht sprechen!«

»Deshalb sind die anderen vier Beteiligten wegen seines Schlaganfalls so in Panik geraten. Für den Fall, daß er stirbt oder nicht mehr sprechen kann, hat er ersatzweise die Stimme von jemand anderem eingegeben. Aber keiner von den anderen weiß, wer das ist.«

»Wenn das stimmt, was Sie da sagen, muß er es aber jemand gesagt haben.«

»Richtig. Ihrer Mutter.«

Nick wußte, daß sie vor ihm dasein würden, und sein gesunder Menschenverstand sagte ihm, daß er sich nur Ärger einhandelte, wenn er noch mal zu den Essex Lagerhallen fuhr. Trotzdem, er brauchte einen gescheiten Schluß für die Geschichte, die er Gloria bei seiner Heimkehr erzählen wollte.

Diesmal hielt er nicht vor dem Büro, sondern fuhr gleich hinter die Halle, zum Lagerraum Nummer 65. Dort stand bereits ein anderes Auto, und er entdeckte Evita Curzon und Matthew Kane sofort. Sie hatten den großen Bobtail dabei, und Rodney zeigte durch ein kurzes Bellen an, daß er Nick wiedererkannte, als er auf sie zuging.

»Was machen Sie denn hier?« wollte Evita Curzon wissen. »Sie haben Ihr Geld doch gekriegt.«

»Ich mußte einfach sehen, ob es wirklich funktioniert«, sagte Nick lächelnd. »Ich habe noch nie gesehen, wie man mit dem Bellen eines Hundes ein Voiceprint-Schloß öffnet.«

Kane griff in sein Jackett und zog einen kurzläufigen Revolver heraus. »Ich hab' Sie schon einmal gewarnt, daß ich bewaffnet bin, Velvet. Sie hätten besser in London bleiben sollen.«

»Beeil dich«, drängte Evita. »Banyon und Green können jeden Moment auftauchen.«

»Ich muß mich korrigieren«, sagte Nick zu dem rundgesichtigen Mann, »ich habe Sie mit Matthew Kane angesprochen, aber in Wirklichkeit sind Sie natürlich Percy Apjohn. Den richtigen Matthew Kane haben Sie vor zwei Tagen in Ihrem Haus in Wembley ermordet.«

»Sie scheinen ja eine Menge zu wissen.«

»Ich zog die falschen Schlüsse, als ich in Ihr Haus eindrang und seine Leiche fand. Aber heute habe ich gehört, daß Sie gestern noch sehr lebendig waren – und zu Hause gewesen sind. Heute war die Leiche weg, folglich müssen Sie sie weggeschafft und alle Spuren beseitigt haben, nachdem Sie ihn umgebracht hatten. Der Tote muß Kane gewesen sein, weil sonst alle auf dem Foto noch am Leben sind – sogar Manuel Curzon, den ich gestern zum erstenmal gesehen habe.«

»Wie geht es ihm?« fragte Evita.

»Wie gehabt. Er kann nicht sprechen. Deshalb haben Sie Rodney gebraucht, die Ersatzstimme.« Das war für Rodney das Stichwort, kurz zu bellen. »Ich hätte mir eigentlich denken müssen, daß Sie beide unter einer Decke stecken. Denn ursprünglich bin ich nur auf Apjohns Haus gestoßen, weil mir der Inhaber eines Zwingers erzählt hat, ich wäre schon der zweite, der einen Bobtail kaufen wollte. Mr. Apjohn, sagte er, sei die

Farbe des Hundes egal gewesen, solange nur die Größe stimmte. Wenn es also nicht auf das Aussehen des Hundes ankam, worauf dann? Das blieb mir so lange völlig schleierhaft, bis ich von diesem Voiceprint-Schloß hörte. Ich hielt es für durchaus wahrscheinlich, daß zwei Bobtails von derselben Größe etwa das gleiche Bellen haben. Aber da Sie keinen geeigneten Doppelgänger finden konnten, haben Sie mich damit beauftragt, das Original zu stehlen. Aus dem Umstand, daß Sie beide von Rodneys Bedeutung wußten, schloß ich, daß Sie unter einer Decke stecken, bloß daß es natürlich Evita und Apjohn und nicht Evita und Kane waren.«

»Halte ihn in Schach«, sagte Evita zu Apjohn. Sie holte Rodney aus dem Auto und führte ihn dicht an das Mikrofon, das am Schloß des Lagerraums angebracht war.

Nick redete weiter. Schon immer hatte er Reden für das Beste gehalten, wenn jemand eine Waffe auf ihn richtete. »Matthew Kane hörte von Curzons Schlaganfall und kam aus dem Ausland zurück. Er wollte sichergehen, daß er auch tatsächlich seinen Anteil an der Beute bekam. In Ihrem Haus hat er Sie zur Rede gestellt, und Sie haben ihn umgebracht, vermutlich mit einem Gartengerät. Was Sie mit der Leiche gemacht haben, weiß ich nicht.«

Apjohn lachte leise. »Das werden Sie schon sehr bald rausfinden.«

Evita brachte den Hund dazu, zweimal in das Mikrofon zu bellen. Das Schloß öffnete sich mit einem leisen Klicken. Evita machte das Schwingtor auf, hinter dem ein dunkelgrüner Land Rover in relativ gutem Zustand zum Vorschein kam. Sie legte sich auf den Boden, kroch unter das Fahrzeug und fing an, einige Streifen Klebeband von seiner Unterseite zu entfernen. »Es ist noch da«, rief sie Apjohn zu.

»Hervorragend!«

Bündel von plastikverpackten Geldscheinen begannen

sich über den Boden des Lagerraums zu verteilen. »Wollen Sie die anderen einfach ausbooten?« fragte Nick.

»Allerdings!« Apjohn hob den Revolver. »Aber Ihnen blüht dasselbe Schicksal wie Kane. Seine Leiche liegt, in eine Plane eingeschlagen, im Kofferraum meines Wagens. Sie kommen jetzt beide da rein, wo vorher das Geld war. Vielleicht werden ja in ein paar Jahren Ihre Leichen gefunden.«

»Da kommt ein Auto!« warnte Evita.

Fluchend wirbelte Percy Apjohn herum. Nick durfte sich diese Chance nicht entgehen lassen. Blitzschnell stürzte er sich auf den Mann, griff nach dem Revolver und entriß ihn ihm, während beide zu Boden stürzten. Nick landete obenauf, und der Kampf war in dem Moment zu Ende, als der Wagen hielt. Es war Gilligan, der Chauffeur der Curzons.

»Ich hatte eigentlich Banyon und Green erwartet«, sagte Nick, die Waffe auf Apjohn gerichtet.

»Sie wurden aufgehalten«, gab Gilligan zurück. »Sie kooperieren mit den Behörden.«

»Was soll das bedeuten?« fragte Evita Curzon. »Sind Sie immer noch der Chauffeur meines Ex-Mannes?«

»Scotland Yard, Sondereinheit«, erklärte ihr Gilligan. »Vier Jahre warten wir nun schon auf diesen Moment. Solange wir das Geld nicht gefunden haben, können wir nichts beweisen. Versuchen Sie erst gar nicht zu fliehen: Ich bin nicht allein.«

In diesem Moment sah Nick die anderen Autos auf sie zukommen und wußte, daß sich seine Heimkehr ein paar Tage verzögern würde. Es war jedoch nicht anzunehmen, daß ihn jemand wegen Hundediebstahls belangen würde. Er ging auf Rodney zu und drückte ihn herzlich an sich.

Deutsch von Sepp Leeb

Der schokoladenbraune Hund

Eine althergebrachte Überlieferung besagt, daß das Mysteriöse, das Unheimliche, das Wunderbare oder auch einfach nur das schlicht und ergreifend Sonderbare erst im Halbdunkel so richtig zur Geltung kommt.

Mr. Albert Campion saß im Licht einer reinen weißen Morgendämmerung auf einem Felsen, während er über diesen Glauben nachdachte und ihn verwarf. Vorsichtig rieb er sich mit dem Badetuch die Augen – doch der Mann, das Mädchen und der Hund verschwanden nicht, sondern waren immer noch, in ein ernstes Gespräch vertieft, direkt unter ihm auf dem blendend hellen Sand zu sehen.

Sie hatten ihn nicht bemerkt, und da es ganz natürlich ist, daß man eine solche Erscheinung nicht durch seine Anwesenheit stört, hielt er sich vollkommen still und ließ seinen schlanken Körper mit dem rosa getönten Felsen hinter ihm verschmelzen.

In allen Richtungen nichts als Verlassenheit. Kein Segel und kein Kräuseln war auf dem spiegelglatten Wasser zu sehen, kein Sonnenschirm und kein Badeanzug auf dem Sand, und die Flächen und Zinnen der diskreten Strandpromenade waren so verlassen wie ein leerer Teller.

Der Mann und der Hund saßen einander gegenüber, und das Mädchen sah auf sie hinab. Waren sie nicht Geschöpfe jener Fantasiewelt, jener halbwirklichen Welt, die eigentlich die fantastischste von allen ist?

Das Mädchen sah wohl noch am ehesten normal aus, auch wenn die vollkommene weibliche Schönheit in ihrer Idealform dem Unwirklichen auch schon nahe genug kommt. Und wie sie so dastand, das Gewicht auf einem Bein ruhend, ihr Haar von der Dämmerung in weißes Feuer verwandelt, war sie in jedem Fall wunderbar genug, um jedem normalen Mann den Atem zu rauben.

Der Mann und der Hund muteten entschieden unwahrscheinlicher an. Beide sahen so ungeheuer förmlich aus. Der Haltung und der Kleidung nach zu schließen, hätte der Mann, so wie er auf dem flachen Stein saß, genausogut eine Vorstandssitzung leiten können. Er war ein gepflegter älterer Herr, sauber rasiert, er trug einen silbergrauen Anzug und Halbgamaschen. An seinem kleinen Finger blitzte ein Ring, und vor seiner Brust baumelte ein Zwicker.

Der Hund saß im Sand, und er saß da, wie auch ein Mensch hätte dasitzen können, die Beine nach vorne ausgestreckt, so daß ihm nur sein zehn Zentimeter langer Stummelschwanz wie die Lasche auf der Rückseite eines Fotorahmens Halt verlieh, das einzige Zugeständnis an seinen Hundekörperbau. Er hatte ein glattes, schokoladenbraunes Fell und die Form und Konturen eines Miniaturackergauls. Wie jemand, der sich ausruht, saß er da und blickte mit nachdenklicher Beschaulichkeit an seinem Begleiter vorbei aufs Meer hinaus.

Hoch oben auf den Klippen hinter dem Felsen, auf dem Mr. Campion saß, krähte ein Hahn, und das Mädchen richtete sich auf.

»Es ist schon spät«, sagte sie kaum hörbar.

»Ja«, bestätigte der Mann bedauernd. »Was meinst du, Theobald?«

Als widerstrebte es ihm, den Blick vom funkelnden Wasser abzuwenden, drehte der Hund langsam den Kopf herum. Er seufzte – mit unangebrachter Übertreibung – und erhob sich würdevoll. Dann streckte er sich, und zwar ein Bein nach dem anderen – wie das Hunde so tun – und fuhr dann unter Mr. Campions ungläubigen Blicken auf eine Art, wie sie Hunden sonst nicht eigen ist, mit seinen Lockerungsübungen fort.

Er hob seine linke Pfote und ließ sie, als wäre sie gebrochen, in einem beängstigenden Winkel nach unten hängen, wiederholte die Übung mit der rechten, zog sein linkes Hinterbein schlaff hinter sich her und tat dann das gleiche mit dem rechten. Den Kopf ließ er hängen, bis sich seine Schnauze in den Sand grub, ließ sich mit verdrehten Augen auf die Seite sinken und setzte sich schließlich, nachdem er sich vergewissert hatte, daß sich jedes einzelne Körperteil in funktionstauglichem Zustand befand, behäbig in Bewegung, und zwar kaum schneller als seine Begleiter, die ruhig hinter ihm hergingen.

Schließlich verschwanden sie, ohne jede Hast, aber auch nicht im gemächlichen Schlenderschritt von Müßiggängern. Sie schritten zielstrebig voran, alle drei, als wäre dieser Spaziergang Teil ihrer beruflichen Tätigkeit.

Mr. Campion beobachtete, wie sie sich entfernten, und als er dann in sein Hotel zurückkehrte, fühlte er sich leicht benommen und unwohl. Die hohen Häuser des Badeorts hatten noch die leeren Augen von Schlafenden, und er kam sich vor wie ein Eindringling in einem Schlafsaal.

Er schlief fast den ganzen Tag, wie das Leute manchmal tun, die sehr früh am Morgen aufstehen, weil sie nicht schlafen können; und als er zur Cocktailstunde in den Aufenthaltsraum des Hotels hinunterging, war das Licht über dem Meer von gewohntem Blau und Gold, die Strandpromenade war mit Sonnenschirmen gesprenkelt, und auf dem Sand wimmelte es von Kindern aller Altersstufen und ihren bunten Spielsachen.

Die magische Aura der Morgendämmerung war verflogen, und die Welt war wieder einmal ein solider, handfester Ort voll von Eisverkäufern, Abendzeitungen und weißbefrackten Kellnern, die Tabletts mit Getränken balancierten.

Mit einem selbstironischen Lächeln dachte er an seine morgendliche Vision zurück und entschied, daß das Mädchen nicht ganz so schön, der alte Herr nicht gar so förmlich und der Hund – nun ja – nicht so geschäftsmäßig waren.

Dies war seine erste Bekanntschaft mit dem Hotel, in dem er sehr spät am Vorabend eingetroffen war; und während er nun in einer Ecke saß und von seinem Sherry kostete, kamen ihm gewisse Bedenken. Zwar war der Sherry gut und das Zimmer reizend, aber schon begann er zu bedauern, daß er auf den Rat seines wohlmeinenden Freundes gehört hatte, der ihm das Hotel als den idealen Rückzugsort für drei Tage vollkommener Ruhe empfohlen hatte.

Das Ärgerliche war natürlich, daß das Hotel *genau* so war, wie es der Freund beschrieben hatte – exklusiv, ruhig und durch und durch englisch, mit gutem Essen und fantastischem Service; aber Mr. Campion hatte vergessen, daß die natürliche Begleiterscheinung all dieser Eigenschaften ganz zwangsläufig eine Atmosphäre ist, die der Stille in einem Grab gefährlich nahe kommt.

Alle waren sie da, die lieben, alten, vertrauten Gesichter: der Colonel und seine Gattin, die in einer Ecke flüsternd an ihren Gläsern nippten; die ältere Dame und ihre Begleiterin, die gedämpft mit ihren Stricknadeln klimperten; die sympathische, rosige Mama mit den zwei hübschen Zwillingstöchtern, die bedauernd wegsahen, wenn der junge Sohn des Colonel sie verkniffen anstarrte.

Auch die anglo-indische Witwe fehlte nicht, allein mit einem eisgekühlten Getränk und einer Zeitschrift; die zwei Junggesellen, die einander nicht kannten, aber zur Sicherheit nahe beieinandersaßen; die kernige junge

Frau und ihre Freundin, deren gut gelaunten, gesunden Stimmen in dem Moment leiser wurden, als sie im Foyer die Golfschläger beiseitelegten und auf den Vater der einen zugingen, der unter einer Palme ein Nickerchen hielt – diese und verschiedene andere, alle sehr exklusiv, sehr britisch und sehr zurückhaltend.

Nicht, daß Mr. Campion ein besonders geselliger Mensch gewesen wäre, aber die langjährige Beschäftigung mit den vielen unterschiedlichen Menschen, mit denen er bei der Ausübung seines Berufes – der Verbrechensaufklärung – zu tun gehabt hatte, hatte ihn von seiner angeborenen Zurückhaltung geheilt. Und all diese Menschen, die so sehr auf Ruhe bedacht waren – oder zumindest so rücksichtsvoll waren, daß sie notfalls sogar stumm geworden wären, um nur ja niemanden zu belästigen oder zu stören – gingen ihm auf die Nerven.

Er fand, es hätte unter Leuten, denen dieser bewundernswerte Zug selbstaufopfernder Höflichkeit gemeinsam war, auch gemeinsame Nenner weniger spartanischen Charakters geben müssen; doch er wußte genausogut wie alle anderen, daß eine unbedachte Äußerung gegenüber einem Fremden unweigerlich eine abrupte Veränderung des Hauttons, einen schuldbewußten Blick in die Runde und einen sterilen Gemeinplatz nach sich zöge, was wiederum das Eis noch eine Spur dicker werden ließe.

Gerade dachte er darüber nach, ob vielleicht eine große nationale Katastrophe die Schranken niederreißen oder ein Naturereignis wie rosa Schnee diese lähmende Reserviertheit durchbrechen könnte, als der schokoladenbraune Hund hereingehinkt kam. Er befand sich in einem erbärmlichen Zustand. Sein linke Vorderpfote hing kraftlos herab, so daß er sich auf drei schwachen Beinen über das Parkett schleppen mußte. In der Mitte des Raums brach er mit einem dumpfen Geräusch und verdrehten Augen zusammen.

Das zog auf der Stelle allgemeines Kleiderrascheln und Stühlerücken nach sich. Und dann trat vollkommene Stille ein. Der Hund blickte sich stumm um, unternahm einen tapferen Versuch, sich aufzusetzen und Männchen zu machen, brach aber wieder zusammen und gab ein kurzes, sehr leises Winseln von sich.

»Das arme Tier ist ja schwer verletzt.« Das kam von einer der golfenden jungen Damen. Doch bevor sie in ihren schweren Brogues über das Parkett eilen konnte, hatte der Colonel seine Zeitung auf den Tisch sinken lassen, hatte die ältere Dame ihr Strickzeug beiseitegelegt und waren die zwei Junggesellen aufgesprungen. Die anglo-indische Witwe, die am nächsten saß, war als erste da.

Fünf Minuten später schloß sich Mr. Campion dem aufgeregten Menschenauflauf an. Dem Hund ging es etwas besser. Ein Expertenkomitee hatte sein Bein untersucht. Der Colonel verbürgte sich dafür, es sei nicht gebrochen. Der Vater des golfenden Mädchens, Besitzer einer Bluthundmeute, mutmaßte Rheuma. Die anglo-indische Witwe neigte dazu, sich seiner Meinung anzuschließen. Die rosige Mama hatte den Invaliden überredet, ein Stückchen Zucker zu sich zu nehmen, und der ältere der beiden Junggesellen hielt die Waschschüssel für sie.

»Ein prächtiger Bursche«, sagte der Sohn des Colonel zu einem der hübschen Zwillingsmädchen. »Was ist er für eine Rasse?«

»Eine Mischung aus Spaniel und Labrador«, kam ihm der jüngere Junggeselle zu Hilfe.

»Mit einem Schuß Terrier«, fügte der Colonel hinzu.

»Bluthund, würde ich sagen, Sir«, flocht die ältere Dame ein. »Bei *den* Ohren.«

»Wie heißt er?« fragte die hübschere Zwillingsschwester.

Sie probierten alle möglichen Namen aus, und der Hund machte brav mit. Bei ›Jack‹ schaute er ausdruckslos drein, bei ›Jim‹ verwirrt. ›Rover‹ schien ihn zu amüsieren. ›Smith‹ ließ ihn kalt. Aber bei ›Henry‹ bellte er.

»Das ist der Name eines Freundes von ihm«, sagte der Colonel. »Das habe ich bei einem Hund schon mal beobachtet.«

»Rumpelstilzchen?« schlug die Begleiterin der älteren Dame vor, und alle dachten, was für eine reizende Person sie doch war.

Mr. Campion vergaß seinen Überlegenheitskomplex und spielte mit. »Theobald?« schlug er vor.

Der Hund setzte sich auf und sah ihn mit verächtlichem Staunen an. In seiner ganzen Laufbahn hatte Mr. Campion noch keinen Blick von so vernichtendem Abscheu gesehen. Ein Spitzel! Die Worte wurden zwar nicht ausgesprochen, aber sie erreichten ihr Ziel, und Mr. Campion errötete.

»Gefällt ihm wohl nicht, wie?« sagte der Colonel lachend. »Na, wie heißt du denn, mein Junge? Rex?«

Betreten wandte sich Mr. Campion von der Menge ab und fand sich dem Mädchen vom Morgen gegenüber. Sie war tatsächlich schön, stellte er überrascht fest, genauso schön, wie sie ihm ursprünglich erschienen war. Mit einem Ausdruck der Verwunderung in den Augen sah sie ihn tadelnd an.

»Es tut mir leid«, murmelte er.

»Das sollte es auch«, zischte sie und bahnte sich einen Weg durch die Menge.

Den ganzen Abend versuchte er, sie allein zu erwischen. Das kleine Hotel war wie ein Papageienkäfig. Da inzwischen jeder jeden kannte, waren die Spätankömmlinge die einzigen, die nicht sprachen.

Der Colonel, die ältere Dame, ihre Begleiterin und der ältere der Junggesellen spielten in einer Nische Bridge. Die rosige Mama und die Frau des Colonels unterhielten sich angeregt über ihre Kinder. Die Witwe hörte dem Vater der golfenden Mädchen zu, und diese wiederum hatten sich mit den Zwillingen, dem zweiten Junggesellen, dem Sohn des Colonels und einer Gruppe anderer junger Leute zusammengetan.

Mr. Campion fand das schöne Mädchen im Foyer, wo sie auf den Lift wartete.

»Sie werden doch nicht schon nach oben fahren?« protestierte er. »Wollen Sie uns nicht Gesellschaft leisten – jetzt, wo endlich etwas Stimmung aufkommt?«

Sie schüttelte den Kopf. »Das steht nicht im Vertrag.«

Mr. Campion wußte nicht recht, was er davon halten sollte. »Das mit dem Namen tut mir aufrichtig leid«, begann er. »Aber wissen Sie, ich habe Sie heute morgen am Strand gesehen, mit Theobald und Ihrem …?«

»Vater«, ergänzte sie.

»Mit Ihrem Vater«, wiederholte er. »Ich verstehe es noch immer nicht, wissen Sie.«

Das schöne Mädchen lachte. »Tatsächlich nicht? Ich dachte, Sie sind Detektiv.«

»Das bin ich«, gab er verzweifelt zu, als der Lift kam. »Das ist einer der Gründe für meine abscheuliche Neugier. Hören Sie, würden Sie mir versprechen, mir morgen bei der Lösung zu helfen?«

»Morgen sind wir nicht mehr hier«, sagte sie und entzog sich seinen Blicken, indem sie, ohne zu zögern, mit dem Lift nach oben fuhr.

Doch am nächsten Morgen, er lag wach in seinem Bett und rang mit einem vagen Gefühl von Frustration und Bedauern, ließ ihn ein vorsichtiges Klopfen ziemlich tief unten an seiner Tür aufschrecken.

Theobald stand auf dem Flur, gesund und munter wie eh und je, ohne eine Spur von Schmerzen in der Pfote. Er schielte zu Campion hoch, wedelte obligatorisch mit dem Schwanz und ließ ein weißes Kärtchen vor seine Füße fallen, bevor er in Richtung Treppenhaus davonsprang.

Mr. Campion hob das Stück Karton auf und stellte

fest, daß es sich dabei um eine sauber bedruckte Visitenkarte handelte.

Theobald und Co., stand darauf. *Wir machen die Gäste
miteinander bekannt. Spezieller Hotelservice.*

Auf die Rückseite war mit Bleistift in sauberer, ge-
schwungener Handschrift eine einzige Zeile geschrie-
ben.

Nächste Woche am Primbeach.

Deutsch von Sepp Leeb

Der letzte Rossiter

Es ließ sich nicht erklären. Es war einfach da, erwachte zum Leben im ersten Moment, in dem sie sich sahen, so abrupt wie ein Donnerschlag, jäh auflodernd wie ein angerissenes Streichholz. Keiner von beiden hatte vorher etwas vom anderen gewußt, so daß es selbst für die instinktivsten animalischen Reaktionen keine Basis gab; es war längst alles passiert, bevor irgendeine Form von rationalem Denken einsetzen konnte, und beide wußten, es war da. Der Mann haßte den Hund. Der Hund haßte den Mann.

Allerdings überspielte der Mann dieses Wissen sofort, da er sich für später einen Vorteil davon erwartete. Diese Möglichkeit hatte der Hund nicht; er war gezwungen, mit aufrichtiger und primitiver Einfachheit zu reagieren. Sofort sprang er von seinem Platz auf der Veranda auf, streckte alle vier Beine durch, gab ein tiefes, bedrohliches Knurren von sich und fletschte warnend die Zähne.

»Aber Rummy«, sagte das Mädchen und eilte besorgt auf ihn zu. »Was soll denn das! Hör sofort auf damit. Was ist bloß mit dir los!«

Für sie wedelte Rummy ganz leicht mit dem Schwanz, behielt dabei jedoch weiter den Mann im Auge. Er war ein großer und kräftiger Labrador Retriever und bis auf die schönen, leuchtenden braunen Augen schwarz wie die Nacht. Und jetzt hefteten sich diese Augen mit einem unmißverständlich herausfordernden Blick auf den Mann. Er knurrte noch einmal.

»Vielleicht haben wir ihn erschreckt«, sagte der Mann. Er versuchte es herunterzuspielen, blieb aber vorsichtshalber stehen, bis sich die Situation wieder beruhigt hatte. »Und wer hat das schon gern? Aber nur keine Aufregung, mein Freund. Hast wohl von einem saftigen Knochen geträumt, hm?«

Das Mädchen, immer noch sichtlich durcheinander, packte Rummy am Halsband und führte ihn nach drinnen. Dann kam sie mit unübersehbar geröteten Wangen zurück.

»Es tut mir schrecklich leid«, entschuldigte sie sich. »Normalerweise ist er trotz seiner Größe ganz zahm. Ich kann mir beim besten Willen nicht vorstellen, was eben in ihn gefahren ist.«

»Alles nur halb so wild«, sagte der Mann – schmaler, edler Kopf, gestutzter britischer Schnurrbart, aristokratisch scharfe Züge. »Auch die Vierbeiner wissen, daß sie eine Aufgabe zu erfüllen haben und ärgern sich dann gewaltig, wenn sie dabei versagen. Dann fühlen sich in ihrem Stolz verletzt. Deswegen sind sie dann so gereizt.«

»Ja, wahrscheinlich«, seufzte das Mädchen. Sie war jung, nicht älter als achtzehn oder neunzehn, mit einer leicht fülligen Figur – was Harling Rossiter an Frauen in diesem Alter schon immer geschätzt hatte –, hellbraunes Haar, unbeholfen-verlegenes Auftreten, ganz passable Beine. An diesem Abend trug sie ein billiges weißes Kleid, ein bißchen zu eng für sie – Hintergedanken? –, und stand unbeholfen und verlegen neben der Hollywoodschaukel auf der Veranda. Offensichtlich wußte sie nicht, ob sie ihn auffordern sollte, Platz zu nehmen; immerhin war er ein Rossiter, und das waren angesehene Leute in dieser Gegend. »Nächstes Mal«, fügte sie hinzu, unschuldig und aufgeregt genug, um sich, ohne es zu merken, zu verraten, »wird er sich bestimmt besser benehmen.«

Und ›nächstes Mal‹ konnte nur heißen, daß sie bereits auf ein nächstes Mal hoffte. Man darf sie nie zurückstoßen, hatte Harling Rossiter schon vor langem gelernt.

Das wäre dumm, vor allem, wenn sie so jung, einsam, unschuldig und naiv waren wie diese hier. Die Sache ganz langsam und behutsam angehen – und genauso schüchtern tun. Deshalb blieb er nur kurz mit dem Hut in der Hand auf der obersten Stufe der Verandatreppe stehen.

»Ach, machen Sie sich deswegen mal keine Gedanken«, sagte er. »Es war mir ein Vergnügen, Sie heute abend nach dem Kino nach Hause zu bringen. War doch ein ganz guter Film, nicht?«

»Mir hat er sehr gut gefallen«, sagte das Mädchen und sah ihn immer noch mit ihrer reizenden Kleinmädchenverlegenheit an. »Ich finde Robert Redford ja ganz toll. Sie auch?«

Möglicherweise, dachte Harling Rossiter, hatte sie ein Foto des guten Robert oben in ihrem Zimmer; sie war jedenfalls genau in dem Alter.

»Ich habe zum erstenmal einen Film mit ihm gesehen«, bemerkte er gewandt. An diesem Abend war er aus purer Flucht vor der Langeweile ins Kino gegangen – aber wie er jetzt sah, war es eine fruchtbare Langeweile gewesen. Leichter Regen nach der Vorstellung; die pummelige Gestalt im engen Kleid vor ihm; und sein Auto nicht weit. Also, »…und Sie habe ich zum erstenmal gesehen. Neu in der Stadt?«

»Na ja, seit drei Monaten«, gab sie zu, dankbar darüber, wie er das Gespräch vorantrieb. »Vorher hab' ich auf einer Farm drüben in Taylor's Corner gewohnt, wenn Sie wissen, wo das ist. Die Stelle in der Bank hier hab' ich erst letzten Winter gekriegt, nachdem Mama gestorben ist.«

Taylor's Corner war ein noch wesentlich kleinerer Ort als Marlowe Falls, kaum mehr als eine Gemischtwarenhandlung, eine Tankstelle und vielleicht ein Dutzend schäbiger Holzhäuser. Folglich, wurde Rossiter bewußt, mußte ihr Marlowe Falls mit seinem Kino, seinen zwei

Restaurants und seinem alten Landgasthof fast wie eine Weltstadt erscheinen, und Harling Rossiter mit seinen englischen Brogues, seinem Hahnentritt-Sportsakko und dem lässig geknoteten goldenen Halstuch brauchte den Vergleich mit Robert Redford nicht zu scheuen.

Aber an diesem ersten Abend forcierte er nichts – vor ihm lag ein langer, öder Sommer, das heißt, öde bis zu diesem Moment. Recht zufrieden mit sich, stieg er die Verandatreppe hinunter. Mit Sicherheit konnte man es natürlich nie sagen, solange man es nicht probierte, aber es erschien ihm ziemlich einfach – er mußte nur ganz behutsam vorgehen, Schritt für Schritt.

Es gab nur einen Wermutstropfen. Als er sich am Gartenzaun umdrehte, um ihr zuzulächeln und galant seinen Hut zu lüpfen, konnte er Rummy an der Fliegengittertür stehen sehen, seinen dräuenden Blick immer noch unverwandt auf ihn gerichtet, und darunter das kurze, verräterische Aufblitzen kräftiger weißer Zähne.

Blöder Köter, dachte Harling Rossiter; eine Kugel in den Kopf wäre das einzig Richtige für dich. Er hatte Hunde noch nie gemocht, und Hunde hatten ihn nie gemocht. Aber mit diesem war es schon eine eigenartige Sache. Fast hätte er ihn angefallen. Als ob er es irgendwie riechen könnte; als ob er alles sehen könnte, was in Rossiters Kopf vorging, und zwar von Anfang an. Aber insgesamt war er recht zufrieden mit sich und sah auf der Heimfahrt bereits einem kurzweiligen Sommer entgegen.

Alice Ferguson – so hieß sie. Ein keineswegs reizloses junges Ding, glücklicherweise mit einem vorläufig noch auf Taylor's Corner beschränkten Horizont. Kurzum, die Sorte Alice aus *Ben Bolt*, die bestimmt vor Freude weint, wenn Harling Rossiter ihr ein Lächeln schenkt, und vor Angst zittert, wenn sich seine Miene verdüstert. Um sie ordentlich auf die Folter zu spannen, rief er sie eine Woche lang nicht an. Und als er es schließlich tat und das kurze, erfreute Stocken in ihrer Stimme hörte, wurde ihm klar, daß die Sache praktisch schon geritzt war.

Harling Rossiter selbst ging keiner Arbeit nach. Die Rossiters waren eine alteingesessene Familie in Marlowe Falls, in früheren Zeiten sogar die prominenteste, und da war immer noch das große, alte Haus im Kolonialstil, draußen im vornehmen Teil der Lake Avenue. Aber das war so ziemlich alles, was noch übrig war. Keine feste Putzfrau mehr, kein Mädchen und kein Chauffeur, und auch keine zwei oder drei Autos in der Garage. Letztes Jahr, als Harling Rossiter, der letzte Rossiter überhaupt, aus Europa zurückgekommen war, hatte er sogar den Sommersitz am See verkaufen müssen, um die Steuern zahlen zu können, und jetzt hatte er nur noch ein paar tausend Dollar auf seinem Bankkonto in der Stadt, sozusagen die letzte Reserve.

Deshalb mußte er demnächst etwas unternehmen, aber bisher hatte Harling Rossiter noch keine Ahnung, was dieses Etwas sein würde. Erst als Elizabeth Henderson als einsame, trauernde und ziemlich pferdegesichtige junge Witwe nach Marlowe Falls zurückkam, begann sich eine Lösungsmöglichkeit abzuzeichnen. Schon immer hatte er ein feines Gespür für Frauen gehabt, und er konnte sich erinnern, daß er Elizabeth damals jederzeit hätte haben können.

Warum also nicht auch jetzt? Die Hendersons waren eine andere alteingesessene Familie in Marlowe Falls und kamen durchaus für eine Verbindung mit einem Rossiter in Frage, und außerdem hatte Großvater Henderson in den dreißiger Jahren zu den damaligen Wirtschaftskrisenpreisen einige größere, sehr geschickte Aktienkäufe getätigt. In der Stadt ging das Gerücht, er hätte Elizabeth zwei Millionen Dollar hinterlassen, und als Harling Rossiter im August, Pferdegesicht hin oder her, ernsthaft mit dem Gedanken an eine solche Verbindung zu spielen begann, stieß es ihm ziemlich sauer auf, daß er der guten Alice schon so viele Versprechungen gemacht hatte.

Allerdings hatte sich das als nötig erwiesen. Sie hatte vor ihm noch nie etwas mit einem Mann zu tun gehabt, und obwohl Harling Rossiter sich deswegen keineswegs Vorwürfe machte, sondern es vielmehr als ein schmeichelhaftes Kompliment auffaßte, hatte er dennoch gewisse liebevolle Zusicherungen machen müssen. Aber je näher der August rückte, desto stärker begannen sich auch die übliche Verdrossenheit und Langeweile wieder bemerkbar zu machen, und während er bestimmte schlechte Umgangsformen und ungehobelte Ausdrucksweisen Alices immer häufiger mit absichtlich schneidenden Bemerkungen kommentierte, versuchte er sich in dem Glauben zu bestärken, die ganze Affäre würde in Bälde eines natürlichen Todes sterben.

Wie sich herausstellte, war die Sache jedoch nicht so einfach und unkompliziert. An dem Abend, an dem er sich entschloß, endgültig mit Alice zu brechen, damit Elizabeth nicht noch Wind von der Sache bekäme, mußte er jedoch feststellen, daß sie ihn nicht so ohne weiteres aufzugeben bereit war, und zwar aus dem denkbar einleuchtendsten Grund. Sie war keineswegs gewillt, für ein Wochenende nach New York zu fahren – wofür die Kosten selbstverständlich er übernehmen wollte –, während von ihr nichts weiter verlangt wurde, als daß sie über Nacht in einer bestimmten Klinik blieb, die Harling Rossiter kannte. Erst weinte sie. Sie weinte zum Steinerweichen und wollte gar nicht mehr aufhören. Nein, sagte sie, alles, bloß das nicht. Schließlich hatte er ihr versichert, er liebe sie. Hatte es ihr hoch und heilig geschworen. Deshalb kam nur noch eine Heirat in Frage. Etwas anderes blieb ihm nicht übrig. Er hatte es ihr versprochen!

Sie befanden sich auf einem einsamen Waldweg nicht

weit vom Dark Pond, wo sie auf dem Heimweg normalerweise Zwischenstation zu machen pflegten, und mit einemmal hörte Alice mit ihrem blöden Geflenne auf und sah ihn mit einer herausfordernden Entschlossenheit an, für die sie Harling Rossiter fast bewunderte. Zuweilen hatte gutes Farmerblut eben auch seine positiven Seiten. Sogar ihre Stimme klang verändert, so als könnte sie ihn endlich verstehen – was er von ihr gewollt hatte, alles, was er von ihr gewollt hatte –, und sie antwortete ihm mit eiskalter Wut.

»Ich weiß, was du willst«, spuckte sie ihm fast entgegen. »Du hast es auf diese alte Henderson-Vettel abgesehen. Sie hat Geld, ist es nicht so? Darum willst du mich loswerden – bloß wird dir das nicht gelingen! Das lasse ich nicht mit mir machen. Ich werde ihr von uns erzählen. Ich werde ihr alles erzählen!«

»Ach?« Ungerührt sah er an ihr vorbei in den dunklen Wald, in den stillen, verlassenen Wald. »Ich hätte eigentlich gedacht, du hättest etwas mehr Stolz, Alice, auch wenn du nach wie vor nicht in der Lage bist, dich wie ein halbwegs kultivierter Mensch zu benehmen. Oder ist das die Landpomeranze in dir – dich, um das Mitleid einer Dame zu erheischen, so zu erniedrigen, daß du vor ihr kriechst? Denn sie ist eine Dame, vom Kopf bis zur Zehenspitze, wohingegen du keine ist – und nie eine sein wirst. Wir haben einen schönen Sommer verbracht, das ist alles. Und jetzt ist es vorbei. Warum kannst du dich nicht damit abfinden? Warum mußt du dich mir weiter aufdrängen?«

Aber er war ein bißchen zu weit gegangen. Er hatte sie verletzen wollen, und er hatte sie verletzt. Sie wischte sich die letzten Tränen der Wut aus den Augen und stieg aus dem Wagen.

»Und wo willst du jetzt hin?« fragte er freundlich, um sie ein zweitesmal zu verletzen. »Ich würde sagen, für einen Spaziergang nach Hause ist es ein bißchen weit,

Alice. Das hättest du machen sollen, als du das erstemal mit mir hierhergekommen bist, im Juni. Oder wolltest du damals nicht weg?«

Hinter den Wolken schob sich ein gespenstischer Septembermond hervor. Als sie sich ihm zuwandte, war ihr Gesicht im Mondschein genauso finster wie seines, genauso haßerfüllt – womit er nicht gerechnet hatte. Leichtes Unbehagen regte sich in ihm. Meinte sie es ernst? Er stieg ebenfalls aus, aber sie zog sich rasch vor ihm zurück.

»Ich werde das Kind kriegen«, sagte sie mit geschürzten Lippen. »Dein Kind. Ich werd's aus purem Trotz kriegen, du mieses, verlogenes Aas du. Dann schau doch, ob sie dich heiratet, wenn alle in der Stadt Bescheid wissen – aber das glaube ich nicht. Dazu ist sie zu anständig. Sie ist nicht so wie du.«

»Aber du schon?« stieß Harling Rossiter hervor. »Also das hätte ich wirklich nicht gedacht. Ist es das, was du meinst?«

»Nein, nicht ganz ...« Und dann platzte sie mit kindischem Trotz heraus: »Du magst ja aus der Lake Avenue kommen und ich aus Taylor's Corner – aber ich würde mich nach allem, was passiert ist, nicht einmal herablassen, auch bloß auf dich zu spucken. Du mieses Aas! Im Gegensatz zu mir hat dich Rummy vom ersten Moment an durchschaut. Um zu kriegen, was du dir in den Kopf gesetzt hast, schreckst du nicht mal davor zurück, einer Frau ewige Liebe zu versprechen. Du hast sie mir versprochen, und du wirst sie ihr versprechen – wegen ihrem Geld. Bloß wirst du es nie kriegen, dafür werde ich schon sorgen. Faß mich nicht an!«

Aber er unternahm gar keinen Versuch, nicht zu diesem Zeitpunkt.

»Tz-tz-tz«, sagte er. »Was das mit Lake Avenue und Taylor's Corner angeht, hast du vollkommen recht. Es freut mich, daß du das endlich begriffen hast. Und jetzt komm endlich zur Vernunft und heirate jemand, der zu dir paßt. Und laß mich jemand heiraten, der zu mir paßt.«

In diesem Moment kam sie auf ihn zu und schlug ihm ins Gesicht. Sie schlug sogar zweimal zu, und dann passierte etwas Eigenartiges. Nicht der Schmerz war es. Zum Teil war es blinde Wut darüber, daß Taylor's Corner die Lake Avenue geschlagen hatte, und zum anderen die Einsicht, daß Elizabeth Henderson sicher noch einem hohen altmodischen Verhaltenskodex anhing. Sie hatte noch nie etwas für billigen Klatsch übriggehabt und sie verabscheute jede Form der Niedertracht. Und das hieß, wenn sie jemals davon erfahren sollte …

Er packte ›Taylor's Corner‹ an beiden Armen und schüttelte sie heftig.

»Du wirst niemand etwas erzählen«, stieß er mit zusammengebissenen Zähnen hervor. »Du wirst tun, was ich sage! Du fährst nächste Woche nach New York, und du …«

Aber dann tat sie etwas noch Kindischeres und Törichteres. Sie warf den Kopf zurück und lachte ihn aus. Es war ein triumphierendes Lachen. In diesem Moment gab irgend etwas in Harling Rossiter nach, und bevor er wußte, wie ihm geschah, hatte er sie in blinder Verzweiflung an der Kehle gepackt. Und mit einemmal war ihr Körper nicht mehr begehrenswert und verführerisch für ihn; mit einemmal kannte er nur noch Haß und Abscheu für diesen Körper, wie für etwas, das sich ihm in den Weg zu stellen wagte, etwas unsäglich Gewöhnliches, Häßliches und Abstoßendes.

Wieder schüttelte er sie, aber sie stand da wie ein Fels, sah ihn immer noch an, lachte ihn immer noch aus. Das konnte er sich nicht bieten lassen, nicht von so einem billigen, kleinen Bauerntrampel aus Taylor's Corner. Wenn sie so blöd war, daß sie …

Und das war sie. Von Angesicht zu Angesicht standen

sie sich gegenüber, ihre Miene steinern und furchtlos, ein wild triumphierendes Feuer in ihren Augen.

»Nie, nie!« schrie sie. »Nie wird sie dich heiraten, und das weißt du auch. Nimm deine Hände weg. Ich warne dich. Rummy!«

Es war keine leere Drohung. Bei gutem Wetter ließ sie immer erst den blöden Köter aus dem Haus, bevor sie wegging, und wenn er sich an diesem Abend gerade in der Nähe des Dark Pond herumtrieb und wenn er ihre Stimme hörte – er mußte diese Stimme unbedingt zum Schweigen bringen. Und das tat er jetzt. Wie von selbst drückten seine Finger fester zu, ohne irgendein Zutun seinerseits, immer fester.

Sie gab ein paar erstickte Laute von sich und begann nach ihm zu treten, aber die nackte Angst, die plötzlich in ihren Augen aufflackerte, erfüllte ihn mit einem berauschenden Gefühl absoluter Macht über Alice und jeden anderen Menschen auf der Welt. Er drückte sie rückwärts gegen den Wagen, hob sie hoch, so daß ihre Füße den Boden nicht mehr berührten, und beugte sich über sie. Eine Minute war vielleicht vergangen. Dann richtete er sich wieder auf.

Er merkte, daß seine Beine zitterten, daß er sein Taschentuch herausgezogen hatte und sich das Gesicht damit trocknete. Mit weit gespreizten Armen stützte er sich auf die Motorhaube, ließ den Kopf sinken und schüttelte ihn immer und immer wieder. »Alice?« flüsterte er schließlich, als er wieder flüstern konnte, aber nur um sicherzugehen. »Alice?«

Er bekam keine Antwort, hatte auch nicht wirklich mit einer gerechnet. Und jetzt? Jetzt galt es erst einmal, Verschiedenes zu erledigen. Er schaffte sie ins Auto zurück, sah erst in der einen Richtung den Waldweg hinunter, dann in der anderen. Niemand war zu sehen, die Luft war rein – Zeit, den Rest hinter sich zu bringen. Doch wie?

Wie sich herausstellte, war es ganz einfach. Auf dieser Seite des Teichs gab es eine sumpfige Stelle, und im Kofferraum hatte er für den Winter neben einer Kiste mit Sand auch einen alten Spaten. Gerade als er den Spaten herausnahm, tauchte der Hund auf.

Wie ein schwarzer Geist kam er lautlos unter den Bäumen hervor. In seinen Augen flackerte ein wölfisches Feuer, als er mit blitzenden Zähnen und weit nach vorn gestreckten Vorderpfoten auf seine Kehle zuschoß. Erst im allerletzten Moment gelang es ihm, den Spaten hochzureißen, um ihn mit dem hölzernen Stiel abzuwehren.

Als sich der Hund erneut auf ihn stürzte, noch immer mit derselben tödlichen, lautlosen Schnelligkeit, schlug er mit dem metallenen Spatenblatt nach ihm, schlug immer und immer wieder zu. Dann stieß er ihn mit dem Fuß in den Dark Pond und wartete, bis er sicher war, daß er nicht mehr an die Oberfläche käme.

Dann hob er das Grab aus und legte alles hinein. Alles drin? Ja – Hut, Handschuhe, Handtasche, Halstuch. Er schüttete das Grab wieder zu und fuhr zur Hauptstraße zurück. Niemand sah ihn, und als er nach Hause kam, wurde aus dem grauen Septembernebel über den Bäumen ein plötzlicher, sintflutartiger Regenguß. Darüber war er sehr froh. Der Regen würde alle Spuren von seinem Auto spülen – denn neuerdings vollbrachten sie wahre Wunderdinge in diesen Labors, fiel ihm ein: Aber deswegen brauchte er sich jetzt keine Gedanken mehr zu machen – einfach schnell, schnell und vorsichtig, vorsichtig.

Zu Hause zog er sich splitternackt aus, grinste nervös und verbrannte alles, was er angehabt hatte. Danach scharrte er sorgfältig die Asche zusammen und spülte sie die Toilette im Erdgeschoß hinunter. Seine Schuhe bürstete er mindestens fünf Minuten lang, besondere Sorgfalt ließ er dabei Sohlen und Absätzen angedeihen, und anschließend wusch er sie mit warmem Wasser ab.

Alles erledigt? Ja, alles erledigt; Frauchen und Hund. Trotzdem wachte er in dieser Nacht zweimal auf und stellte jedesmal fest, daß er vor Angst leise vor sich hin wimmerte. Der Grund dafür war jedoch nicht Alice, vielmehr ein Alptraum, in dem Rummy ihn wieder anfiel, sich mit gefletschten Zähnen und blitzenden Augen auf ihn stürzte.

Doch als er am nächsten Morgen aufwachte, war der Regen strahlendem Sonnenschein gewichen; sein Auto war makellos, und als er gegen elf Uhr Elizabeth Henderson anrief, ob sie mit ihm Golf spielen wolle, ging sie sofort bereitwillig auf seinen Vorschlag ein. Sicher war es das Beste, wenn er sich am Wochenende unter die Leute begab, sich mit der besten Laune zeigte, und das konnte er ja auch, da dieser Holzkopf von einem Polizeichef, Frank Culkin, ermitteln würde.

Die Sache war erledigt. Von jetzt an brauchte er sich nicht mehr den Kopf darüber zerbrechen.

Ihr Fehlen wurde erst am Montag bemerkt, als sie in der State National Bank nicht zur Arbeit erschien. Aber erst ziemlich spät am Dienstagabend, gegen halb zehn, kam Chief Culkin in die Lake Avenue, um ihm ein paar Fragen zu stellen.

Es war ein heißer Abend, und auf Culkins Drängen setzten sie sich auf die hintere Veranda, die auf allen Seiten mit Fliegengitter umgeben war. Ja, erklärte Harling Rossiter beherzt – er hatte drei Tage Zeit gehabt, um es immer wieder durchzugehen und zu entscheiden, was er zugeben müßte, was ihm nachgewiesen werden konnte, und was nicht. Samstagabend hatten sie in einem französischen Restaurant am Lake Champlain zu Abend gegessen, aber dann hatte sie auf der Heimfahrt mit ihm zu streiten begonnen.

»Wissen Sie«, erklärte er, während er für sich und Culkin etwas zu trinken einschenkte, »das Mädchen tat mir einfach leid – sie war ganz auf sich gestellt und eigentlich ja noch ein halbes Kind –, deshalb bin ich ein paarmal mit ihr essen gegangen. Das war alles« – die Ehrlichkeit in Person, ganz von Mann zu Mann, die Hände für einen Moment verständnisheischend ausgebreitet – »nicht mal einen Gutenachtkuß habe ich ihr gegeben, Chief. Ehrenwort. Und seit Samstagabend hat sie niemand mehr gesehen, sagen Sie? Wieso wohl? Ich muß zugeben, sie könnte ein bißchen für mich geschwärmt haben, wie das junge Mädchen in diesem Alter manchmal an sich haben. Aber das ist doch noch kein Grund …«

»Schwer zu sagen«, flocht Culkin ein. »In dem Alter.« Er war ein großer, kräftiger Mann mit einem langen, mürrischen Gesicht und müden grauen Augen, die sich jetzt, bisher lauernd niedergeschlagen, ein bißchen in Rossiters Richtung bewegten. Sein Glas hatte er noch nicht angerührt. »Anscheinend war sie schon drei oder vier Tage nicht mehr zu Hause, oder jedenfalls seit Samstag nicht mehr, und auch ihr Hund Rummy ist verschwunden. Haben Sie ihn mitgenommen, als Sie essen waren?«

»Natürlich nicht«, antwortete Harling Rossiter, als überraschte ihn die Frage. »Leider konnte sich Rummy nie so recht mit mir anfreunden, Chief. Aber ich glaube, sie hat ihn in den Wald laufen lassen, bevor wir losgefahren sind. Das hat sie meistens getan, wenn sie wußte, daß ich sie abholen käme.«

»Wann haben Sie sie am Samstagabend nach Hause gebracht?«

»Ach, du meine Güte«, sagte Harling Rossiter in einem Ton wohlwollender, aber etwas verdrießlicher Hilflosigkeit. »Dieses dumme Ding. Aber ich – also, ich habe sie gar nicht nach Hause gebracht. Ich habe in Plattsburg vor einem Drugstore gehalten, um Zigaretten zu kaufen, und als ich wieder nach draußen kam, unterhielt sie sich mit ein paar jungen Burschen in einem anderen Auto. Dann stieg sie bei ihnen ein und rief mir zu, sie brächten sie nach Hause. Ich bräuchte mich nicht mehr um sie kümmern. Das waren vielleicht freche, unverschämte Kerle. Paps haben sie zu mir gesagt – können Sie sich das vorstellen? Paps.«

»Wie viele waren es? Kannten Sie sie? Waren sie von hier?«

»Schwer zu sagen...« Begierig zu helfen, aber natürlich hilflos. »Ich kann mich bloß erinnern, daß sie einen alten schwarzen Chevrolet hatten. Sie waren zu zweit oder zu dritt – aber niemand, den ich kannte. Nur jung und vorlaut, Chief – und ich glaube eher, es waren nur zwei. Auch die Autonummer kann ich Ihnen nicht sagen. Darauf habe ich einfach nicht geachtet.«

»Das ist natürlich schade«, sagte Culkin. Mit gegeneinandergespreizten Fingern sah er nachdenklich auf die Bäume hinter dem Haus. Das Glas, das ihm freundlicherweise angeboten worden war, hatte er noch immer nicht angerührt. »Sonst hätten wir schon mal eine Spur gehabt. Wie es im Moment aussieht – Moment mal. Ist das nicht ein Hund da hinten am Zaun? Ist das etwa Rummy?«

Harling Rossiter versetzte es einen heftigen Stich. Denn als er den Kopf in die angegebene Richtung drehte, erhaschte er einen Blick auf etwas Schwarzes, rasch und verstohlen, etwas, aus dem im Schein der Verandabeleuchtung gefletschte weiße Zähne und zwei wilde, haßerfüllt blitzende Augen funkelten. Es war nur einen Wimpernschlag lang zu sehen, dann war der Spuk verschwunden, aber doch lange genug, daß Harling Rossiter sein Whiskeyglas fallen ließ.

»Herr im Himmel!« stieß Culkin hervor und sprang auf. »Glauben Sie, das war Rummy? Haben Sie ihn auch kurz gesehen?«

Sie gingen auf den Rasen hinunter, wo Culkin seine Taschenlampe herausholte. »Und was ist das da?« fragte er und bückte sich. »Ein blau-weißes Halstuch, wie es aussieht. Könnte es dem Mädchen gehören, was glauben Sie?«

Auf der Veranda hinter Harling Rossiter war Licht. Dort hinten gab es Schutz und eine Tür, die sich abschließen ließ. Doch halt – erst mußte etwas anderes getan werden – ein Weg, den er gehen mußte, ein Weg, den er sich, ohne lange zu überlegen, selbst vorgezeichnet hatte.

»Ich weiß nicht«, stieß er gepreßt hervor. Er sah Culkin im Dunkel des Gartens an, und Culkin sah ihn an, so viel konnte er erkennen. Ein unheilvoll kühler Lufthauch streifte ihn und – war das nicht das leise Tappen unsichtbarer Pfoten? »Sie hatte mindestens zwei oder drei Halstücher, Chief, und das könnte eins davon sein. Aber mit Sicherheit kann ich das nicht sagen.«

»Ganz schön eigenartig«, brummte Culkin und sah sich nervös um. »Und wo ist der Hund bloß hin? Hierher, Rummy, komm.«

Er bekam keine Antwort. Unter den Bäumen herrschte Todesstille.

»Tja«, sagte Culkin schließlich und stopfte das Tuch in seine Tasche, »dann werde ich das mal auf schnellstem Weg an die State Trooper in Plattsburg weiterleiten. Mir gefällt das ganz und gar nicht, Mr. Rossiter, Sir. Total verdreckt und fleckig, haben Sie gesehen? Aber vielleicht können die in Plattsburg ja die Flecken analysieren und feststellen, wo sie herkommen.«

Harling Rossiter, ein starres Lächeln auf den Lippen, machte eine zustimmende Handbewegung und nickte. Dann mußte er ganz allein ins Haus zurückgehen, nur mit der einen Lampe auf der Veranda, und ringsum die einsamen Wälder. Etwa fünf Minuten lang stand er reglos an der Fliegengittertür, und alle paar Sekunden durchlief ihn ein leichter, aber unkontrollierbarer Schauder. War das möglich? Konnte dieser verdammte Köter tatsächlich …

Natürlich konnte er! Er hatte doch schon unzählige dieser Geschichten über die Treue eines Hundes zu seinem Herrn oder seinem Frauchen gehört. Aber Hunde, die am Grab einer geliebten Person wachten und sich nicht mehr von ihm fortlocken ließen? Oder über Hunde, die vergessen oder zurückgelassen wurden, wenn eine Familie umzog, und die Hunderte oder gar Tausende von Kilometern zurücklegten, um schließlich oft Monate später ihre Besitzer in einer fremden Stadt, in der sie noch nie gewesen waren, aufzuspüren? Diese Hunde hatten keine Möglichkeit gehabt herauszufinden, was passiert war und warum sie zurückgelassen worden waren – und doch hatten sie es herausbekommen! Dabei war Liebe ihre Hauptantriebskraft gewesen, aber vielleicht konnte Haß denselben Zweck erfüllen. Und dieser verdammte Köter hatte ihn schon immer gehaßt. War es tatsächlich möglich, daß er sogar im Tod …

Augenblick mal! Angenommen, er hatte ihn am Samstagabend gar nicht getötet, sondern sich das nur eingebildet. Was dann? Der Hund war vielleicht im Dunkel an eine Stelle am Ufer getrieben worden, wo er ihn nicht sehen konnte, und dort war er dann vielleicht zu Tode erschöpft liegengeblieben und im Lauf der letzten paar Tage langsam wieder zu Kräften gekommen. Und dann hatte er schließlich die Augen aufgeschlagen und war die Böschung hochgekrochen, zu Alices Grab. Dort hatte er die weiche Erde aufgewühlt – warum, in Dreiteufelsnamen, hatte er sich ausgerechnet weichen Boden aussuchen müssen? –, bis die Leiche zumindest teilweise freigelegt war.

Danach war ihm der Gedanke gekommen, daß er Hilfe brauchte, menschliche Hilfe, und um sie zu bekommen, hatte er dieses weißblaue Tuch ihrer totenstarren Hand entrissen. Harling Rossiter hatte es ihr geschenkt …

Und dann? Dann war er offensichtlich in die Stadt gelaufen, um die Hilfe zu holen, die er brauchte, selbst aber nicht leisten konnte. Oder um ihn anzuklagen; war das der Grund? Den unwiderlegbaren Beweis seiner Schuld zu erbringen? Auf jeden Fall war es ihr Halstuch gewesen, und es war erst vor ein paar Minuten hier abgelegt worden, mitten in seinem Garten. War animalischer Instinkt zu so etwas imstande? War tödlicher Haß zu so etwas imstande? Es war jedenfalls passiert, das stand fest.

Und jetzt konnten die Fachleute im Labor der State Trooper oben in Plattsburg vielleicht schon in ein paar Stunden feststellen, woher die Schmutzflecken kamen – von der Erde des Dark Pond. Er mußte also etwas unternehmen. Er durfte keine Zeit verlieren. Er mußte als erster da sein!

Um sicherzugehen, daß ihm niemand folgte, fuhr er erst eine Weile kreuz und quer durch die Stadt, bevor er sich auf den Weg zum Dark Pond hinaus machte. Doch selbst jetzt sah er immer noch alle paar Sekunden in den Rückspiegel. Noch war nichts verloren; es war niemand da – und Frank Culkin war auf dem Weg nach Plattsburg. Er hatte also das Glück des Tapferen auf seiner Seite, und auch den Mond, der an diesem Abend etwas später herauskam und die Szenerie in noch gespenstischeres Licht tauchte.

Unter den Bäumen waren weiße Dunststreifen und eine pulsierende Stille, die Harling Rossiter tiefer und bedrohlicher erschien als jede Stille, die er bisher vernommen hatte. Und kaum war er ausgestiegen und losgelaufen, war noch etwas anderes hinzugekommen. Oder bildete er sich das fast unhörbare Tappen anderer Schritte, die aus dem Waldstück hinter ihm kamen, nur ein? Rührten diese Schritte überhaupt von einem menschlichen Wesen her – und war dieses Wesen lebendig?

Er wußte nur, daß sie sich ganz nach ihm richteten.

Wenn er anhielt, verstummten auch sie. Wenn er weiterging, gingen auch sie weiter. Dieser verdammte Köter! Er wußte alles, was er wußte, alles, was er dachte, und er führte ihn an der Nase herum. Aber jetzt gab es kein Zurück mehr. Er mußte weitergehen, mußte es herausfinden, mußte Gewißheit haben!

Und dann hörte er, wie eine andere Person in panischem Entsetzen aufschrie, und er spürte, wie er ins Wanken geriet und in voller Länge auf den Waldweg fiel. Einen Augenblick blieb Harling Rossiter reglos liegen, um zu lauschen, was Rummy machte – aber es war nichts zu hören. Dann stand er auf und stapfte erleichtert weiter – doch da war das Geräusch plötzlich wieder. Die ganze Zeit blieb es ihm hartnäckig auf den Fersen: das konnte nur der Hund sein. Er stieß wieder einen Schrei aus und wankte noch benommener weiter, bis er den Teich erreichte.

Doch dort quälte ihn selbst der matte Mond. Dicke Wolken schoben sich vor ihn. Alles, was er erkennen konnte, war das schwache Schimmern eines stehenden Gewässers, als leichter Wind aufkam und der Septembernebel sich träge teilte. Ja, hier war es – und die letzten paar Schritte kroch er auf Händen und Füßen weiter.

Ja, genau hier. Ein großer Felsen auf der einen Seite, eine Gruppe zarter, junger weißer Birken auf der anderen. Direkt unter ihm also, genau zwischen diesen beiden Orientierungspunkten – und Gott sei Dank kam der Mond plötzlich wieder heraus – genauso plötzlich, wie er vor wenigen Momenten verschwunden war.

Anscheinend hatte sich noch niemand an der Stelle zu schaffen gemacht. Kein Arm oder Bein stand heraus, kein Zipfel ihres weißen Kleides, keine Schuhspitze war zu sehen. Gott sei Dank! Alles war noch so sorgfältig verborgen, wie er es am Samstagabend hinterlassen hatte. Er lachte kindisch in sich hinein und ließ sich sogar wie ein kleiner Junge auf die Hacken nieder. Die ganze Aufregung war umsonst gewesen! Er klatschte in die Hände, und gleichzeitig hob er erleichtert den Kopf – und in diesem Moment sah er den Hund.

Er war direkt hinter ihm. Lautlos wie der Tod stand er da, ganz schwarz, mit langen Beinen und kräftigen Schultern, und die wolfsähnliche Zunge hing ihm heraus, als wäre er hungrig. Er rührte sich nicht. Man konnte ihn nicht atmen hören. Er stand bloß da, und die Stille, die Harling Rossiter umgab, gefror zu klirrendem Eis.

Er wollte aufstehen. Aber er konnte nicht. Abwehrend streckte er die Hände aus und schüttelte den Kopf. Und dann reckte der Hund endlich die Schnauze gen Himmel und heulte los. Es war ein langgezogenes Heulen, das tief hinten aus seiner Kehle kam, triumphierend und schadenfroh, voll wildem Rachedurst, als wäre er endlich am Ziel. Es war wie ein Rufen unter dem mächtigen Gewölbe des Himmels, gnadenlos und unnachsichtig, und es schien durch das Dunkel und die Stille in die ganze Welt hinauszudringen. Pfeilgerade wie ein düsterer und eisiger Vorgeschmack auf den wartenden Tod drang es ins Herz – und dort wurde es erwidert.

Denn jetzt nahten andere Geräusche, deutlich vernehmbare Geräusche. Eine Stimme murmelte etwas, und eine zweite antwortete ihr. Harling Rossiter stützte sich mit beiden Armen auf, in seinem Gesicht ein Ausdruck benommener, halb wahnsinniger Verschlagenheit, und unter den Bäumen leuchtete eine starke Taschenlampe auf und blendete ihn. Rossiter riß einen Arm hoch, um die Augen zu beschirmen, und dann, wieder von gnädigem Dunkel umhüllt, hörte er eine weitere Stimme.

Es war die von Chief Culkin.

»Irgendwo hier«, sagte er. »Vielleicht genau da, wo er

kniet, Lieutenant. Ich könnte schwören, das ist die Stelle. Sie muß es sein. Buster hat ihn überführt!«

»Nein, nein«, stammelte Harling Rossiter, die Hände flehentlich ausgebreitet. »Sie verstehen das völlig falsch, Chief. Hören Sie mich an!«

»Warum?« unterbrach ihn Culkin brutal und verächtlich. »Sie gottverdammter blöder Trottel! Sie haben genau das getan, was wir gehofft haben. Wir mußten nur einen Sender an Ihrem Auto anbringen und Ihnen Buster hier außer Sichtweite folgen lassen, wie er es gelernt hat. Mir war von Anfang an klar, ganz gleich, wo die Leiche war, wir hätten sie auf gar keinen Fall gefunden, nicht hier oben in der Wildnis der Adirondacks, wenn Sie uns nicht selbst zu ihr führten. Versuch's an dieser weichen Stelle direkt unter ihm, Harry. Er ist ein Rossiter, weißt du. Da wollte er wahrscheinlich seine Hände nicht zu sehr beanspruchen.«

»Nein, nein...« Verzweifelt warf er sich auf den Boden, um mit beiden Armen die Stelle zu schützen, die Culkin bezeichnet hatte. »Das können Sie nicht, Chief. Das dürfen Sie nicht. Hier ist nichts! Nur...«

»Nur ein Halstuch«, rief einer der Trooper hinter ihm aus. »Nur etwas, das wie ein Mädchenkleid aussieht. Komm, Al. Helft mir. Sie ist hier!«

»Ein Halstuch?« Rossiter riß den Kopf zu Culkin herum. »Aber das kann nicht sein. Sie haben Ihren Leuten doch nur gesagt, sie sollten das behaupten. Ich habe doch selbst gesehen, wie Sie das Tuch eingesteckt haben!«

»Ja, ganz richtig«, sagte Culkin und ließ unsanft die Handschellen zuschnappen. »Sie haben ihr das Tuch selbst gekauft, stimmt's? Und natürlich mußte das arme Ding vor ihrer Freundin in der Bank damit angeben. Aber zum Glück waren Sie nicht so schlau, um auf die Idee zu kommen, daß sie im Bon Ton vielleicht noch so ein Tuch auf Lager haben könnten! Das ist das Tuch, das ihre Freundin für uns ausgesucht hat und das Buster dann in ihrem Garten liegengelassen hat. Glauben Sie, ich hätte damals nicht gemerkt, wie totenblaß Sie plötzlich geworden sind. Von da an war der Fall für mich klar, und das erst recht, als wir auch noch den armen Rummy, halb in Stücken, aus dem Teich hier gefischt haben. Er hat ihr zu Hilfe kommen wollen, stimmt's? Aber wie Sie's auch drehen und wenden, es gibt kein Entkommen mehr für Sie, die Falle ist zugeschnappt. Denn wie hätten Sie wissen sollen, wo Sie sie suchen müssen, wenn Sie sie nicht selbst hier verscharrt hätten? Und jetzt schafft ihn zum Auto, zwei von euch. Ich will nichts mehr von diesem Menschen sehen.«

Währenddessen hatte sie der Polizeihund die ganze Zeit aufmerksam beobachtet, hatte erst den einen, dann den anderen angesehen und treuherzig mit dem Schwanz gewedelt. Aber nach einer Weile begann er heftig zu gähnen, rieb in Erwartung eines anerkennenden Tätschelns den Kopf am Bein des Lieutenant und bekam es auch.

»Braver Hund«, lobte ihn Culkin und tätschelte ihn ebenfalls. »Nur ein bißchen schwarze Farbe, die wir im Handumdrehen wieder runterkriegen, und schon hast du dem armen Rummy fast aufs Haar geglichen – jedenfalls bei schlechter Beleuchtung. So mußtest du dich ihm dann zeigen, nur ganz kurz, unmittelbar nachdem du das Halstuch fallengelassen hast, das sie am Tatabend anhatte und das er ihr selbst gekauft hat, und ich meine, was hätte er danach schon viel anderes tun sollen? Gratuliere, Lieutenant. Wirklich, einen tollen Schauspieler haben Sie da.«

Zwei andere Männer in Uniform schoben Harling Rossiter zum Weg hinauf. »Nein, nein«, flüsterte er immer weiter. »So warten Sie doch. Sie verstehen das völlig falsch. Nein, nein, nein! Begreifen Sie doch endlich ...«

Aber es half ihm nichts, absolut nichts. Schweigend führten ihn die Trooper ab, einer auf der linken, der andere auf der rechten Seite, und keiner von beiden hielt es für nötig, dem letzten Rossiter zu antworten.

Deutsch von Sepp Leeb

WILLIAM BANKIER

Der Hund,
der nur einem gehorchte

*Es gibt nichts, was einen Mann
und seinen Hund trennen könnte –
nicht einmal der Tod ...*

Eloise hockte auf ihrem Platz am Fenster und beobachtete ihren Mann und dessen großen schwarzen
Hund. Jethro Maxwell lag ausgestreckt im Liegestuhl
unter einem bunten Sonnenschirm. Vor vierundsiebzig
Jahren hatte er das Licht der Welt erblickt und niemals
begriffen, was mit salopper Kleidung gemeint war. Sein
schlaksiger Körper, halb im Schatten und halb in der
Sonne, machte im dreiteiligen Tweed-Anzug mit Ecken-
kragen und Fliege und in den ochsenblutfarbenen Stie-
feln mit hohen Stulpen den Eindruck, er würde bewuß-
ter Qual ausgesetzt.

Sie wollte, daß er starb. Jetzt, in diesem Augenblick,
wäre es genausogut wie zu jedem anderen Zeitpunkt.
Ein Hitzschlag käme gerade recht. Sie machte ihm nichts
vor – er wußte, was sie fühlte. Doch wann immer sie
ihrer Frustration Ausdruck verlieh, schien er es nicht zu
hören. Bei ihr wurde alles auf den rasenden Imperativ
reduziert: »Verschwinde aus meinem Leben!«

Es war die Langeweile des bestehenden Zustandes,
der ihren Wunsch verstärkte, daß er besser weg wäre. Er
pfiff ohnehin schon auf dem letzten Loch und stand mit
einem Fuß im Grab. Seit langem hatte sich Maxwell aus
dem Immobiliengeschäft zurückgezogen und klammerte
sich nur mühsam an sein klägliches Leben. So schlecht
war sein Gesundheitszustand, daß seine Umgebung ihn

einfach nur noch als Ekel empfand. Die Situation war nicht in Ordnung, und da Eloise darauf versessen war, daß alles seine Ordnung hatte, wollte sie die ausgelaugte Beziehung gegen eine unverfälschte Einsamkeit eintauschen.

Der Hund war noch schlimmer als sein Herr. Jethro bestand darauf, ihn überall im ganzen Haus herumspazieren zu lassen. Eloise hätte das Vieh am liebsten in die Garage verbannt. Unablässig fielen ihm Haare aus dem glänzenden Fell. Gerade fand sie eines auf der Polsterung neben sich. Sie griff mit lackierten Fingernägeln danach, öffnete das Flügelfenster und ließ es nach draußen schweben. Jethro neigte den Kopf, als er das Geräusch hörte; seine Augen blieben jedoch geschlossen.

Er sagte zu dem Hund: »Glaubst du, es ist Zeit für die Post, Mike?« Der Hund stemmte sich von den Steinplatten hoch, trottete um die Hausecke herum und war nicht mehr zu sehen.

Das konnte einen doch wirklich wütend machen, oder etwa nicht? Nie hatte man ihm Gehorsam beigebracht, kein »Bei Fuß!« oder »Sitz!« Der alte Mann sprach mit dem Hund genau so, als wäre ihm der ebenbürtig. Und anscheinend begriff das Tier und tat genau das, was er wollte. Doch nur bei ihm. Mike war ein Hund, der nur einem gehorchte, und dieser eine hieß Jethro Maxwell.

»Du verschwendest nur die Zeit des Hundes«, sagte Eloise durch das offene Fenster. Sie konnte sich an lang vergangene Abende erinnern, an denen sie und Jethro sich zusammengesetzt hatten, nur eine Armeslänge voneinander entfernt, ihre Dämmerschoppen tranken, den Tag Revue passieren ließen und den Abend planten. Jetzt blieb sie immer auf Distanz. Was nur war schiefgegangen? Nichts. Ihr Zusammenleben glich einem vorhersehbaren Theaterstück. Die gegenwärtige Feindseligkeit stellte nur die letzten Seiten eines sich unablässig wiederholenden Drehbuches dar. »Sonntags kommt keine Post.«

»Ich erwarte einen Brief von Sanford«, antwortete der alte Mann. »Eine Antwort auf etwas, das ich ihm geschickt habe. Er sagte, er würde heute vorbeifahren und einen Brief in den Kasten legen.«

»Aber bei uns hereinschauen wird er natürlich nicht!« Eloise war eingeschnappt. Der Rechtsanwalt gehörte zwar nicht gerade zu ihren Lieblingsbesuchern, aber sein Erscheinen hätte eine Ausrede für einen Drink geboten.

»Warum sollte er das auch tun?« fragte Maxwell. »Wenn er *Wer hat Angst vor Virginia Woolf?* sehen möchte, kann er doch ins Theater gehen.«

Mit einem Brief in der Schnauze kam der Hund wieder zurück. Er war sehr mit sich zufrieden. Maxwell nahm den Umschlag entgegen und trocknete ihn an seinem Ärmel ab, machte ihn auf, las den Brief und ließ alles in seiner Jackentasche verschwinden.

Eloises Blick ruhte auf ihm, als er sich aufrichtete – zu rasch, wie sich herausstellte. Er schwankte, griff nach der Stange des Sonnenschirms, um nicht zu fallen, setzte sich hin und ließ den Kopf zwischen die Knie hängen. Sie fühlte ein wenig Mitleid, als sie diese Demonstration der Schwäche beobachtete. Die Pumpe in seiner zerbrechlichen Brust war nicht mehr so leistungsstark wie früher. Wenn man von ihr verlangte, das Blut den ganzen Weg bis zu einem Gehirn zu befördern, das sich plötzlich eineinhalb Meter höher befand, erwartete man zuviel von ihr.

Bitte keinen Schlaganfall! dachte Eloise. Das einzige, das noch schlimmer als die gegenwärtige Situation sein würde, wäre ein Jethro, der sich halbseitig gelähmt von einem Zimmer ins andere schleppen und wie ein Bauchredner sprechen würde. Und ein treuer Mike, der ihm auf Schritt und Tritt folgte. Laß ihn schnell das Zeitliche segnen, betete sie. Ein Autounfall wäre ideal.

»Ich nehme mir gerade einen Drink«, sagte sie, als er hereinkam. Ein Eiswürfel löste sich aus der verchromten Zange und plumpste in ein Kristallglas. »Würde dich ein Schlückchen Bourbon nicht ein wenig aufmuntern?« Sie wußte, daß Alkohol gegen die Anordnungen des Arztes verstieß.

»Das ist nichts für mich. Draußen wäre ich beinahe umgekippt.«

»Erinnere dich an das, was ich dir gesagt habe: Wenn du fort bist, geht auch der Hund.«

»Ich habe deine Drohung nicht vergessen.«

»Dann solltest du auch besser auf dich aufpassen.«

»Ich passe auf alles auf.« Maxwell setzte sich in seinen Lehnstuhl. Der Hund legte sich hin und ließ sein Kinn auf der polierten Kappe des rechten Stiefels ruhen. »Ich mache eine kurze Pause. Dann nehme ich Mike mit in die Küche und füttere ihn.«

»In dieser Küche bereite ich Mahlzeiten zu. In Restaurants sind auch keine Haustiere erlaubt – warum sollte ich mir alles gefallen lassen?«

»Bevor du hineingehst, sind wir wieder weg.«

»Und habt überall Haare und Flöhe hinterlassen und Leber verstreut.« Beide waren sie den alten Streit leid, doch Eloise konnte spüren, wie er wieder hervorbrach. Die Worte glichen den Hornissen, die an jenem Sommerabend aus ihrem grauen Papiernest unter der Dachkante geschwärmt waren, als sie neun Jahre alt war. Es war einfach unmöglich, die Worte bei sich zu behalten. »Ich wünschte mir, du würdest diesen Hund los.«

»Nicht schon wieder!«

»Wir brauchen keinen Hund!«

»Du nicht, aber ich. Er ist mein Freund.«

»Ich bin deine Frau.«

»Was hat das denn damit zu tun?«

Sie schnauzten sich an. Trotz ihrer Scham verspürte Eloise eine gewisse Genugtuung. Es war, als ob der abgedroschene Streit einen kleinen Trost enthielt. Barsche Worte waren besser als überhaupt keine Worte. »Früher hattest du immer Zeit für mich«, sagte sie.

»Ich habe sehr wenig Zeit für irgend etwas«, murmelte er und stand auf. Der Hund folgte ihm aus dem Zimmer. »Du weißt ja, wie das ist, nicht wahr, Mike? Wie ist das Leben, wenn man alt und müde ist?«

»Rrrrauh!« sagte der Hund.

Vor drei Jahren, als Mike das erstemal ins Haus kam, hatte Eloise versucht, ihn für sich zu gewinnen. Aber immer, wenn sie das Tier rief, weigerte es sich, zu kommen; wenn sie den Gummiball über den Rasen schleuderte, auf dem die vielen Male, die das Tier ihn als Antwort auf Jethros Kommando zurückgebracht hatte, die Spuren seiner Zähne hinterlassen hatten, weigerte es sich, hinter dem Ball herzujagen. »Verdammt noch mal! Ich versuche doch nicht, dich kleinzukriegen«, hatte Eloise ihn an jenem Tage angeschnauzt. »Sei doch *sein* Hund! Aber sei einen Augenblick lang auch für mich da.« Das seelenvolle Gesicht hätte aus Ebenholz geschnitzt sein können. Die Vorstellung, auch noch jemand anderem ergeben zu sein, überstieg Mikes Fassungsvermögen.

Im letzten Sommer war K. J. Sanford auf einem seiner seltenen Besuche vorbeigekommen. Als in jenen vergangenen Tagen Maxwells Immobiliengeschäft florierte und Jethro auf dem Höhepunkt seiner Prozeßwut war, hatte der Rechtsanwalt viel zu tun gehabt. Jetzt war der Krieg vorbei, und daher gab es nicht viel, was die beiden alten Männer zusammenführte. Bei diesem Besuch entdeckte Sanford den Hund, der gerade über den Rasen lief. »He, mein Guter! Komm her, mein Wauwau!« rief er.

»Er wird Sie nicht beachten«, meinte Eloise. Jethro war gerade im Haus und füllte das Glas des Besuchers wieder auf.

»Ich mag Hunde. Komm schon her, mein Guter! Wie heißt er denn?«

»Mike.«

»Hierher, Mike! Komm hierher, Mike!« Sanford versuchte mühsam, sich aus seinem Sessel zu erheben. Als wäre er ein Klon von Jethro Maxwell, ausgebleicht und verschrumpelt und dazu bestimmt, noch weitere zwanzig Jahre zu leben. Seine Stimme wurde zu einem Flüstern, er klatschte in die Hände. »Na, nun komm schon, mein Guter! Hierher, mein Hund! Komm, komm, komm, komm!«

Mike strich im großen Bogen an ihm vorbei durch die Terrassentür, taub den Kopf hin und her schaukelnd. Eloise verspürte Genugtuung darüber. Wenige Minuten später kam Maxwell mit zwei Drinks zurück. Als er dem Rechtsanwalt einen reichte, sah er das leere Glas seiner Frau. »Wolltest du auch etwas?«

»Ich hab' genug.«

»Wo ist denn Mike?« Seine Stimme war lauter geworden. »Mike, komm hierher!«

Mit großen Sätzen kam der Hund auf die Terrasse herausgesprungen und zeigte sich dem alten Mann.

Während sich Eloise an all das erinnerte, ging sie den dunklen Flur zur Küche entlang. Der Rest des Tageslichts strömte durch die bleiverglasten Fenster. Mike schlang sein Fressen in sich hinein, während Jethro neben ihm kauerte und ihn beobachtete. Von der Türschwelle aus fragte Eloise: »Wie lange noch?«

»Er ist in einer Minute fertig.«

»Ich meine uns.«

»Was ist mit uns?«

»Dieser Zwischenzustand. Unser kalter Krieg. Wie lange wird er noch andauern?«

»Nicht mehr lange«, sagte der alte Mann. »Vertrau mir.« Der boshafte Blick, den er Eloise über seine Schulter zurück zuwarf, war dermaßen vermessen, daß Eloise sich einredete, das Licht müsse ihr einen Streich gespielt haben.

Zu dieser Zeit des Jahres war es am trüben Morgen frostig. Eloise stand am oberen Ende der steilen Auffahrt. In einen Regenmantel gehüllt, rauchte sie eine braune Zigarette. Sicher, es gab für sie keinen Anlaß, draußen zu sein; sie hatte dem Kriminalbeamten alles gesagt, was sie wußte. Aber sie wollte nicht ins Haus gehen. Nach der ganzen Frustration war es eine Erfüllung, Jethros Leiche auf halbem Weg den Abhang hinunter liegen zu sehen. Der Wagen stand dreißig Meter weiter unten auf ebenem Gelände. Jethro war tot. Ein Nachbar, der um sieben Uhr rausgegangen war, um die Zeitung zu holen, hatte die Leiche bemerkt. Als es geklingelt hatte und sie nach draußen geeilt und über den Rasen gestürmt war und sich über ihn gebeugt hatte, fragte sie: »Wer war das?« Keiner hatte ihr auf diese Frage eine Antwort geben können.

Der ärztliche Leichenbeschauer war mit seinen Untersuchungen fertig und unterhielt sich mit dem Kriminalbeamten. Die beiden standen in der Nähe des Autos. Doch Jethro Maxwell war nicht allein. Wie eine Statue saß der schwarze Hund neben der Leiche. Es war schwer zu sagen, was in Mike vorging; seinen Kopf hielt er bewegungslos in Richtung Horizont. Soviel Eloise wußte, war das sein Ausdruck für ›Wer war das?‹.

Eloise fröstelte. Sie mußte sich unbedingt etwas Wärmeres überziehen, ging nach innen und zog sich noch eine Jogginghose, dicke Socken und einen Wollpullover an. Beim Kaffeekochen dachte sie an K. J. Sanford. Dem Rechtsanwalt sollte sie eine Nachricht zukommen lassen. Sie holte das Telefon. Es war noch früh, aber es bereitete ihr Vergnügen, den alten Mann zu wecken.

»K. J.? Eloise am Apparat. Mir geht es gut, aber Jethro nicht. Irgend jemand hat ihn mit unserem Wagen überfahren, seine Brust ist zerquetscht worden, sein Herz schlägt nicht mehr. Auf der Auffahrt direkt vor dem Haus. Der Kriminalbeamte meint, ich sei es gewesen. – Nein, das hat er nicht gesagt, aber ich weiß, was er denkt: Cherchez la femme!«

Sanford kündigte an, direkt herüberzukommen. »Sagen Sie nichts, Eloise«, ermahnte er sie. »Kein Wort über Sie und Jethro und Ihre Beziehung.«

»Es könnte festgehalten und gegen mich verwendet werden, nicht wahr?«

»Ganz genau.«

Sie brachte dem Kriminalbeamten einen großen Becher dampfenden Kaffee. Er nahm einen Schluck und sagte: »Mmmmh!«, die schönste Äußerung, die Eloise in den letzten Wochen gehört hatte. Der Mann hieß Stokes und wirkte in seinem blauen Nadelstreifenanzug und mit der randlosen Brille wie ein Buchhalter. »Ihnen muß doch ganz kalt sein«, meinte er.

»Vorhin war mir das auch. Und Sie haben ja nicht einmal einen Mantel an.«

»Ich mag den frühen Morgen, bin schon um fünf Uhr fit. Vor Sonnenaufgang.«

»Bewundernswert.«

»Die beste Zeit des Tages. Mehr noch als den Körper hält das den Geist auf Trab.«

»Mein Mann steht auch früh auf. Um den Hund auszuführen.« Dabei fiel ihr Blick auf zwei Männer, die sich ihnen mit einer Bahre näherten. »Stand früh auf.«

»Ich muß Ihnen einige Fragen stellen«, sagte Stokes.

»Ich weiß.«

Die Männer trugen Jethros Leiche davon. Der Hund

rührte sich nicht vom Fleck. Sein Blick war in den grauen Himmel gerichtet.

»Sie müssen sie nicht beantworten.«

»Das sagte man mir.«

»Ist das sein Hund?«

»Er hört nur auf ihn. Zu mir oder irgend jemand anderem würde er nie kommen. Nur zu meinem Mann.«

»Der Zeitpunkt seines Todes steht fest; es war etwa vier Uhr morgens. Wo waren Sie da?«

»Ich lag im Bett und habe geschlafen.« Das Ableben ihres Mannes hatte Eloise in Hochstimmung versetzt. Die leichte Benommenheit in ihrem Kopf ließ sie alle Hemmungen verlieren. »Ich besitze kein Alibi. Ich werde Ihnen auch nicht verheimlichen, daß ich seinen Tod wollte. Ich bin froh, daß es passiert ist.«

Ihre Blicke trafen sich, ohne einander auszuweichen. Stokes schien einen Entschluß zu fassen. Bei neuen Fällen gehörte es zu seiner Methode, erst einmal seinem Instinkt zu vertrauen.

Ein glänzender schwarzer Wagen, der der Mordwaffe nicht unähnlich war, rollte die Auffahrt herauf. K. J. Sanford stieg aus und gesellte sich zu den beiden in der Nähe des Hauses. Kaffee wollte er nicht. An den Kriminalbeamten gewandt, sagte er: »Wenn Sie mit diesem Fall betraut sind, dann muß ich Ihnen das hier zukommen lassen.« Er überreichte ihm einen versiegelten Umschlag. »Jethro hat es mir vor einigen Wochen zu den Unterlagen gegeben. Er schien um sein Leben zu fürchten und sagte, wenn er unter verdächtigen Umständen sterben würde, sollte es der Polizei übergeben werden.«

Das Schriftstück war eindeutig in Jethro Maxwells Handschrift verfaßt. Stokes las laut vor. »Meine Frau beabsichtigt, mich zu ermorden. Mehr als einmal hat sie das geäußert. Sie will nicht nur, daß ich weg bin, sie will auch meinen Hund loswerden. Wenn ich getötet werden sollte, ist Eloise Maxwell die Schuldige.« Es folgte seine eigenhändige Unterschrift, dann der Nachsatz: »P.S.: Sorgen Sie dafür, daß Mike ein gutes Zuhause bekommt.«

Mit einem säuerlichen Lächeln hielt Eloise ihre Handgelenke hin. »Und nun lassen Sie doch die Handschellen zuschnappen, nicht wahr?«

»Noch nicht ganz.« Stokes ging die steile Auffahrt hinunter zu dem Wagen. Er spähte durch das offene Fenster auf der Fahrerseite. Sorgfältig öffnete er die Fahrertür, dabei benutzte er sein Taschentuch und musterte das Lenkrad. Dann kniete er sich hin, fuhr mit der Handfläche über das Bremspedal, stand wieder auf und betrachtete sie eingängig. Dann nickte er und kam die Auffahrt wieder hoch.

»Bei dieser Sache hier handelt es sich um keinen Mordfall«, sagte er, »sondern um einen sorgfältig geplanten Selbstmord, mit dem der Verdacht auf Mrs. Maxwell gelenkt werden sollte.«

»Wie kommen Sie denn darauf?« fragte Sanford.

»Hundehaare auf dem Bremspedal.« Er zeigte seine Hand. »Der Ganghebel steht auf Leerlauf. Das Ganze muß sich wie folgt abgespielt haben: Der Verstorbene brachte seinen Hund in den Wagen, ließ das Tier mit seinem ganzen Körpergewicht gegen das Bremspedal lehnen und befahl ihm, sich nicht von der Stelle zu rühren. Dann ging er weg und legte sich vor eines der Räder, und zwar so weit die Auffahrt hinunter, daß der Wagen genügend Geschwindigkeit aufnehmen konnte. Schließlich rief er den Hund. Dieser sprang durch das offene Fenster nach draußen, die Bremse löste sich, der Wagen rollte den Abhang hinunter, und die Brust des alten Mannes wurde zerquetscht.«

Nach einem langen Schweigen sagte K. J. Sanford: »Das hört sich für mich ganz nach Jethro an.«

Eloise wartete gelassen, bis die Sonne niedrig stand und der Nachmittag sich abgekühlt hatte. Dann ging sie mit ihrem Drink auf die Terrasse und setzte sich in einen der Liegestühle. Als Jethro noch lebte, hatte sie geglaubt, nicht einsamer sein zu können. Jetzt, da er gegangen war, fühlte sie sich, als sei ein Teil ihres Inneren entfernt worden. Vor Jahren hatte sie einmal beobachtet, wie jemand einen scharfen Gegenstand in eine Melone gestoßen, ihn gedreht und einen roten, nassen Pfropfen herausgezogen hatte. Ihre gegenwärtige Situation war viel schlimmer als die frühere Einsamkeit. Einen derartigen Schmerz hatte sie nicht erwartet.

Irgend etwas berührte ihre Hand. Sie blickte nach unten, blinzelte, um die tränenverschleierten Augen zu klären. Neben ihrem Liegestuhl saß der schwarze Hund. Er öffnete seine Schnauze, und etwas fiel auf die Steinplatten – sein abgenutzter, unförmiger, von den Zähnen ramponierter Gummiball.

Deutsch von Gunther Seipel

Geld im Schnee

Ida Pratt nahm den Hörer von der Gabel, als ihr Bruder Cliff in seinem Schlafanzug den Flur entlangrannte. »Feuerwache«, meldete sie sich.

Eigentlich befand sie sich gar nicht auf der Feuerwache – einer zweizelligen Garage in der Nähe eines leerstehenden Lagerhauses. Sie war zu Hause und stand gerade neben einem gerahmten Wandteppich mit einem Segelbootmotiv.

Eine rauhe Stimme sagte: »Bei Art Herbert brennt der Kamin. Die Flammen schießen drei Meter über das Dach hinaus!« Dann ertönte ein Klicken, und der Anrufer war weg. Die nächsten paar Minuten stolperten in der ganzen Stadt Männer der freiwilligen Feuerwehr aus dem Bett und griffen nach ihren Telefonen, während Ida immer wieder dieselbe Nachricht wiederholte und die Wegbeschreibung zu Herberts Haus hinzufügte. Als ob es irgend jemanden in der Stadt gegeben hätte, der den alten Art oder sein baufälliges Haus auf der Lake Road nicht gekannt hätte! Cliff hatte sich bereits angezogen und war zur Tür hinausgelaufen, als sie damit fertig war.

Überrascht stellte sie fest, daß es erst drei Uhr morgens war – die einsamen Januarnächte schienen einfach kein Ende zu nehmen! Sie blickte aus dem Küchenfenster auf das Thermometer, das neben dem Vogelfutterspender aus durchsichtigem Plastik mit einem Saugnapf am Fenster befestigt war: zehn Grad unter Null.

Sie zog sich eine lange Unterhose an, eine Jagdhose aus rotem Flanell und einen molligen Pullover. Die Leute in der Stadt neckten die Feuerwehrmänner gerne mit der Bemerkung: »Ida und ihr Kaffeewagen kommt jedesmal früher als ihr, nicht wahr?«

Ida war eine große, dünne Frau, zweiunddreißig Jahre alt und unverheiratet. Auf der High School war sie Kapitän der Basketball-Mädchenmannschaft gewesen, dort hatte sie auch ihren Spitznamen ›Ellbogen‹ bekommen. Er bezog sich auf die Art, wie sie nach dem Ball in die Luft sprang und mit weit nach außen gestreckten Ellbogen wieder sicher auf ihren Füßen landete. Sie hatte den Namen immer gehaßt, aber außer zu erröten, hatte sie nichts dagegen unternommen. Andere Mädchen hatten Körper mit Kurven, sie hatte eben knochige Ellbogen, stellte sie fest.

Die Männer brachten ihr nicht viel Aufmerksamkeit entgegen, von brüderlicher Aufmerksamkeit einmal abgesehen. Soweit sie sich erinnerte, war noch nie jemand stehengeblieben und hatte gefragt, was sie da eigentlich tat, wenn sie bei Minustemperaturen draußenstand und Kaffee heißmachte. Hätte eine Schwester das nicht auch für sie getan?

Nur ein einziger Mann hatte sie neulich etwas anders behandelt, und das hatte ihr tagelange Depressionen eingebracht.

Ida war zwei Sonntage zuvor in Art Herberts Haus gewesen, um dem kranken alten Mann ein von der kirchlichen Wohlfahrtsorganisation gekochtes Abendessen zu servieren. Erst bei ihrer Ankunft hatte sie gemerkt, daß er bettlägerig war.

Sein Zimmer verströmte den gleichen Geruch, den Kupfermünzen auf der Hand hinterlassen. Art saß aufrecht im Bett, kaute gerade ein Stück Truthahn und sagte: »In dieser Stadt kann ich keinem Menschen vertrauen, nur diesem Hund, sonst keinem.« Er streckte die Hand quer über das Bett aus und fütterte den abgerissenen Köter, dessen weiße Schnauze sein hohes Alter verriet, mit einem Stück Fleisch. »Und wissen Sie was? Der alte Sam ist derselben Meinung. Er vertraut selbst nur einem oder zwei Menschen.«

Als Art Herbert mit dem Essen fertig war, setzte er Sam behutsam auf dem Boden ab. »Es ist kalt in diesem Zimmer, Ida«, meinte er.

»Ich hole Ihnen noch eine Decke und lege ein wenig Holz nach, bevor ich gehe.«

»Wenn ein Körper sich derart abgekühlt hat, dann können auch Decken nichts mehr ändern.« Dann griff Art zwischen die Matratze und den Sprungfederrahmen und zog ein zerschlissenes Bündel Geld hervor, das vor Alter ganz schlaff geworden war.

Weder das Geld noch der unsittliche Antrag überraschten sie sonderlich. Die Leute erzählten sich, Art Herbert hätte Geld. Man konnte hören, er habe zweitausend Dollar in eine Keksdose in der Küche versteckt, ferner fünftausend Dollar unter seiner Matratze und zwanzigtausend Dollar in einem Matchbeutel im Schrank. Bezüglich seines Nettowertes konnte man fast jede gewünschte Zahl in Erfahrung bringen, aber man erzählte sich auch, daß er nicht einen Cent auf der Bank hatte. Es ging das Gerücht um, daß Dr. Martinson, Pfarrer Richards und der Präsident der Bank, Hatcher, gemeinsam bei Art angerufen hatten, um ihn davon zu überzeugen, seine Tausende anzulegen. Die drei hatten damit keinen Erfolg gehabt – so erzählten es sich die Leute zumindest.

»Ich wette, Sie hatten keine Ahnung, daß ich das besitze, was?« meinte er zu Ida und wedelte mit dem Geld herum. »Der arme alte Art, sagen die Leute.«

Wortlos räumte sie die Teller der Kirchengemeinde und das Tafelsilber zusammen.

»Ich habe nicht vor, mich für irgend jemanden davon zu trennen«, sagte er, »aber Sie sind freundlich und sehen gut aus, auch wenn Sie ein bißchen mager sind.«

Sie streckte die Hand aus und berührte sanft sein Gesicht mit den Bartstoppeln. »Es tut mir wirklich leid, Mr. Herbert.«

Sam saß an der Schlafzimmertür, und als Ida auf ihn zuging, fletschte er geräuschlos seine braunen Zähne und schlich dann hinter ihr her. Lautlos folgte er ihr den Flur entlang. An der Haustür schaute sich Ida um und blickte die Treppe hoch. Am oberen Ende stand Sam und beobachtete sie mit eingekniffenem Schwanz.

Und jetzt brannte Art Herberts Kamin, vielleicht sogar sein ganzes Haus.

Als sie bei Herbert ankam, waren der Pumpen- und der Wasserwagen bereits da. Die Luft war so klar, daß die Sterne ganz dicht über dem Ziegelschornstein zu stehen schienen, aus dem ein Vulkan aus Feuer und schwarzem Rauch hochschoß. In Arts Zimmer brannte Licht, dennoch war hinter allen Fenstern orangene Glut zu sehen. Sie nahm wahr, daß Sam aus eigener Kraft unter das Trittbrett des alten Pritschenwagens seines Herrn gekrochen war.

Ida beobachtete, wie ihr Bruder und Abrams jun., der Eigentümer des Abrams Energieversorgungsunternehmens, die Glasscheibe in der Haustür einschlugen, das Licht anschalteten und in den schwarzen Rauch hineinstürzten. Ida sorgte sich um Cliff, rannte über die Straße, blieb dann im Schnee stehen, der ihr bis zu den Waden reichte. Feuerwehrmänner stellten eine Leiter gegen das Haus und kletterten zu Arts Fenster hoch, das aus irgendeinem Grund bereits offenstand.

Inzwischen waren auch Flammen sichtbar, das Haus sah aus, als ob es in Festbeleuchtung prangte.

Cliff und Abrams jun. taumelten hustend nach draußen. »Wir sehen ihn nicht. Es gibt keine Möglichkeit, die Treppe hochzukommen«, sagte Abrams.

Der Mann auf der Leiter brüllte nach unten: »In seinem Zimmer ist er auch nicht. Bringt einen Schlauch hier hoch.«

Ida blickte für eine Sekunde auf den Boden, dann kniete sie sich hin und hob einen Fünfdollarschein auf. Die Erde unter Arts Fenster war mit Geld übersät. Die Feuerwehrmänner traten es in den Schnee.

Als wären es Falläpfel unter einem Baum, sammelte Ida eine Handvoll Geld auf. Sie stellte für das Geld eine Dose auf das hintere Ende ihres Jeeps, wandte sich wieder der Zubereitung ihres Kaffees zu und brachte einen Topf Wasser zum Kochen.

Die Jungs waren viel zu sehr mit dem Feuer beschäftigt, das jetzt in der Nähe des Schornsteins durch das Dach schlug, als daß sie sich um das Geld gekümmert hätten. Doch Ida wußte, daß sie damit beginnen würden, die Scheine herüberzubringen, sobald sich die Lage ein wenig beruhigt hatte.

Fred Newell war der erste Kunde am Kaffeewagen. Er stopfte eine Faust voller Banknoten in die Dose. »Ich schätze, ich habe dir gerade fünfzig Dollar für eine Tasse Kaffee gezahlt, Ellbogen.«

Er war ein Mann mit hagerem Gesicht, ungefähr in Idas Alter, und wurde fast völlig von seinem schwarzen Feuerwehrmantel und dem Feuerwehrhelm verschluckt. Ida hatte immer den Eindruck gehabt, er sei nur deswegen bei der Feuerwehr gelandet, weil Abrams jun., sein früherer Chef, seine Angestellten dazu ermuntert hatte, ihr beizutreten. Da Newell jetzt entlassen war und Arbeitslosengeld bezog, wunderte sich Ida, warum er den Dienst bei der Feuerwehr nicht quittierte.

Newell streifte sich seine Handschuhe ab und blies in die Hände, als Ida den Kaffee einschenkte. »Hast du schon gehört, daß er tot ist?« fragte er.

»Mr. Herbert?«

»Ja. Abrams hat eine Leiter an die Rückseite des Hau-

ses gestellt und durch das Fenster in den oberen Flur geschaut. Dort sah er Arts Leiche auf dem Fußboden liegen. Als Abrams das Fenster einschlug, warf ihn die
Hitze fast um. Der alte Herbert muß schon einige Zeit
tot gewesen sein. Jede Hilfe kam zu spät.«

»Wie schrecklich!«

»Ja. Weißt du, dabei haben wir ihn so oft gewarnt. Du
ahnst ja nicht, wie oft Abrams und ich hierherkamen,
um ihm zu sagen, er solle seinen Kamin reinigen lassen
und vielleicht damit aufhören, mit Holz zu heizen, und
auf einen Ölbrenner umsteigen. Ich sagte noch zu
Abrams, es sei reine Zeitverschwendung, sich mit diesem Geizhals zu unterhalten. Das einzige, was der in
sein Herz geschlossen hatte, war dieser verdammte
Hund. Genau das habe ich Abrams noch gesagt!«

Inzwischen stand das Dach in hellen Flammen. Gruppen von Feuerwehrleuten bespritzten die Scheune und
die Außengebäude mit Wasser, um zu verhindern, daß
sie durch die Wolken fliegender Funken ebenfalls Feuer
fingen.

»Mit dem alten Narren mußte es ja mal so kommen«,
meinte Newell. »Aber ich will nicht schlecht über den
Toten reden. Ich wette, er hat den Kamin jetzt seit drei
oder vier Jahren nicht mehr reinigen lassen. Er sagte, er
könne sich die fünfzig Dollar nicht leisten! Wahrscheinlich hat sich der ganze Ruß und Teer zentimeterdick im
Kamin abgelagert! Dann braucht man nur kräftig Feuer
zu machen und puff! Das kann man dann nicht mehr löschen. Und der Kamin war ohnehin nicht besonders gut.
Ließ einfach das Feuer raus!«

»Denkst du denn, er ist mitten in der Nacht aufgestanden und hat ein großes Holzfeuer im Ofen entfacht?« fragte Ida und versuchte, an etwas anderes als
an Art Herberts Leiche im oberen Flur zu denken.

»Ich nehme an, er muß ein- oder zweimal in der
Nacht aufstehen – ein kranker alter Mann wie der hat

doch bestimmt Probleme mit der Blase –, und dann hat er soviel Holz wie nur möglich in den Ofen geworfen, den Schieber weit geöffnet und ist wieder ins Bett gegangen. Ganz wie ich sagte: Puff! Beginnt die Teerschicht im Kamin erst einmal zu brennen, ist das Haus so gut wie verloren. Die Feuerwehr kann hier nichts mehr ausrichten. Wir hätten genausogut im Bett bleiben können.«

»Vielleicht könntest du ja dabei helfen, die Scheune zu retten«, sagte Ida in scharfem Ton.

»Ja. Ich schätze, irgend jemand wird sie erben.« Er schüttete den restlichen Kaffee in den Schnee. »Sie hätten dich zum Leiter der Feuerwehr machen sollen, Ellbogen. Du würdest sie schon alle bei der Stange halten.«

Eine Stunde später hielt der einzige Polizeiwagen des Ortes neben ihr am Straßenrand. Matt Jensen, der Leiter der aus drei Polizisten bestehenden Einsatzgruppe, stieg aus und unterhielt sich quer über das Wagendach mit ihr.

»Guten Abend, Ida, oder besser guten Morgen, oder was für eine Tageszeit es auch immer ist!« Er war etliche Zentimeter kleiner als Ida und ein wenig dickbäuchig. Seine rot-weiße Skikappe war so weit ins Gesicht gezogen, daß sie fast seine buschigen Augenbrauen bedeckte. Ida wußte nur wenig über sein Leben und wäre glücklich gewesen, wenn sie ihn besser gekannt hätte. Als geschiedener Mann verbrachte Matt Jensen jeden freien Tag mit seinen Kindern, die irgendwo in New Hampshire bei ihrer Mutter lebten. »Ich hörte, daß hier überall Geld herumliegt«, sagte er.

»Einiges davon habe ich hier.« Sie hielt die Dose hoch.

Matt lächelte traurig. »Ich kann mir lebhaft vorstellen, wie er in seinem Nachthemd am offenen Fenster stand und das Geld herauswarf. Was meinen Sie? Wieviel ist es?«

»Jede Menge. Die Jungs bringen es mit vollen Händen her. Ich wette, es sind ein paar tausend Dollar, vielleicht auch mehr.«

»Komische Art zu sterben. Er war so sehr damit beschäftigt, sein Geld zu retten, daß er sich nicht darum kümmerte, sich selbst in Sicherheit zu bringen, bis es zu spät war. An eingeatmetem Rauch zu sterben muß fürchterlich sein.«

»Kann ich Ihnen eine Tasse Kaffee machen, Chief?« fragte Ida.

»Ich glaube nicht, daß ich schon so viel getan habe, um eine Pause zu verdienen«, sagte er. »In einem geheizten Wagen mit blinkendem Blaulicht zu sitzen, während die Jungs das Feuer löschen, berechtigt mich wohl kaum dazu.«

»Auch durch Bescheidenheit verdienen Sie sich Ihre Krapfen!« meinte Ida.

Nicht weit entfernt hielt ein Kombi am Straßenrand. Bill Herbert, ein Mann mittleren Alters in einem provinziellen Wollmantel und mit Tirolerhut, sprang aus dem Wagen und stürmte zu Matt herüber.

»Wieviel von Onkel Arts Geld haben Sie gefunden, Chief Jensen? Ich erwarte von Ihnen, daß Sie es schützen!«

»Bezüglich Ihres Onkels habe ich eine schlechte Nachricht für Sie, Mr. Herbert«, sagte Matt ernst.

Soweit Ida das erkennen konnte, blieb Bill Herberts Gesicht völlig regungslos. »Dann *ist* er also tot?«

Matt nickte, Ida starrte auf den Boden.

»Klar, ich sollte jetzt tief bekümmert sein oder so etwas«, sprach Bill Herbert in das entstandene Schweigen hinein. »Immerhin war er mein Onkel, auch wenn er für mich nie einen Finger krumm gemacht hätte. Es tut mir immer leid, wenn ich höre, daß jemand gestorben ist.«

Ida dachte daran, Kaffee anzubieten, merkte aber, wie fehl am Platz das jetzt klingen würde.

Matt ergriff das Wort. »Ida meint, sie hat vielleicht einige tausend Dollar in der Dose.«

»Was ist denn mit dem Rest passiert? Ich weiß mit Sicherheit, daß Onkel Art vierzig- oder fünfzigmal soviel besessen hat. Er muß die Wände mit Geld isoliert haben.«

»Verbrannt«, sagte Matt sanft.

»Alles?«

Ohne zu antworten blickte Matt zum Haus hinüber. Nur der Kamin und ein paar dicke Balken waren noch stehengeblieben. Unterdessen besprengten die Feuerwehrmänner die schwelenden Trümmer weiter.

»Dann hat er es also am Ende mit sich genommen«, murmelte Bill Herbert.

»Ich bezweifle, daß er das so sehen würde«, sagte Ida.

Bill Herbert ging über die Straße und blieb auf dem Gletscher aus gefrorenem schwarzen Wasser stehen, das aus den Schläuchen über Arts Hof geflossen war. Wenn es noch Geld gab, dann war es bis zum Frühling im Wasser eingeschlossen.

Ida beobachtete ihn, als er auf einen Schuppen in der Nähe der Scheune zuging. Wie ein Geist schlich sich Arts Hund in die Dunkelheit, als Bill auf ihn zukam.

Der Himmel begann schon ein wenig aufzuhellen, als sich Ida wieder mit Matt unterhielt. Mit verschränkten Armen stand er etwas abseits. Es sah aus, als ob er die Arme auf seinem Bauch abgelegt hätte. »Sie machen den Eindruck, als hätten Sie etwas Wichtiges vor, Ida!« meinte er.

»Könnte schon sein«, erwiderte sie. Vor einer Minute hatte sie das Licht im Innern ihres Jeeps angeschaltet und vor dem Rückspiegel an ihrem Haar herumgefummelt. Hoffnungslos, entschied sie. Aber was sollte jetzt der Gedanke an eine ordentliche Frisur, schließlich gab es jetzt Wichtigeres zu tun ...! »Ich glaube nicht daran, daß es ein Unfall war«, sagte sie so ruhig, daß sie sich für einen Augenblick fragte, ob Matt sie überhaupt gehört hatte.

»Eigentlich ist es nie ein richtiger Unfall, wenn jemand leichtsinnig mit Feuer umgeht«, erwiderte Matt düster.

»Ich meine, es war Mord.«

»Klar, daß Sie das meinen. Das hat mir gerade noch gefehlt – uns allen gefehlt!«

Er klang verärgert, und Ida wünschte, sie hätte gar nichts gesagt. Sie behauptete immer, Klatsch zu verabscheuen. Manchmal schlug sie mit lautem Knall mit ihrer Tasse auf den Tresen des Colonial Diner, dessen Eigentümerin sie war und das sie zusammen mit ihrem Bruder führte, und sagte dann zu einem Kunden: »Das ist genau die Art niederträchtigen Getratsches, die ich in meinem Restaurant nicht erlaube!« Sie argwöhnte, daß die Leute schon über ihr Verhalten witzelten. Wahrscheinlich wurde in nicht unbeträchtlichem Umfang auch über sie getratscht.

Und jetzt hatte sie einen Bürger der Stadt des Mordes bezichtigt!

»Kommen Sie, setzen wir uns in meinen Wagen«, meinte Matt. »Jetzt muß ich mir das also anhören, so wenig ich es auch möchte.«

Er schaltete die Zündung ein. »In einigen Minuten haben wir es schön warm. Also, was meinen Sie?«

Ida starrte aus dem zugefrorenen Fenster nach draußen auf den schwarzen Umriß einer Ulme. »Der Hund war draußen«, sagte sie.

»Nach meiner Erfahrung mit Hunden müssen die immer zum falschen Zeitpunkt nach draußen – bestimmt auch mitten in der Nacht.«

»Aber das einzige Licht brannte im oberen Stockwerk.«

»Sie haben mich nicht begriffen, Ida!«

»Art Herbert liebte diesen alten Hund. Es ist zehn Grad unter Null. Wenn er ihn nach draußen gelassen hätte, wäre er mit ihm unten geblieben. Dann hätte auch noch ein weiteres Licht gebrannt.«

»Also?«

»Also war noch eine weitere Person im Haus. Die ließ den Hund ins Freie.«

»Und daraus konstruieren Sie einen Mordfall! Ich will Ihnen ja kein Unrecht antun, Ida, aber hören Sie sich bitte einige Fakten an. Zunächst handelte es sich bei dem Feuer mit Sicherheit um einen Kaminbrand. Sie haben selbst gesehen, wie die Flammen aus dem Kamin herausschossen. Ich werde sichergehen, daß der Branddirektor das überprüft, aber das Feuer ist bestimmt auf diese Weise entstanden.«

»Könnte man nicht einen Kaminbrand auslösen, indem man Pappe oder Papier in den Ofen stopft und den Schieber öffnet?«

»Vielleicht«, sagte Matt. »Aber das heißt noch nicht, daß es auch so passiert ist. Und es gibt noch einen zweiten und einen dritten Tatbestand. Was ist mit dem ganzen Geld im Schnee? Meinen Sie, daß jemand Art ermordete, während dieser Geld aus dem Fenster warf?«

»Ich denke, der Mörder hat das Geld aus dem Fenster geworfen.«

»Warum in aller Welt sollte er das getan haben?«

»Damit keiner auf die Idee kommt, daß es sich um Mord handelte«, sagte Ida. »Er tötete Mr. Herbert, stahl soviel Geld wie er konnte, warf ein paar Tausend Dollar aus dem Fenster und entfachte ein riesiges Feuer. Vielleicht hat er im Innern des Hauses sogar etwas Benzin vergossen, um die Ausbreitung des Feuers zu unterstützen. Meiner Einschätzung nach war er es auch, der die Feuerwehr anrief, damit jeder sehen konnte, daß es sich um einen Unfall handelte.«

»Wer hat denn das Feuer gemeldet?«

»Der Anrufer nannte keinen Namen. Er hat direkt wieder aufgelegt.«

»Das ist nichts Merkwürdiges«, sagte Matt. »Sie wären überrascht darüber, wie viele anonyme Anrufe bei uns auf der Polizeiwache eintreffen. Selbst in einem Ort dieser Größe gibt es Leute, die ihren Namen nicht nennen wollen. Aber ich muß zugeben, daß es sich so abgespielt haben könnte, wie Sie mit Ihrer Theorie vermuten.«

»Meinen Sie damit, daß ich Sie überzeugt habe?«

»Ich sagte *könnte!* Kleine grüne Männchen *könnten* das Feuer entfacht haben. Für Ihre Version spricht nur ein ›könnte‹! Es gibt keinerlei Zeugen.«

»Den Hund ausgenommen«, sagte Ida.

Matt klatschte mit der Hand auf das Lenkrad und lachte. »Und was sollen wir bitteschön tun? Etwa den Hund in den Zeugenstand bitten? ›Könnten Sie vielleicht Ihre Zähne in das Bein der Person schlagen, die Ihren Herrn ermordet hat, Mr. Hund?‹«

»Aber das würde der Hund nie tun. Er mag den Mörder. Ich habe ihn die ganze Nacht immer wieder beobachtet. Jedesmal, wenn sich ihm jemand nähert, läuft er davon. Keiner hätte ihn im Innern des Hauses erwischen können, um ihn hinauszulocken. Er muß jemandem gefolgt sein, dem er sich bis zur Tür anvertraute; dieser Freund ließ ihn nach draußen, dann tötete er Mr. Herbert.«

»Und was sollen wir tun? Den Hund in der Stadt herumführen und schauen, wem er die Hand leckt?«

»Das ist nicht nötig, Matt.«

Die Sonne war noch nicht über den Horizont gekommen, aber es war hell genug, um zu sehen, daß Sam ergeben neben Abrams jun. stand. Dieser hatte Art viele Male besucht. Seine Firma befand sich in einem derart schlechten Zustand, daß er schon Arbeiter entlassen mußte. Gerade streckte er den Arm aus und streichelte

Sams Kopf mit seiner mit einem Handschuh bedeckten Hand.

»Ich werde seinen Namen an die Kripo weitergeben«, sagte Matt. »Vielleicht ist es noch ein wenig zu früh, um sicher zu sein, aber ich denke, Sie haben gerade einen Mord aufgeklärt.«

»Mit meinen Vermutungen liege ich fast immer richtig«, dachte Ida laut und schaute Abrams jun. und dem Hund zu. Plötzlich überkam sie das Gefühl, weinen zu müssen, ohne genau zu wissen, warum. Aus irgendeinem hoffnungslos sentimentalen Grund, dachte sie sich: Weil ein Mann, der Hunde liebte, gleichzeitig ein Mörder war; weil ein alter Mann Geld hortete, zu leben vergaß und dann sterben mußte; weil sie allein war.

Matt streckte seine Hand aus und berührte sie am Arm. »Das Leben ist ganz schön hart, nicht wahr?«

Deutsch von Gunther Seipel

RAY DAVIDSON

Ein Hundeleben

*Wenn Sie nach einem entlaufenen Hund
suchen, können Sie auf
einige überraschende Dinge stoßen …*

Herringbone Tweede – ich meine, Harrington Tweede«, meldete sich Herringbone mit singendem Tonfall, den Hörer am Mund. Zunächst sprach er ganz geistesabwesend, er war noch ganz bei den Comics in der *L. A. Times*. Dann lief er rot an und verbesserte sich kleinlaut.

Ein sattes, unangenehmes Kichern aus dem Telefonhörer attackierte seine Ohren. »Ich für meinen Teil ziehe blauen Serge vor«, meinte eine rauhe Baßstimme, »aber ›Schakäng a son Guh‹!«

Tweede seufzte. »Kein Mensch spricht das so schlecht aus, Paul«, sagte er. »Du machst mir etwas vor.«

»Die Grundlage jeder wahren Freundschaft«, antwortete Paul Holroyd. Seine Stimme triefte vor Rechtschaffenheit.

»Rufst du an, um mit mir schlechtes Französisch zu üben?«

»Natürlich nicht. Es handelt sich um eine offizielle Angelegenheit«, erwiderte Holroyd.

Paul Holroyd arbeitete bei der Polizei von Los Angeles ›in der Verwaltung‹. Er und Tweede waren sich über ihr gemeinsames Hobby, das Essen, nähergekommen (worüber sich nie einer von ihnen lustig machte), sie fanden, daß sie ähnliche Vorlieben besaßen und so hatten sie sich angefreundet. Es war eine ungleiche Verbindung. H. Tweede, ehemaliger Reporter und gegenwärtig Privatdetektiv, war klein, dünn, intelligent, schüchtern,

91

wohltuend freundlich und sanft. Holroyd war groß und breit, laut, korpulent, derb wie der Teufel und er neigte zu Übergewicht. Entweder mußte es an der Intelligenz liegen, die sie beide auszeichnete, oder aber an den sich anziehenden Gegensätzen, dachte Tweede.

»Du spürst doch vermißte ... äh, Personen auf, nicht wahr?« fragte Paul.

»Aufgespürt habe ich nur wenige. Normalerweise ist das allerdings nur ein Vorwand, um Beweismittel für eine Scheidung zu bekommen. Aber das weißt du ja alles selber. Willst du, daß ich jemanden suche?«

»Genau. Ich möchte, daß du Greta findest.«

»Greta? Hoffentlich nicht Greta Garbo?«

»Ich schicke alle Unterlagen vorbei.«

»Aber warum denn gerade ich, Paul? Ihr verfügt doch über Mittel, von denen ich nur träumen kann. Und wer ist ...«

»Ich werde dir heute abend im Dingo alles erklären. Kommst du?«

»Sicher, Paul, aber ...«

»Ich muß gehen, Herringbone. Bis dann!«

Tweede gab einen weiteren Seufzer von sich und hängte den Hörer ein. Wenn er sich mit Holroyd unterhielt, was ihm eine Menge Geduld abverlangte, was er aber fast immer mit freundlicher Toleranz tat, neigte er dazu, häufig zu seufzen. Das Dumme war einfach, daß er Paul Holroyd mochte.

Die Unterlagen trafen eine halbe Stunde später ein. Ein uniformierter Angestellter der städtischen Verwaltung brachte sie vorbei, nicht ohne Tweedes Büro mit ausdrucksloser Miene zu begutachten, um dann verwirrt wieder zu gehen.

Tweede öffnete den Umschlag und entnahm ihm den Inhalt. Ein zwanzig mal fünfundzwanzig Zentimeter großes Hochglanzfoto fiel mit dem Bild nach unten auf den Boden.

›Greta, die prachtvolle Gräfin von St. Germaine‹ lautete der Name, der auf dem beiliegenden Dokument stand. Harrington bückte sich, hob das Foto auf und starrte auf die stupsnasige Visage eines prächtigen weiblichen Boxers mit aufrecht stehenden, gestutzten Ohren. Im Blick der Hündin lag der Schalk unschuldiger Jugend.

»Du willst, daß ich einen Hund suche?« fragte er Holroyd im späteren Verlauf dieses Nachmittags bei Kaffee und Blätterteiggebäck.

»Hast du die Unterlagen gelesen?« murmelte Holroyd mit einem Mund voller Blätterteig. Tweede nickte. »Dann weißt du ja, daß es sich nicht um einen gewöhnlichen Hund handelt, nicht wahr?« fuhr Holroyd kauend fort. »Diese Hündin ist gut und gerne drei meiner Monatslöhne wert!«

»Das weiß ich. Aber seit wann bist du unter die Hundeliebhaber gegangen?«

Holroyd tat so, als ob er ein kleines bißchen verlegen sei und zuckte mit den Achseln. »Jedenfalls ist es ein wertvolles Tier, und die Besitzer sind Freunde von mir. Es ist jetzt das viertemal, daß sie verschwunden ist. Die ersten drei Male dauerte es nur ein oder zwei Tage, jetzt ist sie jedoch schon zwei Wochen weg.«

»Paul, wie soll ich denn einen Hund finden, der seit ganzen zwei Wochen verschwunden ist?« fragte Tweede.

Holroyd hatte gerade ein weiteres Mal in sein Blätterteiggebäck gebissen, so daß es eine Weile dauerte, bis sein Mund wieder frei war. »Ich denke, auf die gleiche Art, auf die du Menschen findest«, murmelte er.

»Hunde besitzen weder einen Führerschein noch Kreditkarten«, gab Tweede zu bedenken. »Wenn diese Hündin entführt wurde, läuft sie sowieso nicht frei herum. Sie könnte überall sein.«

»Du hast doch einen ›letzten Aufenthaltsort‹, oder nicht?« meinte Holroyd gereizt. »Und du besitzt eine Beschreibung. Sogar ein Bild! Was willst du eigentlich noch mehr? Paß auf, Sylvia erwartet mich heute abend rechtzeitig. Ich muß gehen.«

Er stand auf und tupfte sich die Lippen mit einer kleinen Papierserviette ab, ohne jedoch die glasierten Krümel an seinem Mundwinkel zu erwischen.

»Da verlangst du aber viel von mir«, meinte Tweede.

»Dafür sind Freunde doch da«, erwiderte Holroyd. Er grinste, denn er war sich jetzt sicher, daß Tweede es machen würde.

»Normalerweise arbeite ich für ein Honorar«, bemerkte Tweede bitter, als sich der große Mann zurückzog. Holroyd hielt inne und drehte sich um.

»Habe ich dir das nicht gesagt?« fragte er unschuldig. »Ich schätze, ich muß es vergessen haben. Für Informationen, die zur Auffindung des Tieres führen, ist eine Belohnung von zweitausend Dollar ausgesetzt. Ich werde dafür sorgen, daß du sie bekommst. Nicht schlecht, der Kaffee, Kleine!« sagte er zur Bedienung an der Theke, als er an ihr vorüberging.

Die Bedienung namens Irene stimmte ihm zu, ohne vom *Inquirer* aufzuschauen, den sie vor sich auf dem Tresen ausgebreitet hatte.

Tweede seufzte und trank seinen Kaffee. Holroyd hatte alle Teilchen aufgegessen.

Tweede begann seine Ermittlungen mit einem Besuch bei den Besitzern Gretas, einem Mr. und einer Mrs. Harvey (und Sheila) Bettinjohn, so wie Holroyd es ihm ja indirekt nahegelegt hatte. Allerdings hätte er ohnehin mit diesem Schritt begonnen. Das Ehepaar lebte in einer Gesellschaftsschicht, mit der er auch nicht im entferntesten vertraut war. Der Wachmann am elektronisch gesteuerten Tor, das noch etwa eine Viertelmeile vom Heim der

Hundebesitzer in Orange County entfernt war, holte sich telefonisch deren Bestätigung, bevor er Tweedes zerbeulten Volkswagen auf das Grundstück fahren ließ.

»Ich begreife es wirklich nicht«, sagte Mrs. Bettinjohn. »Gewöhnlich ist sie eine so liebevolle und gehorsame Hündin. Natürlich ist sie wie alle Boxer ein wenig verspielt, aber sie machte doch einen recht zufriedenen Eindruck. Was immer sie haben wollte, sie hat es von uns bekommen.«

»Mr. Holroyd sagt, sie sei bereits früher schon mal verschwunden«, gab Tweede zu bedenken.

»Das ist sie auch«, sagte Mrs. Bettinjohn. »Aber Sie müssen verstehen, Herr Polizist, daß Hunde manchmal einfach auf eigene Faust losziehen.«

»Bei Rüden ist das auch der Fall«, sagte Tweede und ignorierte das ›Herr Polizist‹. Wenn Holroyd den beiden nicht gesagt hatte, wer er war, dann war es auch nicht seine Aufgabe, alles auszuplaudern. »Allerdings war ich der Meinung, daß es bei Weibchen nicht so gewöhnlich ist.«

»Sicher, Rüden tun das öfter, aber Weibchen machen es ... gelegentlich.«

»Dann sperren Sie sie nicht ein?« fragte Tweede.

»Im Haus und auf dem Grundstück läuft sie frei herum«, sagte Mrs. Bettinjohn. »Natürlich in vernünftigem Rahmen.«

»Eines haben wir allerdings festgestellt«, meldete sich Mr. Bettinjohn zu Wort. Er sprach langsam. »Ich weiß eigentlich nicht, ob es von Belang ist, aber bilden Sie sich selbst ein Urteil darüber: Jedesmal, bevor sie verschwindet, erfaßt sie eine für sie ganz untypische Aufgeregtheit.«

»Sie ist eben ein verspielter Hund«, gab Mrs. Bettinjohn zu bedenken.

»Nicht mehr als andere Boxer in ihrem Alter auch«, erwiderte ihr Mann. »Jedesmal, bevor sie wegläuft, rennt sie herum, winselt und springt einem bei jeder Gelegenheit auf den Schoß.«

»Springt *dir* auf den Schoß, Harvey«, sagte Mrs. Bettinjohn. »Mir bestimmt nicht.«

»Natürlich nicht, meine Liebe. Das würde sie nicht wagen.«

Für einen Augenblick durchbohrte Mrs. Bettinjohn ihren Mann förmlich mit ihren Blicken, dann zuckte sie mit den Achseln. Männer zu verstehen war schließlich völlig unmöglich und den ganzen Aufwand nicht wert.

Tweede beeilte sich, einzugreifen. »War denn irgend etwas passiert, was diese plötzlichen Anwandlungen hätte bewirken können? Irgend etwas Ungewöhnliches?« fragte er.

Bettinjohn schüttelte den Kopf. »Nichts Ungewöhnliches«, sagte er.

»Du hast dieses Buch fallengelassen, Harvey!« murmelte seine Frau.

»Ach, Sheila, nun mach aber einen Punkt! Was könnte denn die Tatsache, daß ich ein Buch fallenließ, mit dem Weglaufen des Hundes zu tun haben?« protestierte er. Frauen konnte man offensichtlich ebensowenig verstehen wie Männer.

Sie hatte ihn absichtlich ärgern wollen. Jetzt mußte sie ihre Bemerkung natürlich verteidigen. »Nun, Greta reagierte schon immer empfindlich auf laute Geräusche. Ich weiß, daß mich das Buch erschreckt hat. Für einen Augenblick fühlte ich mich nämlich ganz schwach.«

»Du hast dich in deinem ganzen Leben noch nie schwach gefühlt«, widersprach Harvey. »Für eine ›Germaine‹ wäre das auch ganz ungewöhnlich, mein Schatz.« Ein schwaches, blasiertes und selbstzufriedenes Lächeln stand ihm im Gesicht, doch Tweede bezweifelte, daß Mrs. Bettinjohn die mehrdeutige Bemerkung verstanden hatte.

»Dann können Sie mir darüber hinaus also eigentlich

nichts weiter über das Verschwinden des Hundes erzählen?« fragte er.

Bettinjohn zuckte die Achseln. »Tut mir leid, Herr Polizist. Sie gerät in Aufregung, läuft nach draußen und ist verschwunden.«

»Woher haben Sie den Hund, Mr. Bettinjohn?« fragte Tweede.

»Von einer Züchterin in Glendale, einer Miß Fedders.«

»Natürlich haben wir sie angerufen. Sie hat Greta nicht gesehen«, ergänzte Mrs. Bettinjohn.

»Und doch…« Murmelnd verabschiedete sich Tweede. Keiner von beiden brachte ihn zur Tür. Alles hat seine Grenzen, vermutete Tweede.

Es war nicht einfach, die beiden Zwinger der Fedders ausfindig zu machen. Ein Dutzend Male hätte er an dem Haus vorbeifahren können, ohne das bescheidene kleine Schild zu entdecken oder sich klarzumachen, daß es sich bei dem Gebäude um mehr als nur ein weiteres gepflegtes Wohnhaus an einer Straße eines Randbezirks handelte. Das hinter dem Haus liegende Gelände war jedoch überraschend ausgedehnt und, was eine noch größere Überraschung war, bewaldet. Die Zwinger und der Auslauf waren groß und sauber.

»Ja, natürlich erinnere ich mich an Greta«, sagte Miß Fedders, »und die ganze Sache will mir nicht in den Kopf. Früher ist sie nie fortgelaufen, soviel ist gewiß. Sie war eine liebevolle, gehorsame Hündin, gut erzogen und nicht im mindesten neurotisch.«

»Neurotisch?« Tweede war neugierig geworden.

»Wissen Sie, diese in ziemlich hohem Maße durch Inzucht gezeugten Hunde haben recht häufig ihre Schrullen«, erklärte Miß Fedders. »Sie sind leicht aus der Fassung zu bringen, intelligent, aber empfindlich. Auf irgendeine Weise sind sie wie die Menschen. Doch auf Greta trifft das nicht zu – oh, selbstverständlich ist sie intelligent, aber für einen Boxer doch recht ruhig. Man hat ihr natürlich die Eierstöcke entfernt, was das Ganze noch fördert.«

Tweede runzelte die Stirn. »Schmälert das nicht ...«

»... ihren Wert? Nicht soviel, wie man meinen mag«, sagte Miß Fedders. »Die männlichen Tiere sind es, mit denen sich Geld verdienen läßt. Natürlich kann Greta nach einem solchen Eingriff keine Jungen mehr werfen, aber Mr. und Mrs. Bettinjohn wollten sie ja auch gar nicht decken lassen. Sie wollten einen Hund, und es mußte natürlich einer sein, mit dem sie prahlen konnten. – Tut mir leid, aber Greta ist hier nicht aufgetaucht.«

»Der Eindruck, den Sie mir hier vermitteln, stimmt nicht ganz mit dem überein, was mir Mr. und Mrs. Bettinjohn sagten«, meinte Tweede. »Sie beschrieben Greta als nervös und lebhaft.«

»Das ist wahrscheinlich relativ, Mr.... Tweede, nicht wahr? Boxer sind im großen und ganzen eine neugierige und freundliche Rasse. Sie sind dem Menschen wohlgesonnen und suchen seine Aufmerksamkeit. Greta ist nicht so aktiv wie der Durchschnitt, aber für jemanden, der keine Hunde kennt ...«

»Wie lange ist sie denn schon, äh, nicht mehr fortpflanzungsfähig?« fragte Tweede.

»Keine Ahnung.«

»Aber haben Sie nicht ...«

»O nein! Greta ist nicht einer meiner Hunde«, sagte Miß Fedders. »Ich habe sie vor einem Jahr von einem Mr.... wie hieß er noch gleich? Greenmeadows? Warten Sie, ich schaue eben nach!« Sie ging zum Haus hinüber, während Tweede einem großen rostbraunen Boxer erlaubte, durch den Maschendraht des den Auslauf begrenzenden Zaunes seine Hand zu lecken.

»Roscoe, genug!« befahl Miß Fedders fröhlich, als sie zurückkehrte. Gehorsam trottete der Hund davon. »Er heißt Goodpasture. Mr. Clarence Goodpasture in Brentwood.«

Tweede dachte nach. »Sagen Sie, Miß Fedders, wie würde ein Hund wie Greta auf ein plötzliches, lautes Geräusch reagieren?«

»Die meisten Hunde würden es nicht mögen«, antwortete Miß Fedders umgehend. »Beim Trainieren der Tiere ist das ein regelmäßig angewandter Trick. Ich benutze dazu eine zusammengerollte Zeitung und schlage damit gegen mein Bein. Natürlich stören sich einige Hunde mehr daran als andere. Greta nun ist jedoch, wie ich bereits sagte, eher ruhig. Ich stellte fest, daß sie durch das Schlagen der Zeitung eher neugierig als unruhig wurde. Bei vielen Hunden ist das anders.«

»Haben Sie die Adresse von Mr. Goodpasture?« fragte Tweede.

Sie gab sie ihm, und Tweede verabschiedete sich. Ein einzelnes, scharfes Bellen Roscoes folgte ihm.

»Sie brauchen die Angelegenheit also nicht weiter zu verfolgen«, sagte Mrs. Bettinjohn. Tweede hatte angerufen, um von seinen Fortschritten zu berichten, um lediglich festzustellen, daß Greta wieder nach Hause gekommen war. »Sie ist fürchterlich dünn und war ziemlich dreckig, aber sie ist unbeschadet.«

Tweede erwischte sich bei dem Impuls, zu fragen, wo sie gewesen sei.

»Ich fragte sie, wo sie gewesen sei, aber das konnte sie mir natürlich nicht sagen«, fuhr Mrs. Bettinjohn fort und lachte spitzbübisch. »Daher nehme ich an, daß wir es niemals erfahren werden. Unseren aufrichtigen Dank für Ihre Bemühungen! Wir werden Mr. Holroyd sagen, wie freundlich und hilfreich Sie gewesen sind.«

»Danke.« Tweede legte auf. Von einem an ihm nagenden intuitiven Wissen angetrieben, fuhr er hinaus nach Brentwood und klingelte an der Tür des Hauses Goodpasture. Ein elektronisches Tor mit einem Wächter gab es hier nicht, aber das Haus hätte ein kleines Regiment mit allem Komfort beherbergen können. Die Bettinjohns waren Neureiche und Anhänger dessen, was in der Architektur gerade der letzte Schrei war. Das Haus Goodpasture verkörperte alteingesessenen Reichtum, der in seiner Substanz fest und kompromißlos viktorianisch war, und vielleicht sogar in der Zeit König Eduards wurzelte

Mr. Goodpasture begrüßte ihn schüchtern. »Greta ist ein Geschenk meiner Mutter«, sagte er. »Als Mutter jedoch wieder nach Marreneck zurückzog, konnte ich sie einfach nicht bei mir behalten. Sie brauchte Bewegung und Aufmerksamkeit, und ich ... Nun, es war einfach zu anstrengend.«

Mr. Goodpasture machte den Eindruck, daß alles, was über einen tiefen Atemzug hinausging, zu anstrengend sei. In der Tat wirkte er regelrecht krank. Seine Wangen waren eingefallen; seine Augen müde und tief in ihre Höhlen gesunken. Tweede verspürte den starken Impuls, den Mann zu einem Sofa zu führen und ihm ein Stärkungsmittel zu verabreichen, hielt sich jedoch zurück. Wäre seine Krankheit nicht gewesen, hätte man Mr. Goodpasture als einen gutaussehenden Mann bezeichnen können. Er hatte ein feines, hübsches, ebenmäßiges Gesicht. Sein volles, kurzes Haar lag farblich zwischen blond und braun. Es war ziemlich dicht gelockt, so daß es ihm an allen Seiten vom Kopf abstand.

»Und in letzter Zeit haben Sie Greta nicht gesehen?« fragte Tweede.

»Ach, darum geht es? Nein. Das letztemal habe ich sie gesehen, als die Lady mit den Hunden kam und sie holte. Sie hätte sowieso nicht hierher zurückgewollt. Sie hing total an Mutter – das heißt, eigentlich gehörte Greta ja mir, aber sie schien der Meinung zu sein, Mutter wäre ihr Eigentum, wenn Sie wissen, was ich meine. Nachdem Mutter wieder in den Osten gegangen war, schien sie mir hier nicht besonders glücklich zu sein.«

»Eine Sache noch«, drängte Tweede. »War Greta ein sehr nervöses Tier?«

»O nein! Sie ist sehr friedlich – oder war es zumindest. Manchmal verspielt, aber nicht nervös. Bellte selten, nur wenn sie herein oder hinaus wollte, wissen Sie.«

»Gab es irgendwelche Dinge, vor denen sie Angst hatte?«

»Ich kann mich an nichts erinnern. Sie war neugierig. Ich entsinne mich, daß sie etwa zwanzig Minuten damit verbrachte, ein Pferd zu erforschen, mit dem mal jemand über sie hinweggeritten war – das war sogar ein Freund von mir. Das Pferd war viel nervöser als Greta.«

»Dann jagten ihr also gewisse Vorkommnisse keinen Schreck ein?«

»Gewisse Vorkommnisse?«

»Na ja, eine Katze, die plötzlich auf sie zuspringt ...«

»Normalerweise hat sie Katzen überhaupt nicht beachtet.«

»... oder laute Geräusche?«

»Laute Geräusche?« Goodpasture wirkte leicht verwirrt und sehr erschöpft.

»Nun, beispielsweise Donner oder ein Auto mit knallendem Auspuff«, erläuterte Tweede.

»Oh. Nicht, daß ich mich entsinnen kann, Mr., äh, Tweede, nicht wahr? Sie sprechen immer in der Vergangenheit. Ist Greta tot?« Der Gedanke schien ihm Kummer zu bereiten.

»Nicht, daß ich wüßte«, antwortete Tweede fröhlich. »Heute morgen war sie noch lebendig.«

»Oh. Oh, das ist gut. Der Gedanke, daß sie vielleicht ... Aber ich war der Meinung, Sie sagten, Greta sei weggelaufen!«

»Etliche Male ist sie das auch«, erwiderte Tweede. »Aber heute morgen kam sie zurück.«

»Oh. Aber warum …«

»Warum ich dann Ihre Zeit in Anspruch nehme? Ich bin neugierig, warum sie weggelaufen ist. Ihre Besitzer würden das gerne wissen.«

Goodpasture seufzte. »Früher hat sie das nie gemacht. Vielleicht mag sie ja ihr neues Zuhause nicht. Jedenfalls ist sie nicht hierher zurückgekommen. Wir haben sie überhaupt nicht gesehen.«

»Wir?«

Mr. Goodpasture deutete mit einer unbestimmten Handbewegung ins Freie auf die mehrere Hektar große bewaldete Parklandschaft, die das Haus umgab. »Es gibt einen Mann, der hält hier das Gelände in Ordnung. Seine Frau kocht und macht sauber. Sie leben irgendwo in der Stadt. Hätten sie Greta gesehen, bin ich mir sicher, daß sie etwas gesagt hätten.«

»Wahrscheinlich«, stimmte Tweede zu. »Nun, vielen Dank, Mr. Goodpasture.«

»Keine Ursache, Mr., äh, Tweede.«

Tweede hatte seinen Wagen am Fuß der Auffahrt abgestellt. Goodpasture beobachtete ihn den ganzen Weg von der Türschwelle bis nach unten, nickte und winkte mit der Hand, bevor Tweede davonfuhr.

»Sie möchten sich Greta ausleihen?« wiederholte Mrs. Bettinjohn. »Ich … ich verstehe nicht ganz.«

»Nur für ein kleines Experiment. Wir haben eine Theorie über den Grund ihres Weglaufens, müssen sie aber noch überprüfen«, sagte Tweede.

Etwas unsicher blickte Mrs. Bettinjohn zu ihrem Mann.

»Ich sehe eigentlich nichts, was dagegen spricht«, erwiderte Mr. Bettinjohn. »Es wäre doch schön, wenn wir es wüßten, Sheila!«

Mrs. Bettinjohn zuckte mit den Achseln. »Nun…«, sagte sie zweifelnd.

»Ich werde sehr gut auf sie aufpassen«, versicherte ihr Tweede.

»Das will ich hoffen«, betonte Mrs. Bettinjohn. »Greta ist ein überaus wertvoller Hund.«

Greta schien nicht abgeneigt zu sein. Anstelle des Schwanzes wedelte sie mit ihrem Hinterteil. Ohne zu zögern sprang sie in Tweedes VW und setzte sich auf den Beifahrersitz, von dem aus sie neugierig den Verkehr beobachtete. Tweede fuhr nach Brentwood, parkte den Wagen etwa einen halben Kilometer vom Haus der Goodpastures entfernt an einer kurvigen, von Wald gesäumten Straße und stieg aus. Greta saß im Auto, drehte ihren Kopf, um ihn im Blick zu behalten. Als er dann regungslos hinter dem Wagen stand, wanderte ihre Aufmerksamkeit in die andere Richtung zu einem einsamen Fußgänger in etwa dreihundert Metern Entfernung. Ruhig zog Tweede einen Revolver aus der Tasche und feuerte eine Kugel in die Erde neben der Fahrbahn. Die Hündin drehte sich zu ihm um, dann begann sie, mit den Pfoten an der Autotür zu kratzen. Mit einigen Schwierigkeiten zwängte Tweede sich wieder auf den Fahrersitz, während die Hündin versuchte, sich an ihm vorbeizudrücken, doch er versperrte ihr den Weg und schlug die Tür zu. Greta jaulte und kratzte am Fenster, dann versuchte sie, auf seinen Schoß zu kriechen, aber das Lenkrad war im Weg. Sie leckte sein Ohr, drehte sich mehrere Male um ihre Achse und gab ein scharfes, entschiedenes Bellen von sich. Gehorsam öffnete Tweede seine Tür und stieg aus; Greta drängte dicht hinter ihm her. Die Nase auf dem Boden, umkreiste sie den Wagen, fand die Stelle, an der sich die Kugel in die Erde gepflügt hatte und schnüffelte. Nach zwei weiteren Runden um den Wagen herum begann sie, die Straße Richtung Nordwesten entlangzutrotten. Tweede machte die Tür zu, verriegelte den Wagen und folgte ihr.

Sie legte ein ganz schönes Tempo an den Tag und

schenkte weder ihm noch dem Rest der Welt Beachtung. Auch ein vorbeilaufender Collie schaffte es nicht, sie abzulenken. Es dauerte nicht lange, und sie bog von der Straße ab, lief über ein freies Feld. Tweede folgte ihr, so gut er konnte. Es war ein Segen, daß er vor einem Jahr mit dem Jogging angefangen hatte; er hätte sonst nie mit ihr Schritt halten können.

Dieser Teil der Stadt war ihm unvertraut. Der Verlauf der kurvigen Straße hatte ihn durcheinandergebracht. Er war sich nicht mehr ganz sicher, in welche Richtung er gerade lief. Greta jedoch schien genau Bescheid zu wissen. Sie trottete gerade eine Sackgasse entlang und überquerte ein weiteres freies Feld, das an einem Zaun endete, hinter dem sich ein bewaldetes Grundstück erstreckte, mit Kiefern und etwas Gestrüpp. Dahinter konnte Tweede undeutlich das Dach eines großen Hauses erkennen. Greta war bereits durch den Zaun geschlüpft und in das Gestrüpp hineingelaufen. Sie hatte einen Vorsprung von etwa drei Minuten. Der Zaun erschwerte Tweede den Weg, er schaffte es aber doch. Eilig folgte er der Hündin ins Gestrüpp.

Zunächst befürchtete er, daß er sie verloren haben könnte. Ein leises, einem Weinen nicht unähnliches Winseln wies ihm jedoch die Richtung. Als er zwischen den Bäumen auf eine kleine Lichtung heraustrat, stieß er wieder auf sie. Greta scharrte gerade in der Erde. Am Ziel ihres Weges angelangt, schenkte sie auch ihm wieder Beachtung, kam zu ihm herüber und drückte ihre Nase in seine Hand. Dann ging sie an die Stelle zwischen den Unkräutern zurück, scharrte wieder ein wenig und legte sich hin, ihre Schnauze auf den übereinandergelegten Vorderpfoten ruhend. Er umkreiste die kleine Waldlichtung; ihr Blick und ihre Ohren folgten ihm dabei. An der Stelle, an der sie lag, war der Boden leicht eingesunken; es gab jedoch wenig Anzeichen dafür, daß er aufgerissen worden war. Tweede seufzte und fragte sich, was er tun sollte. Er ging bis zum Rand des Gebüschs, betrachtete einen Augenblick lang das Haus und versuchte, sich dessen Form einzuprägen. Dann kehrte er zurück und sprach mit leiser Stimme mit dem Hund.

»Komm schon, Greta, laß uns nach Hause gehen«, meinte er und schnalzte mit den Fingern. Gehorsam stand die Hündin auf und folgte ihm den Weg, den sie gekommen waren. Er mußte nur »Bei Fuß!« sagen, und schon ging sie ruhig neben ihm her, hielt sich etwa einen halben Schritt hinter ihm, so daß sich ihr Kopf auf gleicher Höhe mit seinem Oberschenkel befand. Als sie wieder zum Wagen zurückkehrten, kletterte sie hinein und setzte sich auf den Beifahrersitz. Sie sah sich um wie eine würdevolle, aber lebhafte ältere Dame. Er fuhr sie zu den Bettinjohns zurück, und sie schien recht erfreut zu sein, die beiden wiederzusehen.

»War Ihr Test erfolgreich?« fragte Mr. Bettinjohn.

»Ich fürchte, ja«, antwortete Tweede, dankte ihnen noch einmal für Gretas Hilfe und fuhr ohne weitere Erklärungen davon.

Zwar spottete Paul Holroyd ganz gerne, aber eingedenk bestimmter Momente in der Vergangenheit, in denen Heringbeins Ahnungen oder seine Intuition, oder wie man es auch immer nennen mag, sich als mehr als bloße Einbildung herausgestellt hatten, hörte er zu und dachte einen Moment nach, bevor er etwas sagte.

»Die Sache ist nicht unproblematisch«, gab er zu. »Aber es gibt auch einige Dinge, die wir tun können. Ein paar offizielle Anfragen werden uns helfen. Wir brauchen ja nicht mehr als ein paar kleine Indizien. Natürlich kann alles auch ein großer Irrtum sein. Die Hündin…«

»Sie war sich ganz sicher, Paul, und rannte zielstrebig zu dieser Stelle.«

»Okay. Ich werde veranlassen, daß die Leute von der Wache Erkundigungen einziehen.«

»Das ist das mindeste, was du tun kannst«, sagte Tweede.

Holroyd verspeiste das letzte Stück Blätterteiggebäck und wischte sich den Mund ab. »Die Bettinjohns haben sich recht schmeichelhaft über dich geäußert«, bemerkte er.

»Das sollten sie auch«, erwiderte Tweede. »Ich habe ihrem Hund einen ganzen Nachmittag über Bewegung verschafft. Ich wette, daß die Bettinjohns das nicht tun.«

»Na, na, Heringbein! Du klingst abfällig und ärgerlich. Hat dich irgend etwas an ihnen gestört?«

»Ich glaube, es ist der Wachmann am Tor«, meinte Tweede. »Ich wette, er bekommt ein höheres Monatsgehalt als ich.«

»Oh, da bin ich mir sicher. Das muß er aber auch«, pflichtete ihm Holroyd bei. »Dir würde die Arbeit jedoch bestimmt keinen Spaß machen. Viel zu ruhig. Keine Gelegenheit zu körperlicher Bewegung. Einfach zu langweilig.«

»Das Geld wäre nicht schlecht«, stellte Tweede wehmütig fest.

»Aber kannst du dir damit Glück oder Seelenfrieden erkaufen?«

»Mr. und Mrs. Bettinjohn…« setzte Tweede an, aber Holroyd schnaubte verächtlich.

»Jeden Tag um drei Uhr nachmittags geht Harvey Bettinjohn zum Kai in Long Beach und verbringt eine Stunde damit, die Schiffe zu beobachten. Er begann als Schauermann, kaufte sich ein eigenes Schiff und baute sich daraus eine ganze Flotte auf, die er im Handelsregister von Puerto Rico eintragen ließ; heute gehört ihm eine ganze Schiffahrtslinie mit zwanzig Containerschiffen. Doch jeden Tag – oder fast jeden Tag – geht er hinunter und beobachtet, wie sie die Schiffe entladen.

Nun, ich muß weiter. Sylvias Mutter kommt aus Salt Lake City zu Besuch und die alte Dame möchte den nachts hell erleuchteten Mormonentempel sehen. Bis dann! Zur Abwechslung mal guter Kaffee, Kleines!«

Die Kellnerin namens Maria quittierte das Kompliment mit einem Lächeln. Sie war neu und hatte noch nicht gelernt, daß Holroyds Komplimente und die Summe des Trinkgelds neben der Untertasse in umgekehrtem Verhältnis zueinander standen. Tweede seufzte und legte zwei 25-Cent-Stücke auf den Tisch. Er konnte es nicht ausstehen, mit anzusehen, daß gerade erst ins Land eingewanderte Immigranten so rasch aller Illusionen beraubt wurden.

Zwei Tage später rief Holroyd kurz vor Mittag an.

»Vielleicht hast du recht«, sagte er. »Wir haben eine negative Antwort.«

»Reicht das an Indizien?« fragte Tweede.

Holroyd wollte sich nicht festlegen. »Nun, den Staatsanwalt würde es nicht zufriedenstellen, aber Richter Rolfe ist immer bereit, uns für eine gefährliche Aktion grünes Licht zu geben. Er hofft natürlich, daß wir uns dabei das Genick brechen.«

»Verstehe«, sagte Tweede.

»Ich komme also mit dir mit«, fuhr Holroyd unbeholfen fort. »Vermutlich bin ich ein genauso großer Schwarzseher wie du.«

Spät am Nachmittag führte Tweede mit zwei Schaufeln im Kofferraum Holroyd, einen Uniformierten und einen neugierigen Zahnarzt zu der kleinen bewaldeten Stelle in Brentwood. Während Holroyd und der Zahnarzt zuschauten, begannen Tweede und der Uniformierte damit, an der Stelle, an der Greta gelegen hatte, ein Loch auszuheben. Die Erde war locker, das Grab lag dicht unter der Erdoberfläche. In zehn Minuten hatten sie das Skelett einer Frau und die vermodernden Fetzen des Kleides und des Korsetts, das sie getragen hatte, freigelegt. Kleine Büschel verfilzten, sich zersetzenden

Haares umrahmten den Schädel. Auf ihren schmutzigen, gelb angelaufenen Fingerknochen glitzerten immer noch ihre Ringe. Die Überreste ihrer zierlichen, mit Gummiabsätzen versehenen Schuhe umschlossen ihre größtenteils zerfallenen Füße.

Der Zahnarzt, der etwas grün aussah, bückte sich und verglich die freigelegten Zähne mit einer Skizze, die er aus der Tasche zog. »Es stimmt überein«, sagte er nach kurzer Prüfung. »Ich erkenne einige Arbeiten von mir. Es steht fest, daß es sich um Mrs. Goodpasture handelt.«

Holroyd ließ den Uniformierten die exhumierte Leiche bewachen. Der Zahnarzt ging auf demselben Weg zurück, auf dem sie gekommen waren, während Holroyd und Tweede den hinter dem Haus gelegenen Garten überquerten und um das Gebäude her zum Vordereingang gingen. Tweede läutete.

»Eine Haushälterin kocht und macht sauber«, erläuterte er.

»Sie muß außer Haus sein«, meinte Holroyd nach einer Weile.

Mit einer instinktiven Geste probierte Tweede aus, ob die Tür verschlossen war. Zu seiner Überraschung war sie es nicht und ließ sich ohne Mühe öffnen.

Sie fanden ihn im Bad. Er war unter der roten Wasseroberfläche zusammengesackt, so daß nur seine Augen aus dem Wasser ragten.

Lieber Mr. Tweede! *(hieß es in dem Brief)*
Ich sah diesen Nachmittag, wie Sie hinter dem Haus aus dem Wald herausschauten, daher weiß ich, daß Sie es herausgefunden haben. Ich nehme an, daß es Greta war. Natürlich hätte ich die Hündin ebenfalls beseitigen sollen, aber das erschien mir ziemlich grausam. Sie liebte Mutter, aber das hatte ja eigentlich nichts mit dem Ganzen zu tun. Ich dachte, wenn ich sie über einen Züchter verkaufen würde, wäre der Fall erledigt.

Eigentlich habe ich nie richtig begriffen, warum sie Mutter liebte. Mit Sicherheit hat Mutter sie nie geliebt – sie liebte nur mich. Das fühlte sich an, als würde man immerfort mit einem Kissen erstickt. Sie nahm mir die Luft zum Atmen. Ich nehme an, ich hätte das aushalten können, aber als sie begann, mich dazu zu drängen, zu heiraten und Kinder zu zeugen, wurde es einfach zuviel. Tag und Nacht ritt sie darauf herum. Schließlich kam sie zu dem Schluß, wir müßten nach New Hampshire zurückziehen, da ich offensichtlich hier keines der Mädchen heiraten wollte. Das wollte ich auch tatsächlich nicht. Vielleicht habe ich ja auch ein oder zwei Kinder gezeugt; ich weiß es nicht. Ich will jedenfalls nicht, daß Sie einen falschen Eindruck von mir bekommen. Doch heiraten will ich nicht. Eigentlich wünsche ich mir nichts weiter als ein wenig Ruhe und Frieden und etwas Zeit zum Lesen. Frauen sind so anspruchsvoll …

Mir war nicht bewußt, daß sich Greta im Zimmer aufhielt, als ich sie erschoß – Mutter, meine ich. Es war vor einem Jahr am Erntedanktag. Sie fragten, ob Greta sich vor lauten Geräuschen erschreckte. Ich konnte erkennen, daß Sie schon zu jenem Zeitpunkt Verdacht geschöpft hatten. Die Waffe hat Greta bestimmt erschreckt, weit mehr beunruhigte sie jedoch anscheinend die Tatsache, daß Mutter reglos dalag. Bevor es mir möglich war, Mutter in den Wald zu schaffen, mußte ich sie regelrecht dazu überreden, nach draußen zu kommen. Ich sperrte sie in die Speisekammer. Als ich Greta am nächsten Tag dabei erwischte, daß sie an der Stelle im Boden scharrte, an der ich Mutter vergraben hatte, wußte ich, daß ich sie loswerden mußte. Wissen Sie, ich mochte sie ja. Sie war sanft und eine gute Kameradin. Ich habe nie begriffen, warum sie Mutter mehr mochte als mich.

Ich schreibe das alles, damit keine Mißverständnisse aufkommen. Ich dachte, ich könnte ungestraft davonkommen. Seit Jahren hatte ich schon Mutters Geldgeschäfte übernommen. Auf diesem Gebiet bin ich eigentlich recht gut. Verwandte hat sie keine. Ihre wenigen Bekannten hatten mitbekommen, wie sie sagte, wir würden wieder in den Osten ziehen. Außer mir und Greta vermißt sie kein Mensch. Und es ist komisch, aber ich vermisse sie wirklich. Ich muß verrückt sein, aber sie fehlt mir. Jetzt ist es natürlich zu spät.

Ihr Clarence Goodpasture

»Was, zum Teufel, brachte ihn nur auf die Idee, er könne mit einer so barbarischen Tat ungestraft davonkommen?« grollte Holroyd, als er den Brief zu Ende gelesen hatte.

»Aber das ist er doch«, protestierte Tweede. »Du bist bloß verärgert darüber, daß es eines der Dinge ist, die dir durch die Lappen gegangen sind.«

»Und er wäre tatsächlich ungestraft davongekommen, wenn ich dich nicht dazu gebracht hätte, nach dem Hund zu suchen«, sagte Holroyd. Sein Ärger hatte sich in Luft aufgelöst. »Ich schätze, das gleicht es wieder aus; was meinst du also damit, ich sei verärgert?«

»Nichts, Paul«, sagte Tweede. »Ich frage mich nur manchmal, wie viele andere Fälle wie diesen es gibt – Fälle, die wir nie lösen. Oh, entschuldige. Jetzt bist du schon wieder verärgert. Solltest du jetzt nicht besser das Dezernat anrufen?«

Holroyd grunzte und wandte sich ab. Tweede folgte ihm. Sie konnten jetzt nichts mehr tun. Alles weitere war Sache der Polizei von Los Angeles. Tweede ging zur Tür.

»Ja, Brentwood«, sprach Holroyd ins Telefon. »Nein, das Team brauchen wir nicht. He, warte noch einen Moment, Sam!« Er deckte den Hörer mit der Handfläche zu. »Sehe ich dich im Dingo?« rief er hinter Tweede her. »Geht alles auf meine Rechnung.«

»Sicher«, rief Tweede zurück. »Was ist passiert? Bist du zu Geld gekommen?«

»Das ist doch das mindeste, was ich tun kann«, sagte Holroyd. »Bei diesem Fall gab es doch nicht einmal ein Honorar für dich. Die Bettinjohns ließen dir ausrichten, daß sie, da der Hund von alleine zurückgekommen ist ...«

»Danke, Paul. Durch dich ist dieser Tag für mich gerettet«, witzelte Tweede.

»Nun, weißt du, es ist eben einfach ein Hundeleben«, rief Holroyd.

Tweede seufzte und schloß die Tür hinter sich. An manchen Tagen, dachte er, war das bestimmt der Fall.

Deutsch von Gunther Seipel

M. M. LaCour

Der verschwundene
Collie

Ich schlage dir ein Geschäft vor, ja? Du bringst ihn dieses Mal hin, und ich das nächste Mal!«

»Ich schlage *dir* ein Geschäft vor! Du bringst ihn dieses Mal hin, und ich mache das Badezimmer sauber. Das hast du jetzt seit vier Tagen versprochen!«

Es war heute ungewöhnlich schwierig, mit Elly zu verhandeln, und sie verhielt sich dabei auch noch ausgesprochen unfair.

»Wenn du ihn hinbringst, mache ich bei unserer Rückkehr das Badezimmer und wische den Küchenboden.«

»Du bringst ihn hin, Hec, und ich mache das Badezimmer und den Küchenboden und den Ölwechsel, den du schon letzte Woche machen wolltest.«

Ich nahm einen großen Schluck Tee und warf Daug über den Rand meines Bechers einen bösen Blick zu. »Wirst du auch staubsaugen?« Zum Teufel noch mal, einen Versuch war es wert.

»Hec!«

»Schon gut, schon gut«, gnädig gab ich nach. »Ich bringe den störrischen Köter hin und gehe mit ihm zum Tierarzt, aber das nächste Mal bist du dran, Elly!«

Bei Gott, ich schwöre, daß Daug aussah, als würde er lächeln.

An Ellys Lächeln gab es keinen Zweifel. »Nur zur Erinnerung, Hec, ich war schon die letzten drei Male dran. Jedenfalls muß er nach dieser Fahrt nur noch einmal im Jahr hin, um die Spritzen zu bekommen.«

Ich seufzte und schaute aus dem Panoramafenster nach draußen. Säuerlich dachte ich über meine Niederlage nach. Natürlich regnete es auch noch. Ich würde völlig durchnäßt sein, Daug ebenfalls. Manchmal war das Leben einfach nicht fair. Aber um Elly eine Freude zu machen, würde ich es tun. Damit er seine Spritzen bekam, würde ich ihren dämlichen Hund zum Tierarzt bringen.

Elly goß uns beiden frischen Tee ein und fügte hinzu: »Ich fahre mit dir, aber du mußt ihn ins Untersuchungszimmer bringen. Immerhin ist es ja immer noch dein Hund, Hec.«

Auf der Hinfahrt stellte Elly Spekulationen darüber an, warum Daug wohl immer versuchte, über Doc Melbourne herzufallen, sobald er ihn zu sehen bekam, derweil sabberte Daug meinen ganzen Rücksitz voll.

»Manchmal denke ich, Hunde können ganz bestimmte Leute einfach nicht ausstehen. Weißt du noch, wie er immer den Zusteller vom Paketdienst anbellte? Meinst du, es könnte an irgend etwas liegen, was die Hunde riechen?«

»Als wir das letztemal bei Melbourne waren, hatte ich an seinem Geruch nichts auszusetzen.«

Elly kicherte. Wie ich es liebe, wenn sie kichert wie ein kleines Mädchen! Sie wird im kommenden Juli fünfundsechzig, aber gottlob hat sie dieses Kichern nie abgelegt. Natürlich gab es auch nichts, was gegen ihr Gekicher sprach; sie mußte ja nicht ein einhundert Pfund schweres, unkontrollierbares Tier niederhalten, während Melbourne den Versuch unternahm, Daug eine Spritze zu verpassen.

»Ich weiß, warum er den Tierarzt haßt«, sagte ich.

»Erinnerst du dich, was Melbourne bei unserem ersten Besuch mit Daug als erstes tat?«

»Nein, was war es noch?«

»Er steckte das Thermometer du weißt schon wohin!«

114

»Meine Güte, du bist aber ein kluger Hund, nicht wahr?« lobte sie, während sie Daugs Pfote schüttelte. »Nun, jetzt laß mich doch mal dein Gebiß sehen! Was für ein braver Hund, wie schön und sauber du bist. Da kann ich sehen, daß deine Besitzer sich gut um dich kümmern.« Sie reichte ihm noch ein Stück Käse. »Ich glaube nicht, daß wir deine Körpertemperatur messen müssen, du machst auf mich einen verdammt gesunden Eindruck! Wir müssen nur noch eine ganz kleine, winzige Sache machen, nämlich dir eine Spritze geben. Jetzt also, und es tut auch gar nicht weh...« Bevor ich einmal zwinkern konnte, hatte sie die Nadel mit einer schnellen Bewegung hineingestoßen und wieder herausgezogen. »Nun, das war doch überhaupt nicht schlimm, oder?« Dann gab es noch mehr Käse.

Daug war im Himmel. Ich stand unter Schock. Elly stand in der Tür zum Untersuchungsraum und lächelte.

»Das kann ich nicht glauben«, stammelte ich. »Er hat nicht ein einzigesmal geknurrt, er ist für Sie sogar freiwillig auf den Tisch gesprungen...«

Sie tätschelte Daug den Kopf und lächelte mich an. »Der Doktor sagte mir, wie schwierig Daug gewesen ist, und da dachte ich einfach, ich probiere es mal mit einem neuen Ansatz. Es ist ein hübscher Hund. Hat er einen Stammbaum?«

Elly meldete sich zu Wort. »Bevor er zu uns kam, streunte er herum, aber ich habe den Eindruck, er ist reinrassig.«

Mit einer bezaubernden Bewegung warf Lee Cronkite den Kopf zurück und lachte. »Das glaube ich auch. Vielleicht ein reinrassiger Schäferhund.«

Ich mochte sie. Was für ein Kontrast zum mürrischen alten Melbourne. Ich schätzte, sie war Ende Zwanzig oder Anfang Dreißig. Ein wenig erinnerte sie mich an Ellys Nichte damals in Chicago. Beide waren zierlich und keck; beide trugen ihr kurzes, glattes Haar in einer

Bubikopffrisur, die ihr rundes, sauberes Gesicht umrahmte. Unsere neue Tierärztin war jedoch eindeutig süßer als Kate, die zu Ellys Seite der Familie gehörte.

Vom Empfang kam ein wehleidiges »O nein! Nicht schon wieder!«

Bevor ich Daug packen konnte, stürzte er sich vom Tisch und rannte hinter uns her ins Wartezimmer.

»Nur keine Katze!« rief ich und stürmte hinter ihm her.

Es war keine Katze, sondern ein völlig verkommener Collie, das verwahrloseste und verdreckteste Exemplar seiner Gattung, das mir je unter die Augen gekommen war.

»Diesen Mann könnte ich umbringen!« rief Lee ärgerlich neben mir. »Ich könnte ihn einfach umbringen!«

»Fünfundzwanzig Jahre war ich bei der Polizei von Chicago, und schau, wozu ich degradiert werde: Ich muß dreckige, entlaufene Köter wieder nach Hause bringen.« Eigentlich war ich gar nicht richtig wütend; der Himmel hatte sich aufgehellt, und ich genoß es, die Nebenstraßen von Cedar Bend entlangzufahren und die Landschaft zu erkunden. Allerdings nur, wenn ich nicht zu viel über holprige und unbefestigte Straßen fahren muß.

»Schau nur, Hec, ein Hirsch!« rief Elly voller Entzücken.

Daug sah ihn ebenfalls und ließ ein lautes Bellen in mein linkes Ohr schallen. Ich schaute in den Rückspiegel. Der entlaufene Collie genoß es, sich quer über meinen Rücksitz auszubreiten. Glücklicherweise war Lee so aufmerksam gewesen, uns mit einer Decke zu versorgen. Der Collie war wahrscheinlich der schmutzigste Hund, der mir je über den Weg gelaufen war, selbst wenn ich die nach Eßbarem stöbernden Horden miteinbeziehe, die gelegentlich durch die finsteren Seitengassen Chicagos streiften.

»Du hältst uns wohl für den Tierschutzverein oder so etwas, wie?« murrte ich weiter.

»Paß gefälligst auf das Schlagloch auf, Hec! Du weißt doch, Liebling, daß wir diesen Morgen nichts anderes vorhatten. Da Dr. Melbourne unterwegs war, um einen Hausbesuch zu machen, blieb Lee doch gar nichts anderes übrig.«

»Das ist ja ein schrecklich weiter Weg, den dieser Köter hier zurückgelegt haben muß.«

Wir waren bereits vor etlichen Kilometern von der Edgewick Road abgebogen, die im Südosten der Stadt liegt. Für mich ist diese Gegend finsterste Provinz. Hatte ich vielleicht eine Abzweigung verpaßt? Die turmhoch aufragenden, immergrünen Gewächse boten keine Hilfe. Schweigsam, wie sie nun einmal sind, erzählten sie keine Geschichten und behielten alles, was sie über die Personen wußten, die an irgendeiner unbezeichneten Abzweigung am Ende eines Schotterweges lebten, für sich und machten ein Geheimnis daraus.

»Da vorne ist der Briefkasten, und da ist auch die große Zeder«, rief ich erleichtert aus. »Der Weg dort rechts muß es sein.«

»Weiter oben ist noch eine andere große Zeder, Hec.«

»Elly, wir befinden uns hier in einem Wald!«

»Ich denke, das müßte der Platz sein, aber ...«

Ich war in die lausigste aller Straßen hineingefahren, die ich im schönen Bundesstaat Washington zu befahren je das Vergnügen hatte. Die letzten Regenfälle hatten die Schlaglöcher in schlammige Landminen verwandelt. »Kein Wunder, daß du so dreckig bist«, sagte ich zu dem Collie. Die widerwärtige Angewohnheit, mit Tieren zu sprechen, hatte ich von Elly übernommen.

Genau in diesem Augenblick pfiff eine Kugel an meinem Fenster vorbei.

Elly schrie: »Was war denn das?«

»Herunter!« befahl ich und stieg auf die Bremse. Daug

bellte sich die Lunge aus dem Leib, der Collie tat es ihm gleich. »Schnauze!« brüllte ich die beiden an. Überraschenderweise folgten sie dem Kommando.

Instinktiv griff ich an die Stelle an meiner Seite, an der ich fünfundzwanzig Jahre lang eine 38er getragen hatte. Fehlanzeige.

Dann pfiff die zweite Kugel über das Dach unseres kleinen Honda hinweg.

Da hockten wir nun, eine leichte Beute, ich im Ruhestand und unbewaffnet.

»Wenden Sie diesen Blechhaufen und machen Sie verdammt noch mal, daß Sie hier wegkommen!« befahl eine alles andere als freundliche männliche Stimme. Bedrohlich schien sie aus allen Richtungen zu kommen.

Rückblickend muß ich sagen, daß Daug keine Furcht zeigte, als er mit einem genauso bedrohlichen, aus tiefer Kehle kommenden Knurren antwortete.

Als ich mit einer Hand unter dem Vordersitz entlangstrich, um das Radkreuz zu suchen, flüsterte ich Elly ein »Bleib unten!« zu und versuchte, herauszufinden, was, zum Teufel, hier eigentlich los war.

»Das hier ist Privatgelände. Drehen Sie!« Der Anflug von Wahnsinn in der Stimme gefiel mir ganz und gar nicht.

»Hec, ich habe Angst.«

»Mir geht es nicht anders.«

Lautsprecher, erkannte ich. Nun, bei dem Spiel konnten zwei mitmachen. Ich rutschte auf die andere Seite, hielt meinen Kopf unten und streckte mich, um unter den Rücksitz zu tasten und mir Toms Weihnachtsgeschenk, ein Megaphon, zu greifen. Das Weihnachtsfest davor hatte er mir ein CB-Funkgerät geschenkt. Das Ganze war ein schwieriges Unterfangen, und daß der Collie mir dabei das Gesicht leckte, trug nicht gerade zum Erfolg bei.

Ich schaffte es, das Megaphon herüberzuschieben und

mich, den Kopf immer nach unten haltend, auf den Vordersitz zu ziehen. Dann nahm ich das Mikrofon vom CB-Funk und versuchte, Clara auf uns aufmerksam zu machen. »Clara«, flüsterte ich ins Mikrofon. »Clara, hier spricht Hector Hoggs. Hol mir sofort Tom. Dies ist ein Notfall. Ende.«

Keine Antwort.

Ich fluchte.

»Clara!« versuchte ich es erneut. »Chief Hoggs am Apparat. Elly und ich sind hier draußen hinter der Edgewick Road beim Haus von Jack Simpson. Man hat auf uns geschossen. Sag Tom, er soll in Dreiteufelsnamen hier herauskommen, und zwar schnell. Ende.«

Nichts. Wir waren ganz auf uns allein gestellt.

Ich mußte es wagen. Es gab keine Möglichkeit, sich auf dem Vordersitz eines Honda unten zu halten und gleichzeitig in ein Megaphon zu sprechen, wenn man ein Meter siebzig groß ist und fast einhundertsechzig Pfund wiegt.

Die Lautsprecher plärrten wieder los. »Sie haben genau zwanzig Sekunden Zeit, bevor ich diese Sardinendose in Spaghetti verwandle!«

Ich ließ das Fenster hinunter, hob meinen Kopf, steckte das Megaphon nach draußen und begann zu sprechen, und das alles gleichzeitig. »Hier ist Chief Hector Hoggs.« Ich hielt es nicht für nötig, zu erwähnen, daß ich pensioniert war. »Und ich bin in offizieller Sache hier, Mr. Simpson. Wenn Sie nicht augenblicklich die Waffe fallenlassen und auf der Stelle hier herauskommen, muß ich Sie verhaften!« Ich hatte zwar nicht die Befugnis, jemanden festzunehmen, aber einen Versuch war es zweifellos wert.

Noch nie zuvor hatte ich ein solches Lachen gehört. Vielleicht war es ja nur Einbildung, aber es hörte sich an, als ob als Antwort ein leichtes Beben den ganzen Landstrich erzittern ließ. Daug heulte auf, der Collie winselte.

»Sie haben vielleicht Nerven! Schauen Sie, ich bin nicht blind! Sie sind doch dieser alte Trottel, der vor ein paar Jahren aus Chicago wieder hierher zurückgezogen ist. Falls Sie es noch nicht bemerkt haben sollten, das hier ist nicht Chicago!«

Soviel zu dieser tollen Idee.

»Und nennen Sie mich gefälligst nicht Mr. Simpson! Wenn ich dieses Stinktier das nächste Mal zu fassen kriege, ist er ein toter Mann. Und jetzt wenden Sie diesen Blechhaufen und fahren Sie! Simpson lebt noch ein Stück weiter die Straße hoch, und der einzige Grund, weswegen ich Ihnen das erzähle, ist dieses süße kleine Weibsbild von Ihnen, das mit Ihnen im Wagen sitzt. Und jetzt machen Sie, zum Teufel, daß Sie von meinem Grund und Boden verschwinden, und wenn Sie diesen hirnlosen Waschlappen sehen sollten, dann richten Sie ihm aus, er solle gefälligst unterlassen, Holz von meinem Grundstück zu stehlen!«

»Hec«, keuchte Elly, »ich weiß, wer das ist!«

In diesem Augenblick war mir egal, wer es war. Ich ließ den Motor an und fuhr rückwärts davon.

Wenn man sich die einzelnen Bestandteile des Ensembles betrachtete – wie den Teich, der genau das tat, was Teiche in der Morgensonne tun, und die Bäume, die genauso aussahen wie Bäume eben aussehen, die gerade einen Regenschauer über sich haben ergehen lassen und sich in der Wärme wiederfinden, und Rattlesnake Ridge, eine Bergkette, die in ihrer ganzen eindrucksvollen Größe einfach dastand, dann schien alles in Ordnung.

Wenn man jedoch den klapprigen Traktor aus den fünfziger Jahren hinzufügte, etwa zwei Dutzend dreckige Hühner, einen zusammenbrechenden Pferch, der kaum in der Lage war, zwei nicht besonders gesund aussehende Pferde zu fassen, vor sich hin rostenden Schrott in größeren Mengen als auf einem gewerblichen

Schrottplatz und das verrottende, über den ganzen Platz verstreute Abfallholz, erst dann wurde das Bild vollständig.

Elly schien regelrecht begeistert zu sein. »Oh, Hec, das ist aber interessant!«

»Warte, Elly, steig noch nicht aus! Bis jetzt waren die Bewohner nicht so freundlich.« Ich verlor Elly gegenüber kein Wort darüber, aber sobald wir diesen Köter bei diesem komischen Mr. Simpson abgegeben hatten, beabsichtigte ich, mit Tom wieder hierher zurückzukehren und Simpson dafür zu belangen, mit der Schußwaffe auf Nachbarn loszugehen.

Sie ließ ihre Hand vom Türgriff sinken. »Du denkst doch nicht etwa …«

»Laß mich erst einmal nachschauen.«

»Sei bloß vorsichtig.«

»Bis auf die ganzen Tiere scheint hier niemand zu sein, Elly!« Ich ließ Daug und den Collie ins Freie. Daug jagte sofort hinter den Hühnern her; der Collie setzte sich neben den Wagen und war offensichtlich nicht übermäßig erfreut darüber, wieder zu Hause zu sein. »Ich denke, es ist alles in Ordnung, du kannst rauskommen. Laß uns einfach zur Tür gehen und anklopfen.«

Eine einzelne riesige, geschmeidige Katze saß auf dem Vorbau des Wohnanhängers, der aus einem Stück Sperrholz bestand, das auf zwei Ziegelsteinen lag. Daß irgendein fremder Hund die Hühner überall herumscheuchte, schien sie nicht sonderlich in Unruhe zu versetzen.

»Daug«, befahl ich gereizt, »komm hierher und setz dich!« Dieses eine Mal gehorchte er.

Unerschrocken marschierte Elly direkt auf die Tür zu, bedachte beim Vorbeigehen die Katze mit einem freundlichen Wort und klopfte an. »Hallo! Mr. Simpson!«

Nichts.

Mit einem festeren Klopfen versuchte sie es ein weiteres Mal. »Mr. Simpson, wir haben Ihren Hund zurückgebracht!«

Immer noch nichts.

»Vielleicht ist er ja hinten im Freien!« meinte sie fröhlich. Manchmal überrascht mich Ellys Abenteuerlust. Da war auf dem Grundstück eines Fremden gerade auf uns geschossen worden und wir versuchten, einen offensichtlich unerwünschten Hund auf dem Privatgelände eines anderen Fremden abzugeben, und sie tat so, als mache ihr das Ganze auch noch Spaß.

»Elly, warte ...« Es war zu spät. Verärgert folgte ich ihr auf die andere Seite, als sie losspazierte. Natürlich mußte sie noch unterwegs stehenbleiben, die Pferde tätscheln und sich mit einigen unerschrockenen Vögeln auf Hühnersprache unterhalten.

»Diese Tiere werden offensichtlich nicht gut betreut, Hec. Jetzt begreife ich, warum Lee Mr. Simpson nicht ausstehen konnte. Ach, Hec, schau dir nur diesen alten Traktor an!«

Manchmal bin ich gereizt, beispielsweise, wenn ich nicht gefrühstückt habe, Daug zum Tierarzt bringen und entlaufene Hunde abgeben muß und wenn dann noch auf mich geschossen wird.

»Elly, würdest du bitte den Traktor vergessen und könnten wir dann, wenn du nichts dagegen hast, vielleicht diesen Köter hierlassen und nach Hause fahren? Ich hätte gerne noch ein Frühstück, bevor es Mittag wird.«

»Komm schon, Hec, du mußt jetzt nicht gleich griesgrämig werden! Lee zufolge ist Mr. Simpson immer hier. Erinnerst du dich nicht, wie sie sagte, er sei eine Art Einsiedler?«

Ich erinnerte mich. »Ich schätze, du hast recht. Wir sollten uns noch ein wenig umschauen.«

»Das ist ja genauso wie in dem Obstgarten, den Großmutter Jenkins früher oben in Michigan hatte! Als Kinder haben wir immer unheimlich gerne darin gespielt. Und blieben die Äpfel da drin nicht unheimlich frisch?« Sie sprach jetzt über den Rübenkeller, auf den wir hinter dem Wohnanhänger gestoßen waren.

»Herrgott, schneidet dieser Mensch die Himbeeren denn nie zurück?« murrte ich und befreite mich von einer mörderischen Dornenranke.

»Ich frage mich, was Mr. Simpson wohl in seinem Rübenkeller aufbewahrt.« Furchtlos trampelte sie durch das Gebüsch und ging geradewegs auf die zwei flachen Holztüren des Kellereingangs zu.

»Elly! Wirst du wohl stehenbleiben! Das ist ein Privatgrundstück. Es geht uns überhaupt nichts an, was Mr. Simpson in seinem Rübenkeller aufbewahrt!«

So hungrig ich auch gewesen war, beschloß ich jetzt, das Frühstück zu übergehen. Wendell fuhr Elly in meinem Honda nach Hause. »Hec«, sprach Tom mich an, als wir von seinem Polizeijeep zurückkamen, »ich habe Clara aufgefordert, die Jungs hier heraus zu beordern. Ich glaube nicht, daß es ein Zufall war, daß Jack sich da drin eingeschlossen hat, weißt du.«

»Ich auch nicht.« Vor einigen Jahren hatte ich Elly zuliebe aufgehört zu rauchen, doch in diesem Augenblick hatte ich eindeutig Lust auf eine Zigarette, »Du hast mir immer noch nicht gesagt, woher du wußtest, daß wir hier waren.«

»Dein Anruf bei Clara.«

»Aber Clara hat auf meinen Anruf nie geantwortet.«

»Wenn du auf dem falschen Kanal bist, Hec, kann sie auch nicht antworten! Du hattest nur das Glück, daß sie gerade den Notrufkanal abhörte, als du auf Sendung warst.«

»Ich war auf dem falschen Kanal?«

»Ja.«

»Weißt du, Elly hat so etwas wie das hier noch nie vorher gesehen.«

Der Junge sah selber ein bißchen blaß aus. »Ehrlich gesagt, Hec, für mich ist es auch das erstemal.« Dann faßte er sich wieder. »Natürlich bin ich auch noch nicht so lange dabei wie einige der Leute, die ich kenne.«

»Wenigstens weißt du, auf welchem Kanal der Polizeifunk liegt«, erwiderte ich verdrossen.

»Komm schon, Hec, geh doch nicht so hart mit dir ins Gericht! Du weißt doch, für einen Mann deines Alters bist du wirklich drauf!«

Als ich mich in dem Moment umdrehte, sah ich auf seinem Babygesicht dieses gutmütige Grinsen liegen, und ich mußte auch lächeln. Dann sagte ich mehr in der üblichen Art, auf die wir uns immer gegenseitig necken: »Ich denke, du wirst bei dieser Sache auf Hilfe angewiesen sein, mein Junge. Jemand hat Simpson den Kopf eingeschlagen und diesen Stock durch den Verschluß gesteckt, um sicherzugehen, daß Simpson nicht herauskam. Und in Anbetracht deines jugendlichen Alters und deines Mangels an Erfahrung könntest du vielleicht etwas Unterstützung durch einen weiseren und erfahrenen Mann von Charakter gebrauchen.«

»Aber nur vielleicht. Willst du mit mir kommen, um Holcombe einen Besuch abzustatten?«

»Nichts lieber als das. Beschossen zu werden, hat mir noch nie gefallen; mittlerweile gefällt es mir noch viel weniger.«

»Das Recht auf Privateigentum ist mir heilig, das weißt du doch, Tom«, meinte Ty Holcombe dogmatisch über den Rand seines Glases Sherry hinweg. »Nicht schlecht, das Zeug, was, Leute?« fügte er hinzu und hob dabei sein Kristallglas. »Eine gute Kinderstube habe ich zwar nie gehabt, aber dafür Geschmack. Ich weiß, was gut ist, und dieses Zeug hier ist gut.«

Er hatte recht, es war gut. Wie alles andere, was ich bis jetzt gesehen hatte. Allererste Güte, beste Qualität, von den Möbeln bis zu den Orientteppichen, vom Kristallglas, aus dem wir den besten Sherry nippten, den ich je probiert hatte, bis zu den elektronischen Spielereien, die überall zu sehen waren. Die Lautsprecher waren nur die Spitze des Eisbergs gewesen.

»Privateigentum ist ja gut und schön.« Ich war immer noch darüber ergrimmt, daß man auf meine Elly geschossen hatte. »Doch auf unschuldige Leute zu schießen ist illegal, Mr. Holcombe!«

Er senkte den Kopf und versuchte tatsächlich, verlegen zu wirken. Aber ich erhaschte das vorübergehende Funkeln im Blick des Schurken, als er sagte: »Quatsch, Hec! Ich kann dich doch Hec nennen, oder? Nenn mich einfach Ty! Tom kann dir versichern, daß ich nie versucht habe, dich zu treffen. Ich mag es nur nicht, wenn sich jemand auf meinem Grundstück herumtreibt. Und glaub mir, Hec, hätte ich gewußt, daß du Elly bei dir gehabt hast, hätte ich nur die Lautsprecher benutzt.«

Aber sicher. »Nun, du hättest Elly fast zu Tode erschreckt.«

Der ganze Raum war erfüllt von der Musik Vivaldis. Ich weiß absolut nichts über klassische Musik, aber *Die vier Jahreszeiten* erkannte ich. Es war nämlich Ellys Lieblingsmusik. Lautsprecher konnte ich nirgends sehen, aber ich ging davon aus, daß es in jedem Zimmer des Hauses welche gab.

Nun ergriff Tom das Wort: »Chief Hoggs hat recht, Ty. Du weißt, daß sich nicht das erstemal jemand bei uns darüber beschwert. Du kannst nicht einfach herumlaufen und auf Leute schießen.«

»Schon gut, schon gut!« Fröhlich kapitulierend hob er die Hände. »Hand aufs Herz, Tom, ich werde nicht mehr schießen, bis ich weiß, um wen es sich handelt. Reicht das?«

Tom warf mir einen Blick zu.

Trotz allem war mir der Mann sympathisch. Irgend etwas an ihm erinnerte mich an einen großen Pandabären. Er hatte durchdringende, tief in ihren Höhlen liegende braune Augen, die von buschigen Augenbrauen umrahmt wurden, die beinahe von einem zum anderen Ende der Stirn reichten. Sein Kinn wurde von einem gewaltigen braunen Bart bedeckt, in dem die ersten grauen Haare sichtbar wurden, und sein Glatzkopf glich einer Kristallkugel.

Doch dieses wahnsinnige Lachen und die Schüsse, die über meinen Kopf hinwegpfiffen, waren mir noch gut in Erinnerung. »Nun... Wissen Sie, Mr. Holcombe, vor einer Stunde waren Sie nicht so freundlich wie jetzt.«

»Ich kann schon recht ekelhaft sein, das will ich wohl meinen!« brüllte Ty ganz selbstvergessen los. »Ist alles nur gespielt, Hec, damit ich meine Privatsphäre wahren kann, weißt du!«

Ich nahm ein weiteres Schlückchen Sherry. Er *war* hervorragend. »Sie kennen Elly?«

»Wer kennt Elly Hoggs nicht!«

Tom zwinkerte mir zu. Der kleine Klugscheißer.

Holcombe fuhr fort: »Sie ist das süßeste kleine Ding, das Gott je auf dieser grünen Erde gesehen hat. Ich werde nie diese Weihnachtsparty vergessen, die sie für die alten Leute der Stadt gegeben hat. War das ein ausgelassenes Fest!

Und dann dieser Essensdienst, den sie organisierte. Damit hat sie hier im Tal vielen Leuten sehr geholfen. Ja, von deiner Frau hält man hier in der Tat große Stücke. Du richtest ihr doch aus, wie sehr mir die Sache von heute morgen leid tut, nicht wahr?«

Widerwillig nickte ich.

Tom räusperte sich. »Mr. Holcombe ...«

»Was soll denn dieser Quatsch mit Mr. Holcombe, Tommy? Zum Teufel, ich kannte dich schon, da warst du nur ein Funkeln im Blick deines Halunken von Vater! Also ...«

»Mr. Holcombe«, beharrte Tom unnachgiebig, »Jack Simpson ist tot, und wir wollen Ihnen einige Fragen stellen.«

»Es wurde auch Zeit, daß jemand diese armselige Kreatur dahin schaffte, wo sie hingehört. Obwohl es mir für Scooter natürlich leid tut.« Holcombes Stimme verriet keine Überraschung, kein Mitleid und auch nicht den Anflug einer Entschuldigung dafür, daß er seinen Gefühlen unverblümt Ausdruck verlieh.

Ich lehnte mich zurück und schwieg. Das war jetzt die Sache des Jungen, mich ging es nichts weiter an. Wenn man so lange Polizist gewesen ist wie ich, hat man eine Menge unterschiedlicher Charaktere gesehen, doch so sehr jeder auch von seiner Einmaligkeit überzeugt sein mag, so beginnt man nach einer Weile, Grundtypen zu erkennen, die zwar nicht identisch miteinander sind, aber deren Ähnlichkeiten deutlicher hervortreten als die Unterschiede.

Als ich im zwölften Revier war, arbeitete ich mit einem Captain zusammen, der behauptete, jeden Persönlichkeitstyp, den es gab, erfaßt zu haben. Wenn mich meine Erinnerung nicht trügte, waren es zweihundertundzehn. Wahrscheinlich war Captain Novakowski noch nie in Cedar Bend.

»Darf ich daraus den Schluß ziehen, daß Sie und Mr. Simpson nichts füreinander übrig hatten?« fuhr Tom sanft fort.

»Ha! Jack Simpson war der mieseste Halunke, der je über diesen Globus gelaufen ist! Und das ist dir auch nicht unbekannt, Tom. Ich setze einen Dollar gegen zehn

Cents, daß du in diesem Tal keinen einzigen findest, der für Jack Simpson ein gutes Wort übrig hat!«

»Irgend jemand hat ihm den Schädel eingeschlagen, ihn in seinen Rübenkeller geworfen und einen Stock durch den Türverschluß geschoben, so daß er nicht mehr herauskommen konnte. Das ist ein wenig schwerwiegender als über ihn kein gutes Wort übrig zu haben. Das ist Mord!«

Die sanften Klänge des *Frühlings* füllten auf angenehme Weise die Stille, während wir am Sherry nippten und unseren Gedanken nachhingen.

Plötzlich fragte mich Holcombe ganz unverhofft und zusammenhanglos: »Willst du eine Zeitung kaufen, Hec?«

»Clara«, sprach Tom ins Mikrofon seines CB-Funkgeräts, »hier ist Sheriff Rhodes! Ist Wendell bereits vorbeigekommen? Ende!«

»Sind Sie das, Sheriff?« antwortete das gräßlichste hohe, nasale Wimmern, das die menschliche Stimme nur erzeugen kann.

Tom zählte langsam bis sechs, bevor er das Mikrofon wieder einschaltete. »Ja, Clara, es ist der Sheriff. Wenn ich auf Funk gehe und mich mit ›Hier ist Sheriff Rhodes!‹ melde, dann bedeutet das, daß Sheriff Rhodes dran ist, Clara.«

»Nun, Sie müssen ja nicht gleich schroff werden, oder? Sheriff Tim wurde das nie!« Die Stimme der Frau war wie Fingernägel, die auf einer Schiefertafel entlangfuhren. Clara leistete gute Arbeit, aber mit ihren Qualitäten als warmer, liebevoller Mensch war es nicht weit her. »Wie Sie wissen, Sheriff Rhodes, heißt es in den Vorschriften zu Recht, man solle sich von der Identität seines Gesprächspartners überzeugen!«

Mir lag eine superkluge Antwort auf der Zunge, aber als ich Toms Gesichtsausdruck sah, beschloß ich, den Mund zu halten.

»Die Vorschriften sagen aber nichts darüber aus, Clara, daß Sheriff Tim pensioniert ist und Ihnen nicht länger das Gehalt zahlt«, antwortete Tom aalglatt.

»Wendell setzte Mrs. Hoggs zu Hause ab und fuhr dann zu dem Platz zurück, wo dieser Taugenichts und Trottel von Simpson endlich bekommen hat, was ihm zustand.« Ende der Übertragung.

»Jack Simpson war nicht gut angesehen, soviel ist sicher«, grübelte ich laut vor mich hin.

Wie ich gehofft hatte, fuhr man uns in Toms neuem Polizeijeep zu meinem Haus zurück. Fünfzehntausend Dollar Steuergelder und nur das Beste. Erstklassiger CB-Funk, Gewehrständer, Lederpolster und eine Federung, die einen vergessen ließ, daß man mit achtzig Stundenkilometern eine Schotterpiste, die sich auch noch ›Straße‹ schimpfte, entlangfuhr.

Allmählich war es Mittag geworden, mein Hunger kehrte zurück und ich bekam schlechte Laune. »Könntest du bitte etwas langsamer fahren?«

»Ich dachte, du wärest hungrig.«

»Ich würde aber mein Mittagessen gerne lebendig zu mir nehmen.«

»Bin ich eingeladen?« Noch nie habe ich erlebt, daß der Junge ein Gratisessen von Elly ausgelassen hätte.

»Machst du Witze? Wenn Elly sieht, daß du den Wagen abstellst, hast du keine Chance, zu entwischen, bevor sie dich nicht bis zum Platzen vollgestopft hat.«

»Das habe ich gehofft!«

Inzwischen war es fast elf Uhr, immer noch sonnig, und ich versuchte, ein wenig zu entspannen und die Landschaft zu genießen. Es hatte eine Weile gedauert, aber inzwischen hatte ich mich daran gewöhnt, Bäume anstelle von Wohnhäusern zu sehen, und ich war darauf eingestellt, eher nach Rehen Ausschau zu halten als nach Kindern, die jeden Moment vor das Auto springen konnten. »Wer ist eigentlich dieser Scooter?«

»Jacks Neffe Scooter Simpson.«

»Er wohnt da draußen? Elly und ich haben nicht das kleinste Anzeichen dafür gesehen, daß sich dort außer Tieren noch irgendein anderes Lebewesen aufhält.« Ich atmete tief ein und langsam wieder aus und lehnte mich in meinen Sitz zurück. An diesem Morgen war eine Menge geschehen. Nun brauchte ich Zeit, um alles zu verdauen.

Tom stieß einen erschöpften Seufzer aus. »Wenn Scooter nicht da ist, gefällt mir das ganz und gar nicht, Hec.« Zur Bekräftigung schüttelte er den Kopf. »Nicht die Bohne!«

»Kennst du diesen Scooter?«

»Jeder kennt Scooter.«

Ich kannte ihn nicht und sagte ihm das auch.

Ganz knapp einem Schlagloch von der Größe eines Whirlpools entgehend, meinte er besserwisserisch: »Tja, wenn du dich wie Elly mehr unter die Leute begeben würdest...«

»Willst du mir jetzt erklären, wer Scooter ist, oder nicht?«

Als er nicht sofort antwortete, drehte ich mich herum und bemerkte, daß sich sein Gesicht verdunkelt hatte. Sorgfältig suchte er nach den richtigen Worten, dann sagte er: »Wie ich bereits sagte: Scooter ist Jacks Neffe. Wenn ich mich recht erinnere, ist er inzwischen zwanzig oder einundzwanzig Jahre alt. Er ist... nun, er ist... ich bin nicht sicher, was heutzutage das richtige Wort dafür ist, aber ich würde es ›zurückgeblieben‹ nennen. Er war seit seiner Geburt so.«

Seiner Stimmung entsprechend fragte ich genauso trübsinnig: »Und du denkst, Scooter hat seinen Onkel umgebracht?«

Tom entfuhr ein weiterer, noch tieferer Seufzer. »So wie dieser Idiot ihn behandelt hat, würde ich ihm das kein bißchen anlasten.« Denn sagte er mehr zu sich selbst: »Der arme Junge.«

Alle, die Jack Simpson gekannt hatten, haßten ihn. Ein richtig liebenswerter Bursche. »Was ist denn nur so schrecklich an diesem Simpson, daß ich bis jetzt noch kein freundliches Wort über ihn gehört habe?«

Mit einem kurzen Hohngelächter begann Tom damit, die Gründe dafür an seinen Fingern abzuzählen. »Nun, erstens ...«

»Würdest du bitte deine Hände am Lenkrad lassen?«

»... war er der geizigste Mensch, den ich je erlebt habe. Er haßte es, für irgend etwas Geld zu bezahlen, und das lag nicht daran, daß er keines hatte. Laß dich nur nicht durch diese Bruchbude aufs Glatteis führen! Doch am meisten brachte mich die Art und Weise auf die Palme, auf die er Scooter behandelte. Verdammt, die Eltern des Jungen starben, als er fünf Jahre alt war; seine Mutter war Jacks Schwester. Jack tat gerade so viel für den Jungen, daß der Staat nicht eingriff, um ihn ihm wegzunehmen. Er ließ Scooter da draußen in der finstersten Provinz versauern und alle Arbeiten machen. Er hat ihm nie auch nur einen einzigen Cent gegeben, den Scooter für sich ausgeben konnte, hat nie versucht, ihm Sonderunterricht zukommen zu lassen, nichts.« Die letzten Worte spuckte Tom förmlich aus.

»Und was ist mit Lee? Sie schien ebenfalls nicht sonderlich gut auf Simpson zu sprechen zu sein!«

Seine Reaktion kam für mich völlig unerwartet: Der Junge wurde knallrot. »Meinst du Lee, die Tierärztin?«

»Ja, ich meine Lee, die Tierärztin. Ich habe dir doch erzählt, daß wir es ohnehin nur ihr zu verdanken haben, da draußen gelandet zu sein.«

Das nimmt ja eine interessante Wendung, dachte ich. Der Junge ist verliebt!

»Du hast doch diese Tiere gesehen; der Mann hat sie kaum gefüttert. Der Tierschutzverein war ein paarmal draußen und hat wegen der Pferde nachgeschaut.«

»Was geschieht eigentlich jetzt mit ihnen?«

Mit einem selbstzufriedenen Lächeln informierte er mich darüber, daß er Wendell bereits angewiesen hatte, die nötige Vorsorge für die Tiere zu treffen.

»Mit ›Vorsorge‹ meinst du doch hoffentlich ein neues Zuhause und nicht...«

»Hec!« meinte er vorwurfsvoll.

»Ich wollte mich ja nur vergewissern.«

Wir befanden uns wieder auf der Hauptstraße; das Mittagessen war in greifbare Nähe gerückt. Die durch das Fenster hereinscheinende Sonne strahlte bereits richtig warm auf mein Gesicht. Es war zwar keine Sommersonne, aber in ein paar Monaten... »Und was meinte Holcombe mit seiner Frage, ob ich eine Zeitung kaufen wolle?« unterbrach ich abrupt unser behagliches Schweigen. »Sind in diesem Tal alle so bekloppt wie Simpson und Holcombe?«

»Holcombe ist alles andere als bekloppt! Er ist einer der erfolgreichsten Geschäftsleute in dieser Region, oder zumindest war er das. Heute sitzt er einfach herum und zählt sein Geld. Du hast ja das Haus gesehen.«

Ich konnte es nicht glauben. »Du meinst, er will mir wirklich eine Zeitung verkaufen?«

»Für mich hörte sich das ganz so an. Wahrscheinlich sprach er über den *Beacon*, eine Zeitung ist das eigentlich nicht, eher ein Flugblatt, das alle zwei Wochen erscheint.«

»Das ist ja wohl das Lächerlichste, was ich je gehört habe: Ich und eine Zeitung herausgeben!«

Endlich bogen wir von der Autobahn ab und fuhren die Straße nach Cedar Bend entlang. Die Heimat rückte näher. »Was hast du denn bezüglich des Collies unternommen?«

Elly würde das sicherlich wissen wollen.

»Du meinst den Collie, der auf dem Rücksitz deines Honda gesessen hat?«

»Nein, als du angekommen bist, war er draußen. Der

dreckige, stinkende Köter, den wir dann Lee zurück-
brachten.«

»Ganz genau: Meinst du den Collie, der auf dem
Rücksitz deines Honda gesessen hat, als Wendell davonfuhr, um Elly nach Hause zu bringen?«

Das Mittagessen war köstlich wie immer.

Wendell kam vorbei, als wir gerade fertig waren, und
informierte Tom, daß man Scooter in Pierce County auf-
gegriffen hatte, wo er gerade per Anhalter unterwegs
war. Kurze Zeit später hatte Lee bei Elly angerufen, um
zu fragen, wie es dem Collie ging. Sie fragte auch, ob
Tom da sei, wollte allerdings nicht mit ihm sprechen.

Als Elly Tom mit einer Tüte verabschiedet hatte, in der
die Hälfte der am Vortag für *mich* gebackenen Kekse mit
geraspelter Schokolade steckte, fühlte ich mich erschöpft
und brachte das auch zum Ausdruck.

»Jetzt ein kleines Nickerchen?« protestierte Elly
freundlich. »Wer soll denn dann den Collie baden? In
seinem Zustand kann ich ihn unmöglich ins Haus bringen.«

Manchmal muß ein Mann einfach ein Machtwort
sprechen. »Elly«, sagte ich entschlossen, »wir werden
diesen Collie nicht behalten. Ein Hund reicht!«

Ich brauche wohl nicht zu sagen, daß ich den Rest des
Nachmittags damit verbrachte, den Collie zu baden, ihm
aus Zedernspänen ein Bett zu bauen, das dem Bett glich,
das auch Daug hatte, und in die Stadt zu fahren, um ein
Halsband, eine Leine und die passenden Schüsseln für
den Wauwau zu kaufen.

Diese Art Augen hatte ich bereits schon vorher gesehen.
Sie fragten, waren sich aber weder der Frage noch der
Antwort sicher; sie waren auf unbewußte Weise freundlich, drückten den Wunsch aus, zu gefallen, waren aber
auch vorsichtig. Hoffnung lag in ihnen und die Ge-

wißheit eines bevorstehenden Desasters. Und was machten wir auf dem zwölften Revier, wenn sich wieder ein solches Paar Augen zeigte? Wir gaben sie an die übergeordnete Stelle weiter, nichts anderes. Die verfügten über eine spezielle Abteilung für diese Art von Augen. Sie außer Sichtweite in speziellen Abteilungen unterzubringen, läßt sie einen aber nicht vergessen, ganz gleich wie sehr man das möchte. Ich denke, es gibt einen nur dafür reservierten Platz im Gehirn, an dem man versucht, diese Gedanken wegzuschließen. Meistens bleiben die Türen gut und fest verschlossen, bis ...

»Dir tut keiner etwas, Scooter«, beruhigte Tom diese Augen sanft. »Ich weiß, daß du Angst haben mußt, aber ehrlich, wir wollen uns nur mit dir unterhalten, dir ein paar Fragen stellen. Bist du damit einverstanden?«

Ich liebe es, Tom zu necken, nenne ihn den Kindersheriff, grün hinter den Ohren und so, aber der Junge war in Ordnung.

Die Besorgnis in den Augen wurde schwächer. »Du willst Scooter fragen?« Es war unmöglich, das Erstaunen und die Verwunderung in seiner Stimme zu überhören. Wie konnte jemand nur auf den Gedanken kommen, Scooter wäre in der Lage, auf irgend etwas eine Antwort zu geben?

Wir befanden uns in Toms kleinem, gemütlichem Kämmerchen, seinem Büro; es war nicht besonders groß, aber die bessere Alternative zu einem Verhör in der Zelle. Scooter hatte einen Bürstenschnitt, sein rundes, flaches Gesicht war verschmiert und dreckig, seine Kleidung hätte Elly als Lumpen bezeichnet. Er saß steif auf der Kante eines Holzstuhls und ließ ängstlich seinen Blick zwischen Tom, Wendell und mir hin und her wandern.

»Nur ein paar Fragen, Scooter«, fuhr Tom geduldig fort. »Okay?«

»Okay!« legte Scooter ausgelassen los. »Scooter kann

Fragen beantworten!« Ein freudiges Funkeln war in diese Augen getreten.

»Warum bist du weggelaufen, Scooter?« fragte Tom scharf, aber nicht grob.

Scooter lächelte froh. Das war eine Frage, die er beantworten konnte. »Scooter haßt Onkel Jack. Scooter will ihn nie mehr wiedersehen. Scooter geht arbeiten!«

Mitfühlend und bestärkend nickte Tom ihm zu. »Onkel Jack war nicht besonders nett zu dir, nicht wahr?«

»Scooter haßt Onkel Jack! Sieht Onkel Jack nie mehr wieder!«

»Meinst du nicht, Onkel Jack wird nach dir suchen, Scooter?«

Mit einem breiten Lächeln schüttelte Scooter wissend den Kopf. »Mh-mh! Onkel Jack wird nie mehr hinter Scooter her sein!«

Es gibt Augenblicke, kleine Momente im Leben, die sich unauslöschlich im Gehirn einprägen. Das war einer von Ihnen.

Die nächsten Worte schien Tom wie in Zeitlupe zu sprechen, so, als ob die Worte das Ergebnis bereits wüßten und keine Eile hatten, dorthin zu gelangen. »Warum wird Onkel Jack denn nie mehr hinter Scooter her sein?«

»Weil er im Rübenkeller ist!« Dann begann er, leise in sich hineinzusingen. »Scooter tut Onkel Jack in den Rübenkeller! Scooter tut Onkel Jack in den Rübenkeller! Schäm dich, Scooter, schäm dich, Scooter!«

»Weißt du, Hec, eigentlich ist er ein sehr kluger Hund«, fuhr Elly völlig unbeeindruckt von meiner miesen Stimmung fort.

»Gut.«

»Und sie und Daug scheinen sich wirklich zu mögen.«

»Gut.«

Ich saß in meinem Lieblingssessel mit Blick auf den

Fluß und auf die Südseite des Mount Si. Es war ein weiterer sonniger Morgen, aber was mich anging, hätte es genausogut wolkenverhangen sein und regnen können.

Elly hatte es sich auf der Couch gemütlich gemacht und häkelte gerade an einem Pullover. Von seiner Größe her zu urteilen, war er wahrscheinlich für mich. Ich hatte nicht die Nerven, ihr zu sagen, daß ich einen Pullover in diesem Gelbton niemals tragen würde.

»Ich weiß, worüber du nachbrütest, Hec. Doch eigentlich hat sich die Sache für Scooter doch gar nicht so schlecht entwickelt.«

»Scooter hat Jack Simpson nicht umgebracht.«

»Aber keiner macht ihn doch dafür verantwortlich, Hec! Tom hat ja dafür gesorgt, daß er als Hilfskraft in diesem netten Tierheim unterkommen kann. Dort kümmert er sich um die Tiere und hat seinen eigenen kleinen Wohnanhänger. Und die Leute, die das Heim führen, machten einen überaus freundlichen Eindruck, so, als ob sie ihn gerne betreuen würden. Scooter braucht dir nicht leid zu tun.«

»Aber er hat Simpson nicht umgebracht. Vielleicht hat er dem alten Mann einen Schlag auf den Kopf versetzt und ihn in diesen Rübenkeller gestoßen, aber der Bericht von der Autopsie sagte aus, daß Simpson von diesem Schlag lediglich betäubt wurde und sich dadurch einen Knöchelbruch zugezogen hat. Die eigentliche Todesursache war Unterkühlung. Dieser Stock, der im Verschluß steckte, hat ihn das Leben gekostet. Jemand wußte, daß Simpson hilflos in diesem Rübenkeller lag und nutzte die Situation aus, um sicherzugehen, daß er da nie mehr herauskommen würde. Und es ist mir ganz egal, was die offiziellen Stellen glauben. Scooter hat das nicht getan. Er ist nicht schlau genug, um auch nur auf die Idee zu kommen, diesen Rübenkeller zum Sarg werden zu lassen. Daß Scooter sich schämt, ist in Ordnung, aber jemand anderes sollte sich ebenfalls schämen!«

Wahrscheinlich war Elly ausgesprochen sauer auf mich. Ein Seufzer entfuhr ihr. »Ich weiß, daß du nicht an seine Schuld glaubst! Das hast du ja Tom und mir letzte Nacht immer wieder erzählt. Aber, Hec, wenn er es nicht getan hat, wer denn dann? Und was ändert das denn noch, Liebster?«

»Für mich ändert das eine Menge«, stellte ich kategorisch fest. »Und ich weiß nicht, wer es getan hat. Begreifst du das denn nicht, Elly? Ich weiß nicht, wer es getan hat, und das macht mich völlig fertig.«

»Du glaubst doch nicht, daß es Lee war, oder? Sie ist ein so nettes junges Mädchen, und ich denke, sie und Tom könnten vielleicht einfach …«

»Sie haßte ihn wie die Pest. Und warum bat sie uns, ein Tier jemandem zurückzubringen, von dem sie wußte, daß er es schlecht behandelte? Weil die einzige Alternative darin bestanden hätte, ihn ins Tierheim zu bringen, und die hätten den Köter wahrscheinlich eingeschläfert. Ich denke, ich glaube ihr. Nein, ich glaube ihr tatsächlich. Lee hat Simpson nicht umgebracht!«

»Holcombe?« äußerte sie, ohne auch nur eine Masche zu verlieren.

»Auch er hat Simpson gehaßt und er ist verrückt genug, um zu meinen, er könnte ungestraft davonkommen. Aber ich bin der Meinung, die Methode paßt nicht zu dem Mann. Wenn mein Bild von Holcombe stimmt, hätte er Simpson einfach weggeblasen, wenn ihm danach gewesen wäre. Das Dumme ist nur, Elly, alle, die Simpson kannten, haßten ihn auch. Das ergibt eine Menge Verdächtige.«

»Wirst du den *Beacon* kaufen?«

»Willst du mich auf den Arm nehmen?«

Dieses Frühjahr beschloß Elly, Blumenkohl, Rosenkohl und Brokkoli anzubauen. Alles Sachen, die ich nicht esse. Und wäre ein Frühbeet nicht genau die richtige Methode, um das Wachstum in Gang zu bringen.

So kam es, daß ich an diesem Morgen draußen im Hof vor dem Haus stand und herauszufinden versuchte, wie die Teile des vorgefertigten, zurechtgeschnittenen und leicht zusammenzusetzenden Bausatzes, den ich gekauft hatte, zusammenpaßten. Doch es war wie immer, nichts paßte, und nach zwei Stunden hatte ich es gerade geschafft, die Hälfte des Rahmens fertigzubekommen, was nach den Angaben der Hersteller ein Zweijähriger in einer Viertelstunde bewerkstelligte. Ich beschloß, eine Pause einzulegen, bevor ich das ganze Ding verbrennen würde.

Eine Pause für mich hieß für Daug Zeit zum Spielen. Er brachte mir seinen Ball und ich warf ihn weg. Elly hatte recht, der Collie, dem wir immer noch keinen Namen gegeben hatten, war recht intelligent. Als er sah, was da vor sich ging, suchte er sich einen Stock und hielt ihn mir hin. Ich warf ihn ins Wasser, und wie der Blitz war er hinter ihm her.

Während ich mit den Hunden spielte, versuchte ich, meine Gedanken von Ellys unvollendetem Frühbeet abzulenken und den Frühlingsmorgen zu genießen. Es war eindeutig in Ordnung, in Washington Pensionär zu sein.

Ein wenig langweilig, aber in Ordnung. War es der Kauf eines Zeitungsverlags, der mir fehlte? Aber was, zum Teufel, wußte ich schon vom Verlegen einer Zeitung? Soviel wie gar nichts.

Dann ließ Daug einen großen Stein in meinen Schoß fallen. Ich hatte Glück, daß er mir zwischen den Beinen hindurchfiel. »Keine Steine!« mahnte ich. »Du hast doch sowieso kaum noch Zähne!« Schmollend trottete er davon.

Schließlich wandte ich mich wieder dem Frühbeet zu, und – nach einer weiteren Stunde endlosen Fluchens –, stand es endlich. Jetzt mußte ich nur noch den Verschluß anbringen. Mit Verschlüssen hatte ich Erfahrung und erledigte das ohne Schwierigkeiten.

»Elly!« rief ich stolz zum Haus hinüber. »Elly, komm mal nach draußen und schau dir dein Frühbeet an.« Gar nicht übel, klopfte ich mir auf die Schulter.

Ihre Reaktion, als sie endlich herauskam, war das Warten wert.

»Hec, das ist ja fantastisch!«

Ich legte meinen Arm um sie, wir setzten uns ins Gras und bewunderten mein Werk.

Elly war ein einziges Lächeln. Das gefiel mir; es machte fast die Tatsache wett, daß Blumenkohl seinen Schatten über meine Zukunft zu werfen drohte.

Wieder stand Daug mit dem Ball da; diesmal warf Elly ihn für ihn weg. Ich schaute mich nach dem Collie um und erwartete, daß als nächstes ein Stock an der Reihe sein würde.

Das war auch tatsächlich der Fall, tatsächlich hatte der Collie ihn schon in der anmutig spitz zulaufenden Schnauze.

Doch anstatt ihn zu Elly oder mir herüberzubringen, tänzelte er so stolz wie er nur konnte zu Ellys neuem Gewächshaus hinüber und steckte den Stock wie eine Nadel treffsicher durch dessen Türschloß.

Deutsch von Gunther Seipel

Das Biest vor der Tür

Die alte Mrs. Weyburn starb an jenem Abend um halb acht. Trotz ihres bedenklichen Gesundheitszustandes kam es recht unerwartet. Die Familie und Dr. Catesby wurden gerufen, und da man ihre Dienste nicht mehr benötigte, packte Lucy nach einer angemessenen Zeit ihre Tasche und fuhr zu dem einsamen Ziegelhaus an der Barberry Road zurück, in dem sie und ihr Mann lebten, seit Clifford eine Stelle als Lehrbeauftragter an der naturwissenschaftlichen Fakultät der Universität angenommen hatte.

Als sie nach Hause kam, war es dunkel. Im Wohnzimmer, in der Küche und in Cliffords Labor brannte Licht. Das Labor bestand eigentlich aus einem kleinen Gewächshaus an der Rückseite der angebauten Garage. Cliffords Wagen war jedoch nicht da. Als Lucy ins Haus trat, verrieten die aus der Stereoanlage dringenden Klänge eines Quartetts von Haydn jedoch, daß er bald wieder zurück sein würde. Das beruhigte Lucy. Mrs. Weyburns Tod war wie ein Schock gewesen. In den drei Tagen, in denen sie sich um die alte Dame gekümmert hatte, hatte Lucy sie richtig in ihr Herz geschlossen. Lucy hatte diese Tätigkeit aufgenommen, um Dr. Catesby einen Gefallen zu tun, als die reguläre Krankenpflegerin zu einem Krankheitsfall in ihrer eigenen Familie gerufen wurde. Seit sie und Clifford in die Stadt gezogen waren, hatte sie selbst nur mit Unterbrechungen als Krankenpflegerin gearbeitet.

Lucy zog ihre Dienstkleidung aus und ging in die Küche zurück, wo sie mit einem Lächeln feststellte, daß Clifford sich nicht die Mühe gemacht hatte, nach seinem Abendessen das Geschirr abzuwaschen, bevor er das Haus verließ. Aus der Anzahl der Teller ging klar hervor, daß er nicht allein zu Abend gegessen hatte. Die Reste von zwei Salaten und eine kaum angerührte Portion Lachs standen zusammen mit einem Stück Käse und einer leeren Suppendose auf der Anrichte. Lucy kippte den Salat in den Abfalleimer und wollte gerade mit dem Lachs dasselbe tun, als sie sich anders entschied, ihn statt dessen in Aluminiumfolie wickelte und in den Kühlschrank legte. Sie selbst verabscheute Lachs, aber sie konnte es nicht haben, wenn man gute Lebensmittel vergeudete, auch wenn Clifford sich weigerte, Reste zu essen – eine der Schrullen, mit denen Lucy über die Jahre hinweg zu leben gelernt hatte. Dadurch war sie gezwungen, etliche Formen haushälterischer Täuschungsmanöver anzuwenden. Clifford war ein Einzelkind, und mehr als einmal hatte Lucy ihm zum Vorwurf gemacht, ein sehr verwöhntes Kind gewesen zu sein.

Als sie gerade alles weggestellt und die Küche aufgeräumt hatte, hörte sie an der Haustür ein Geräusch. Sie zog ihre Schürze aus und ging hinüber, um nachzuschauen. Als sie jedoch das Licht anschaltete und nach draußen schaute, sah sie keinen Menschen. Sie öffnete die Tür und blickte nach unten. Fast zu ihren Füßen kauerte sich ein Hund zusammen; ein schwarzer Hund undefinierbarer Rasse, vielleicht halb Schäferhund und halb Setter. Bei Lucys Anblick zog sich das Tier knurrend zurück.

»Nanu, wo kommst du denn her?« fragte Lucy und suchte die Straße nach dem Besitzer des Hundes ab. Die Barberry Road war ein beliebtes Gebiet, um Hunde auszuführen – es gab nur wenige Häuser und Bäume und Büsche im Überfluß. Kein Mensch war zu sehen. Ein paar Meter entfernt hockte sich der Hund wieder hin und gab ein tiefes Winseln von sich.

»Geh wieder nach Hause, Junge. Mach schon! Geh jetzt nach Hause!«

Der Hund rührte sich nicht vom Fleck. Lucy schloß die Tür und schaltete das Licht aus. Sie mochte Hunde, aber der Anblick eines winselnden schwarzen Hundes – nicht einmal eine Stunde, nachdem sie die Gegenwart des Todes gespürt hatte –, brachte sie ein wenig aus der Fassung. Sie wünschte, Clifford würde nach Hause kommen.

Über eine Stunde lang hatte sie Fernsehen geschaut. Dann hörte sie, wie Cliffords Auto in die Garage fuhr und die Tür ins Schloß fiel. Kurz darauf hörte sie in der Toilette neben der Küche Wasser fließen. Mit einem Glas Wasser in der Hand kam Clifford heraus. Er trug Jeans und den alten Pullover vom College, in dem er auch mit siebenunddreißig Jahren eher einem Basketballspieler als einem aufsteigenden Akademiker glich. »Was machst du denn hier?« fragte er.

Sie lachte. »Nun, vielen Dank.«

Er beugte sich herunter, um ihr einen Kuß zu geben. »Ich hatte nicht erwartet, deinen Wagen in der Garage zu finden. Es hieß doch, du würdest erst Sonntag nacht wieder daheim sein. Was ist denn passiert?«

»Mrs. Weyburn ist heute nacht gestorben.«

»Das kam aber plötzlich, nicht wahr?«

»Sehr plötzlich. Ihr Herz versagte. Und wo bist du gewesen?«

Er schaute auf das Glas in seiner Hand. »Haben wir kein Aspirin mehr?«

»Oben sollte noch etwas sein. Kopfschmerzen?«

»Es hämmert wie verrückt!«

»Und, wo bist du gewesen?«

Er blickte über sie hinweg zur Küche. »Ich habe Crandall nach Hause gefahren.«

»*Herbert* Crandall? Was brachte dich denn dazu, *ihn*

zum Abendessen einzuladen? Ich dachte, du könntest ihn nicht ausstehen!« Die beiden Männer konkurrierten momentan in der Fakultät um eine wichtige Beförderung.

»Er wollte sich mit mir über den Lehrplan des Seminars unterhalten. Ich hatte keine Lust, alleine zu essen und habe ihn deswegen hierher eingeladen.«

»Gibt es bezüglich der Stelle schon irgendwelche Zusagen?«

»Das dauert noch mindestens eine Woche.« Er schlenderte in die Küche. »Du mußt nicht hinter mir herräumen. Ich wollte das tun, sobald ich zurückkomme.«

»Nun, jetzt kannst du dich statt dessen hinsetzen und dich entspannen. Du siehst müde aus. Ich hole dir ein Aspirin.«

»Was hast du mit dem Lachs gemacht?«

»Natürlich weggeworfen. Mir würde es doch nicht im *Traum* einfallen, dir Reste aufzutischen. Warum? Hast du noch Hunger?«

Er schüttelte den Kopf. »Crandall schien es zu mögen, aber ich habe nichts davon gegessen. Nur ein wenig Salat und Käse. Hatte keinen Appetit.«

»Du hast jetzt seit Tagen nichts Richtiges mehr gegessen. Kein Wunder, daß du Kopfschmerzen hast.« Sie hatte das sichere Gefühl, daß er sich mehr Sorgen über die Stelle machte, als er sich anmerken ließ. Sie brachte ihm das Aspirin und schaute dann noch einmal nach draußen. »Er ist immer noch da.«

»Wer ist da?«

»Der Hund.«

»Wir haben keinen Hund.«

»Jetzt haben wir scheinbar einen. Seit ich nach Hause gekommen bin, sitzt er dort draußen. Ein schwarzer Hund. Er hat mir einen ziemlichen Schrecken eingejagt – wegen Mrs. Weyburn, nehme ich an.«

Clifford kam, um nachzusehen. »Vielleicht ist es ein

streunender Hund. Morgen früh wird er weg sein.« Er gähnte. »Zu früh fürs Bett?«

Lucy lächelte gewinnend. »Ist es überhaupt jemals zu früh dazu?«

Bevor sie ihm nach oben folgte, schaute sie nach, ob die Türen verschlossen waren und schaltete dann die Lichter aus. Im Bett flüsterte sie; »Hast du mich vermißt?«

»Schrecklich.«

»Und wie ich dich vermißt habe! Es kam mir komisch vor, allein zu schlafen.«

»Ich weiß, was du meinst.«

»Ich lasse mich nicht wieder weglocken – jedenfalls eine Zeitlang nicht. Immerhin habe ich mehr als genug freiwillige Arbeit, die mich beschäftigt.«

»Gut«, murmelte er schläfrig und drehte ihr den Rücken zu.

»Ist alles in Ordnung, mein Schatz?«

»Sicher. Warum nicht?«

»Du wirkst heute abend ein wenig angespannt. Ist es die Stelle?«

»Sicher, die geht mir nicht aus dem Kopf.«

»Crandall mag ja vielleicht hervorragende Referenzen haben«, erinnerte sie ihn, »aber sagtest du nicht, er habe den Ruf, ein wenig unberechenbar zu sein?«

»Du meinst wohl seine Neigung, sich einen hinter die Binde zu kippen. Das wird das Ergebnis nicht beeinflussen. Er ist ein erstklassiger Dozent.«

»Ich weiß, aber du sagtest, der Ausschuß sei in der Beurteilung von Charaktereigenschaften ultrakonservativ.«

Ihre Hand, die sanft seine muskulöse Schulter massierte, rief keine Reaktion hervor. Mit einem leisen, bedauernden Seufzer zog sie sie zurück. Im Bett hatte sie – wie sonst auch – gelernt, ihre instinktiven Regungen von den unvorhersehbaren Stimmungen ihres Mannes beherrschen zu lassen. Eine vertraute Träumerei lullte sie

145

in den Schlaf – die schwächer werdende, aber immer noch lebendige Hoffnung, daß sie vielleicht doch noch ein Kind bekommen könnten.

Als Lucy zum Frühstück herunterkam, bemerkte sie: »Dieser Hund ist immer noch da.«

Clifford ging zur Tür und warf einen Blick nach draußen. Als er in die Küche zurückkehrte, hatte er einen gereizten, finsteren Blick. »Hast du ihn hier in der Gegend vorher schon einmal gesehen?«

»Nein. Es muß ein streunender Hund sein, genau wie du gesagt hast. Er sieht allerdings recht gutgenährt aus.« Clifford setzte sich hin und verzehrte schweigend sein Frühstück »Was sollen wir tun, wenn er hierbleibt?« fragte Lucy ihn.

»Wenn du ihn nicht fütterst, bleibt er auch nicht hier.« Als sie nichts darauf sagte, blickte er sie warnend an. »Und laß das um Himmels willen bleiben!«

»Natürlich.«

Als Lucy von ihren Markteinkäufen zurückkam, hatte sich der Hund nicht von der Stelle gerührt. Sobald sie die Lebensmittel verstaut hatte, ging sie durch die Garage nach draußen und versuchte, sich dem Tier zu nähern. Augenblicklich stand er mit schlaff herabhängendem Schwanz auf und fletschte mit einem halbherzigen Knurren die Zähne. Lucy bückte sich und streckte lockend die Hand aus.

»Sei doch nicht so unnahbar, Junge! Ich tu dir doch nichts!« Der Hund beobachtete sie argwöhnisch. Lucy fragte sich, ob er vielleicht mißhandelt worden und von zu Hause weggelaufen war. Doch warum hatte er sich gerade dieses Haus ausgesucht? Sie war sich ziemlich sicher, daß er ein Halsband trug, wagte es aber nicht, nachzuschauen, ob daran eine Erkennungsmarke hing.

Das erste, was Clifford sagte, als er an jenem Abend nach Hause kam, war: »Ich hatte nicht erwartet, heimzukommen und dieses Biest immer noch an der Tür vorzufinden!«

Lucy ignorierte den Anflug von Tadel, den ›Du-hast-schon-wieder-den-Toast-anbrennen-lassen!‹-Ton, wie sie es nannte. Sie sagte lediglich, daß sie zu beschäftigt gewesen sei, um darauf zu achten, ob der Hund noch da war oder nicht.

»Dann hast du ihn auch nicht gefüttert?«

»Natürlich nicht«, lachte sie. »Und jetzt schau mich nicht so finster an. Es ist schließlich nicht meine Schuld, daß er noch da ist.«

Clifford schritt zur Tür, riß sie auf und warf einen wütenden Blick auf den Hund, der sich unter dem Magnolienbusch zusammengerollt hatte. Dabei hatte sein Gesicht einen derart wilden Ausdruck, daß er damit ein viel ungezähmteres Tier hätte einschüchtern können.

»Ich denke, er hat uns adoptiert«, sagte Lucy.

»Das werden wir ja sehen!« Clifford stakste in die Küche und kam mit einer Abwaschschüssel kochend-heißen Wassers wieder zurück.

Lucy stieß einen erschreckten Ruf aus. »Was machst du denn da?«

»Was wohl? Mach die Tür auf!«

»Cliff, das kannst du nicht tun. Das ist brutal!«

Die Schüssel unter einen Arm geklemmt, zog er selbst die Tür auf, trat nach draußen und schleuderte das heiße Wasser auf den Hund. Lucy war froh, daß der größte Teil sein Ziel verfehlte.

»Verdammter Köter«, murmelte Clifford. »Das hat uns gerade noch gefehlt: Irgendein hergelaufener Bastard, der den Rasen verdreckt.«

»Schatz, reg dich doch nicht so auf. Vielleicht steht ja heute abend etwas in der Rubrik ›Gesucht – gefunden‹. Er muß doch einen Besitzer haben.«

»Mit größerer Wahrscheinlichkeit *hatte* er einen Besitzer. Und der hat das Vieh hier abgesetzt!«

In der Zeitung gab es an jenem Abend eine ganze Reihe Anzeigen, in denen entlaufene Hunde gesucht wurden Keine Beschreibung ähnelte jedoch *ihrem* Hund.

Clifford ließ die Zeitung fallen und sagte: »Na gut. Ich will, daß du folgendes machst: Ruf morgen früh als erstes bei der Polizei an und erkundige dich nach der Tieraufsichtsbehörde. Sag ihnen, sie sollen den Hund mitnehmen, bevor ich morgen nach Hause komme. Andernfalls werde ich … ihm etwas mehr als nur eine heiße Dusche verpassen!«

Lucy hatte das Gefühl, daß er den Hund nur als Ventil für eine tieferliegendere Spannung benutzte, die, wie sie vermutete, durch seine Sorge über seine Beförderung in der Fakultät hervorgerufen wurde. Das wagte sie ihm gegenüber aber nicht zu äußern; sie sagte lediglich, daß er ihrer Meinung nach überreagierte. »Der arme Hund hat dir doch nichts getan, mein Schatz. So wie du dich aufführst, könnte man ja meinen, er hätte dich ins Bein gebissen!«

»Nun, das hätte er ja auch tun können. Und wenn er die Tollwut hat? Ruf also in jedem Fall an, hast du mich verstanden?«

»Ja, Herr, ich habe verstanden.«

Am nächsten Morgen wählte Lucy gerade die Nummer der Tieraufsicht, als sie plötzlich von einem ihr nicht erklärbaren Widerstandsgeist beseelt wurde und statt dessen ein Päckchen mit Frankfurter Würstchen öffnete, auf den Rasen hinausging und sie dem Hund zuwarf, der keinen Moment zögerte, sie gierig zu schnappen und hinunterzuschlingen.

Du bist eine Närrin, schimpfte sie mit sich. Das war dumm gewesen. Böse schrie sie zu dem Hund hinüber:

»Und jetzt geh weg! Geh nach Hause! Du kannst hier nicht bleiben!«

Kein Wunder, daß der Hund auf diese zwiespältigen Signale hin, statt abzuhauen, auf sie zulief und sich gegen die Hand schmiegte, die sich ausstreckte, um seinen Kopf zu streicheln.

Clifford rief um drei Uhr nachmittags von der Universität aus an. »Hast du sie angerufen?«

»Ich wollte, aber der Hund ist verschwunden«, log sie. »Ich wäre mir wie ein Narr vorgekommen, wenn die Leute umsonst herausgekommen wären.«

An jenem Abend kam Clifford ins Haus gestürmt, als ob es gelte, gegen eine Unzahl rasender Bulldoggen zu kämpfen. »Ich dachte, du hättest gesagt, er sei verschwunden!«

Lucy lächelte unschuldig. »Ist er das nicht? Dann muß er wiedergekommen sein.«

Ein grimmiges Lächeln bildete sich auf Cliffords hübschem Gesicht. »Schon gut. Ich werde mich selbst um die Sache kümmern und sie ein für allemal aus der Welt schaffen!«

»Was hast du vor?«

»Ich sagte doch: Ist schon gut!«

Er drehte sich herum und ging in Richtung Labor. Lucy wartete ein paar Augenblicke, dann folgte sie ihm. Als sie sah, was er tat, schnellte ihre Hand gegen ihre Kehle.

»Cliff, was soll das?«

»Ich will deinem Haustier ein Abendessen zubereiten.«

»*Meinem* Haustier?«

»Du hast ihn gefüttert, nicht wahr?«

»Sei nicht albern!«

»Lüg mich nicht an, Lucy! Kein Hund treibt sich um ein fremdes Haus herum, wenn er nicht gefüttert wird.«

Sie legte ihm die Hand auf den Arm. »Schatz, bitte sei vernünftig! Wäre es denn eine so schlechte Idee, den Hund zu behalten? Er könnte mir Gesellschaft leisten, wenn du nicht da bist.«

»Du kennst meine Antwort darauf.«

»Was steckst du da in das Fleisch?«

»Ein bißchen Aroma.«

Sie wußte, daß er bei seinen botanischen Experimenten Gifte benutzte und spürte, wie sie ein angewidertes Frösteln überkam. »Cliff, du wirst diesem armen Tier kein vergiftetes Fleisch zu fressen geben! Das ist barbarisch.«

»Fällt dir etwas Besseres ein?«

»Ich sagte dir doch schon: Laß mich ihn behalten. Er braucht ein Zuhause.«

Er betrachtete sie mit selbstgefälliger Verachtung. »Ich habe es befürchtet. Du *hast* dieses Vieh gefüttert! Wenn du kein Kind haben kannst, willst du zumindest einen Hund haben, das ist es doch, nicht wahr?«

»Ach, Cliff, es ist gemein, so etwas zu sagen!«

»Erzähl mir bloß nicht, es sei alles meine Schuld! Dieses ganze Gerede, ich solle mal zum Arzt gehen! Glaubst du denn, du könntest mich zum Narren halten? Nun, zu deiner Information, meine Liebe, an *mir* liegt es nicht. Wenn wir kein Kind bekommen haben, kannst du dir selbst die Schuld dafür geben!«

»Das ist doch lächerlich!« erwiderte sie. »Ich sagte, vielleicht sollten *wir* mal zum Arzt gehen. Ich habe nie gesagt, es liege an dir!«

»Das war auch nicht nötig. Ich konnte sehen, was in dir vorging!«

»Dann bist du schlauer als ich. Was in *dir* vorgeht, kann ich nicht erkennen, zumindest in letzter Zeit nicht mehr. Plötzlich hast du diese schlechte Laune, und woher soll ich dann wissen, was gerade in dir vorgeht? Du entziehst dich mir immer mehr! Ich dachte, das läge daran, daß du dir Sorgen um diese Stelle machst. Jetzt muß ich mich aber doch allmählich wundern!«

Eine so untypische Zurschaustellung des Trotzes überraschte ihn genauso sehr wie sie. »Was soll das denn heißen?« fuhr er sie an.

»Es heißt, daß ich deinen selbstsüchtigen Mangel an Rücksichtnahme ein wenig satt bin! Schatz, ich liebe dich aufrichtig, aber ich bin es ein bißchen leid, immer diejenige zu sein, die Zugeständnisse macht. Ist es denn so falsch für mich, mir ein Kind zu wünschen, auch wenn du diesen Wunsch nicht verspürst? Damals im Osten habe ich Karriere gemacht. Aber hatte ich etwas dagegen, als du hier herausziehen wolltest? Sagte ich nein, als du praktisch von mir verlangtest, zu Hause zu bleiben und nicht mehr regelmäßig zu arbeiten? Wir gehen dahin, wo du hingehen möchtest. Wir besuchen die Leute, die du besuchen willst. Wir machen, was du machen willst. Du bist dein ganzes Leben lang verwöhnt worden und erwartest von mir, daß ich dich weiterhin verwöhne und auf alle deine Launen eingehe. Es gibt auf der ganzen Welt keinen einzigen Grund, warum wir diesen Hund nicht behalten sollten.«

»Wir können es uns nicht leisten, einen Hund durchzufüttern.«

»Ach, das ist aber *merkwürdig.* Nur mit den Resten, für die du dir zu schade bist, könnten wir fünf Hunde durchfüttern.«

Mit einem Lachen setzte er zu einer Gegenbeschuldigung an. »Was haben denn die Essensreste damit zu tun?«

Als sie an das Stück Lachs dachte, das völlig in Ordnung gewesen war und von dem er glaubte, sie habe es in den Abfall geworfen, hätte sie vor Wut laut aufschreien können. »Nichts!« sagte sie hitzig. »Alles! Aber wenn du glaubst, ich würde hier einfach stehenbleiben, während du ein hilfloses und obdachloses Tier vergiftest, dann erliegst du einem gewaltigen Irrtum!«

Mit diesen Worten streckte sie die Hand aus und fegte den Teller mit dem Hamburger vom Arbeitstisch in den Abfalleimer.

In dieser Nacht schlief Clifford in seinem Arbeitszimmer. Als Lucy am nächsten Morgen herunterkam, um das Frühstück zuzubereiten, war er bereits gegangen. Auf dem Küchentisch lag ein Zettel: *Liebling, bitte verzeih mir! Ich wollte mich nicht wie ein Unmensch aufführen.*

Der Zettel verstärkte nur noch das qualvolle Gefühl der Zerknirschtheit, mit dem sie aufgewacht war. Cliffords Verhalten gegenüber dem Hund war natürlich kindisch, aber ihr eigener Ausbruch der Frustration war nicht minder extrem. Worüber beklagte sie sich eigentlich? Cliff war immer ein guter Ehemann gewesen, sie hatte ein wunderschönes Zuhause und fast alles, was sie sich vernünftigerweise wünschen konnte. Und wenn sie tatsächlich eine übermäßig unterwürfige Frau war, wer war denn daran schuld außer sie selber?

Sobald sie mit dem Frühstück fertig war, rief sie die Tieraufsichtsbehörde an. Weniger als eine Stunde später traf der Lieferwagen ein, und sie erklärte dem Polizeibeamten, daß der Hund seit dem Abend des sechzehnten auf ihrer Türschwelle sein Lager aufgeschlagen hatte. Das Tier leistete keinen Widerstand, als es in den Lieferwagen gehoben und weggebracht wurde.

Kurz nach zwölf Uhr klingelte es an der Tür.

»Mrs. Phelps?«

»Ja.«

»Detective John Gourley von der Polizei. Darf ich bitte einen Moment mit Ihnen sprechen?«

Neugierig, aber auch ein wenig beunruhigt, bat ihn Lucy herein. Er zückte ein Notizbuch und einen Kugelschreiber. »Unsere Tieraufsicht hat hier heute morgen einen Hund mitgenommen. Ich glaube, Sie haben da angerufen, nicht wahr?«

»Ja. Aber warum ...« Plötzlich fiel ihr etwas ein, was Clifford gesagt hatte. »Ach du liebe Güte! Der Hund – war er tatsächlich tollwütig? Hat er jemanden gebissen?«

Der Kriminalbeamte schüttelte den Kopf. »Sie haben diesen Morgen dem Polizisten erzählt, daß Sie nicht wüßten, wem der Hund gehörte. Stimmt das?«

»Ja. Natürlich kennen wir den Besitzer nicht. Andernfalls hätten wir ihn ja angerufen.«

»Es ist eine Besitzerin, Mrs. Phelps. Der Hund gehört einer Frau namens Joyce Madison. Kommt Ihnen der Name bekannt vor?«

Lucy runzelte die Stirn. »Nein. Sollte er das?«

»Nicht unbedingt. Weil die Frau im Verwaltungsbüro der Universität arbeitet, dachte ich, Sie hätten den Namen vielleicht schon einmal gehört. Ihr Mann arbeitet doch dort als Dozent, nicht wahr?«

»Das ist richtig, aber ich kann mich nicht daran erinnern, daß er diesen Namen jemals erwähnt hat. Natürlich kennt Clifford nicht das gesamte Schreibpersonal.«

»Die Sache ist die, Mrs. Phelps: Eine Nachbarin von Miß Madison sah, wie die junge Frau in der Nacht des sechzehnten dieses Monats mit ihrem Hund aus dem Haus ging – sie lebt alleine dort. Und das war offensichtlich das letztemal, daß jemand die beiden gesehen hat – bis heute morgen der Hund hier abgeholt wurde.«

Lucy begriff die Bedeutsamkeit des Gesagten nicht richtig. »Sie sagen, der Hund gehört dieser Mrs. Madison? Ich gebe zu, es ist seltsam, daß sich ihr Hund hier herumgetrieben hat, aber weder ich noch mein Mann kennen diese Frau oder ihren Hund. Ich meine, beide waren noch nie hier.«

»Und dennoch war der Hund hier und weigerte sich zu gehen.«

Lucy lächelte. »Ich fürchte, das war meine Schuld. Mein Mann wies mich an, ihn nicht zu füttern, aber ich habe es trotzdem getan. Einmal.«

»Und Sie sind sich sicher, daß Ihr Mann nie erwähnte, Miß Madison zu kennen?«

»Ganz sicher.« Plötzlich merkte sie, worauf die Bemerkungen des Mannes abzielten. »Oh, aber ich hoffe doch, sie meinen nicht, daß diese Frau tatsächlich hier gewesen ist. Das ist absurd!«

»Darf ich fragen, welchen Wagen ihr Mann fährt, Mrs. Phelps?«

»Natürlich. Einen Ford Kombi.«

»Der Grund für meine Frage ist der, daß man uns sagte, Miß Madison sei gelegentlich von einem Mann besucht worden, der einen Kombi fuhr.«

»Das mag ja sein, aber mein Mann war das bestimmt nicht.«

»Nun, erst einmal vielen Dank, Mrs. Phelps. Ich werde noch an der Universität vorbeifahren und mich mit Ihrem Mann unterhalten. Ich bin sicher, er kann mir bestätigen, was Sie mir gesagt haben.«

Trotz der Absurdität der Andeutungen, die der Kriminalbeamte gemacht hatte, hinterließ sein Besuch bei Lucy eine Unruhe, die an ihrer Selbstsicherheit nagte, ganz gleich, wie oft sie sich einredete, alles sei nur ein dummes Mißverständnis. Die bloße Idee, Clifford könne sich mit einer anderen Frau eingelassen haben, war absurd. Er war alles andere als ein Schürzenjäger, und sei es auch nur aus dem einfachen Grunde, daß auch nur der kleinste Hauch eines Skandals seine Chancen auf eine Beförderung an der Universität zunichte machen würde.

Und dennoch mußte sie immer wieder an den Abend zurückdenken, an dem Mrs. Weyburn gestorben war. Sie erinnerte sich an das Durcheinander an Lebensmitteln und das Geschirr in der Küche bei ihrer Rückkehr. Trotzdem war ihr an Cliffords Verhalten nichts aufgefallen, was auch nur das kleinste Schuldgefühl oder die geringste Lüge verraten hätte. Daß seine Äußerung, er habe mit Herbert Crandall zu Abend gegessen, nicht der Wahrheit entsprach, zog sie nicht ernsthaft in Betracht. Auf der anderen Seite war sie davon aber nicht so stark überzeugt, daß sie am späten Nachmittag des gleichen Tages zum Telefon griff, um Gwendolyn Crandall anzurufen.

»Ich habe es zufällig gefunden, als ich im Eßzimmer staubsaugte, und ich dachte, es könnte vielleicht Herbert gehören.«

»Herbert? Oh, nein. Das ist unmöglich. Herbert benutzt gar kein Feuerzeug. Nur Streichhölzer. Außerdem war Herbert seit dem Abend, an dem ihr uns vor Monaten alle zum Cocktail eingeladen habt, nicht mehr bei euch.«

»Ach! Ich dachte, Cliff hätte gesagt, Herbert sei am sechzehnten zum Abendessen hier gewesen. Ich war zu der Zeit auf einem Krankenbesuch unterwegs.«

»Das mußt du falsch verstanden haben, Lucy. Der sechzehnte war es mit Sicherheit nicht. Das war unser Jahrestag, und da hat er mich zum Abendessen ausgeführt.«

Als Clifford nach Hause kam, stellte er in seinem Verhalten eine Unbekümmertheit zur Schau, die irgendwie im Widerspruch zum Ausdruck seiner Augen stand. Lucy fragte ihn sofort, ob ihn der Kriminalbeamte besucht habe.

Cliff machte eine abwertende Geste. »Ja, er ist ein paar Minuten bei mir gewesen. Hast du schon einmal so etwas Groteskes gehört? Da verschwindet eine Frau, und man findet ihren Hund, der auf unserem Grundstück herumschleicht! Aus diesem Grund muß ich dann die Frau gekannt haben!«

»Hast du sie denn gekannt?« fragte sie. Ihre Stimme war kaum mehr als ein Flüstern.

»Nein. Nicht richtig. Ich wußte, wer sie war.«

»Und daß sie verschwunden ist?«

»Das erzählte man sich, aber dem Getratsche auf dem Campus schenke ich keinerlei Aufmerksamkeit.«

»Mir hast du kein Wort darüber gesagt.«

»Dazu gab es auch keinen Grund.«

»Dieser Kriminalbeamte... Er sagte, ein Mann mit einem Kombi habe sie besucht.«

Das erstemal richtete sich sein trüber, aber tadelnder Blick auf sie. »Liebling, ich hoffe nicht, daß du glaubst, *ich* hätte sie besucht.«

Lucy senkte als erste ihren Blick. »Cliff, du kannst es genausogut auch wissen. Ich habe Gwendolyn Crandall angerufen. Sie sagte, ihr Mann sei am sechzehnten nicht hier gewesen. Wer *war* denn dann in der Nacht hier?«

Was dann geschah, war für Lucy ein größerer Schock als der Moment, in dem sie in Mrs. Weyburns Schlafzimmer getreten war und die alte Dame dort tot liegen sah. Jetzt war es so, als ob Cliffords ganze Lebenskraft in einem einzigen Augenblick aus seinem Körper herausgeflossen wäre. Seine Schultern sackten nach unten; seine Gesichtsmuskeln schienen einzufallen: Er griff nach der Lehne des Sessels und ließ sich hineinfallen, als ob er plötzlich blind geworden wäre.

»Cliff! Was ist los?«

Er schaute nicht nach oben. Seine Stimme war so ausdruckslos wie sein aschfahles Gesicht. »Sie war unaufhörlich hinter mir her, Liebling. Ich sprach nur ein paar Male mit ihr, und sie... sie entwickelte eine Art idiotische Schwärmerei für mich. Unaufhörlich hinterließ sie mir Nachrichten. Immer wenn ich den Campus verließ, lauerte sie mir auf. Ich sagte ihr, sie solle mich in Ruhe lassen, ich sei nicht an ihr interessiert. Da begann sie, mir zu drohen. Sie sagte, sie sei schwanger und würde dem Dekan sagen, ich sei dafür verantwortlich. Es war dumm, aber ich war ein paarmal bei ihr zu Hause, um zu versuchen, in ein vernünftiges Gespräch mit ihr zu kommen. Sie wollte nicht auf mich hören. In jener Nacht tauchte sie dann hier auf. Ich hatte mich gerade zum Abendessen hingesetzt und versuchte, höflich zu sein. Ich lud sie sogar ein, mitzuessen, bat sie inständig, mit ihrem Benehmen aufzuhören und ich dachte, daß sie am Schluß einsichtig wurde. Zumindest versprach sie mir, aufzuhören, mich zu belästigen. Direkt nach dem Abendessen ist sie gegangen. Der Himmel weiß, was danach mit ihr geschehen ist.«

Plötzlich fuhr sein Kopf in die Höhe, mit wachsendem Entsetzen in den Augen starrte er sie an. »Mein Gott, Liebling, denkst du, sie könnte vielleicht ... könnte sich vielleicht etwas angetan haben?«

Sein Geständnis hatte Lucy überwältigt. Der Kummer und die Bestürzung auf seinem Gesicht ließen sie neben seinem Sessel auf die Knie fallen. Sie nahm seine Hände und versuchte, ihn zu beruhigen, auch wenn sie selbst völlig durcheinander und unsicher war und nicht wußte, was sie denken sollte.

»Der Hund. War er bei ihr?«

»Ja. Sie ließ ihn vor dem Haus.«

»Und warum nahm sie ihn beim Gehen nicht mit?«

»Ich weiß, ich weiß. Das hat mich ja seit jener Nacht die ganze Zeit so verrückt gemacht! Sie muß ihm befohlen haben, ihr nicht zu folgen. Und das konnte nur bedeuten, daß sie geplant haben muß ... Aber das kann sie nicht getan haben. Das würde sie nicht tun. Nicht wegen einer dummen Schulmädchenschwärmerei.«

»Aber Cliff, wo bist *du* denn in jener Nacht hingefahren?«

Mit einer heftigen Handbewegung fuhr er sich durch das Haar. »Ehrlich, ich kann mich nicht erinnern. Ich mußte einfach aus dem Haus heraus, bin weite Strecken ziellos durch die Gegend gefahren.«

»Hast du das alles auch dem Kriminalbeamten erzählt?«

»Ich hatte keine andere Wahl. Es hatte keinen Zweck, ihn anzulügen. Wenn ich auch nur den leisesten Versuch gemacht hätte, die Wahrheit vor ihm zu verbergen, kannst du dir ja vorstellen, welchen Verdacht er gehabt hätte.«

»Dann mach dir keine Sorgen.« Sie drückte weiter seine Hände. »Du denkst doch nicht, daß dies deine Chancen für die Stelle beeinträchtigen könnte, oder? Ich meine, wenn das alles herauskommt?«

Er stieß einen langen, verzweifelten Seufzer aus. »Die Stelle. Herrgott, daran habe ich jetzt seit Tagen keinen ernsthaften Gedanken verschwendet.«

»Nun, versuch einfach, dir deswegen keine Sorgen zu machen. Sie wird bestimmt wieder auftauchen. Wenn sie sich etwas angetan hätte, hätte man sie mit Sicherheit inzwischen gefunden.« Sie warf ihm einen forschenden Blick zu. »Ich wünschte, du hättest es mir gleich gesagt.«

Melancholisch erwiderte er ihren Blick. »Hättest du mir denn geglaubt? Daß ich unschuldig war? Daß ich sie nie zu irgend etwas ermuntert habe?«

»Mußt du da noch fragen? Mein Schatz, laß uns nicht länger darüber sprechen. Komm, geh und wasch dich. Ich habe mir einen Teller Suppe gemacht, während ich auf dich gewartet habe. Wenn du herunterkommst, ist dein Abendessen fertig.«

Als er sich zum Essen hinsetzte, versuchte sie, sich so zu verhalten, als wäre alles wie immer. Clifford schien ihre Gegenwart genausowenig wahrzunehmen wie das Essen, das sie ihm hingestellt hatte. Sanft forderte sie ihn auf, etwas Nahrung zu sich zu nehmen. Sekunden später ließ er plötzlich seine Gabel fallen, seine Hand krallte sich in seine Brust, und mit einem Ausdruck unerträglicher Qual fiel er vornüber auf den Tisch.

Erst nach dem ersten lähmenden Schock erkannte sie mit intuitiver Sicherheit, was sie getan hatte – und was er getan hatte. Unfähig, sich zu bewegen, die schreckliche Wahrheit begreifend, starrte sie auf die Fischkroketten auf seinem Teller – Kroketten, die sie aus den Resten des Lachses zubereitet hatte, den er seinem Gast in der Nacht zum sechzehnten serviert hatte.

Deutsch von Gunther Seipel

Ein Hund
am hellichten Tage

Manchmal gönne ich mir das Vergnügen, im Regen spazierenzugehen, auch wenn mir normalerweise Sonnenschein lieber ist. An diesem verregneten Mittwoch gab es jedoch einen besonderen Anreiz: Ich wollte, daß sein Regenmantel schön naß war, wenn ich ihn ablieferte. Also verließ ich, den Mantel übergeworfen und meinen alten braunen Filzhut auf dem Kopf, Nero Wolfes Sandsteinhaus in der West 35th Street in Manhattan und machte mich auf den Weg zur Arbor Street, die in Greenwich Village ist.

Da auf halbem Weg der Regen aufhörte und mich mein Blut warmgepumpt hatte, zog ich den Mantel aus, legte ihn mit der nassen Seite innen zusammen, warf ihn mir über den Arm und ging weiter. Die Arbor Street, eng und nur drei Blocks lang, war auf beiden Seiten von alten Ziegelhäusern gesäumt, die meisten vierstöckig und weder tipp noch topp. Nummer 29 mußte etwa in der Mitte des ersten Blocks liegen.

Ich erreichte das Haus, ging aber nicht hinein. Auf der Straße war nämlich eine kleine Party im Gange. Vor einem der Häuser stand in zweiter Reihe ein Polizeiauto geparkt, und auf dem Gehsteig hatte sich ein Polizist in Uniform mit unübersehbarer Autorität vor einer kleinen Menschenansammlung aufgepflanzt. Im Näherkommen hörte ich ihn fragen: »Wem gehört der Hund da?«

Damit bezog er sich offensichtlich auf das Tier mit nassem schwarzen Fell, das hinter ihm stand. Ich hörte niemand Besitzansprüche auf den Hund anmelden, und selbst wenn, hätte ich es wohl kaum mitbekommen, weil meine Aufmerksamkeit von etwas anderem in Anspruch genommen wurde. Ein zweites Polizeiauto kam angefahren und hielt hinter dem ersten. Ein Mann stieg aus, nickte, ohne stehenzubleiben, dem Polizisten zu und betrat Haus Nummer 29.

Das Problem war, ich kannte den Mann, und das war eindeutig untertrieben. Ich fange zwar in Gegenwart von Sergeant Purley Stebbins von der Mordkommission Manhattan West nicht gerade zu zittern an, aber aus seiner Anwesenheit und seinem Auftreten ging unmißverständlich hervor, daß in diesem Haus eine Leiche lag. Und wenn ich nun dort mit der Begründung Zutritt verlangte, ich wollte Regenmantel gegen Regenmantel tauschen, und zwar mit einem Kerl, der mit meinem versehentlich abgezogen war, dann war es nicht allzu schwer, sich auszurechnen, was dann passiert wäre. Mein promptes Erscheinen am Schauplatz eines Mordes würde Purleys schlimmste Instinkte wecken, und ich käme vielleicht nicht rechtzeitig zum Abendessen nach Hause, zu dem es heute gegrillte Täubchen mit einer braunen Soße geben sollte – ein Gericht, das Fritz *Venitienne* nannte und das zu seinen besten zählte.

Purley war, ohne mich zu entdecken, im Haus verschwunden. Der Cop war mir vollkommen unbekannt. Als ich mich auf dem schmalen Gehsteig hinter ihm vorbeizudrücken versuchte, sah er mich an und fragte: »Ist das Ihr Hund?«

Der Hund stupste mich am Knie, und ich bückte mich, um ihm den nassen schwarzen Kopf zu tätscheln. Dann ging ich mit der Beteuerung, es sei nicht meiner, weiter. An der nächsten Ecke bog ich nach rechts, in Richtung Downtown zurück. Von Westen her war Wind aufgekommen, aber es war noch alles feucht vom Regen.

Ich war schon ein gutes Stück unterwegs, als ich den Hund entdeckte. Ich wartete gerade in der Ninth Avenue an einer Ampel, da spürte ich etwas an meinem Knie, und da war er. Automatisch streckte ich die Hand nach seinem Kopf aus, zog sie aber wieder zurück. Ich saß in der Klemme. Offensichtlich hatte er sich mich als Freund ausgesucht, und wenn ich einfach weiterging, würde er mir folgen, und man kann nun mal in der Ninth Avenue keinen Hund Stöckchen apportieren lassen. Ich hätte ihn abhängen können, indem ich die restliche Strecke im Taxi fuhr, aber das wäre angesichts der Wertschätzung, die er mir aufgrund meines Charmes entgegenbrachte, nicht besonders nett gewesen. Er hatte ein Halsband mit einer Hundemarke um, mit deren Hilfe er identifiziert werden könnte, und die nächste Polizeistation war nur ein paar Straßen weiter. Das Einfachste wäre also gewesen, ihn dort abzuliefern. Um die Lage zu erkunden, trat ich an den Randstein, und in diesem Moment brauste ein Wirbelsturm um die Ecke und trug meinen Hut auf die Avenue hinaus.

Ich stürzte mich nicht in den Verkehr, aber Sie hätten den Hund sehen sollen. Er sprang direkt vor der Kühlerhaube eines großen Lasters vorbei, streifte mit dem Schwanz seinen linken vorderen Kotflügel, bremste bei der Landung, um ein Auto vorbeizulassen, sprang noch einmal und kam unter ein anderes Auto – oder zumindest dachte ich das –, und dann sah ich ihn auf dem anderen Gehsteig. Er schnappte sich den Hut unter den Füßen eines Fußgängers hervor, machte auf der Stelle kehrt und trat den Rückweg an. Dieses Mal war seine Überquerung nicht so spektakulär, aber er trödelte dennoch nicht. Zurückgekehrt blieb er bei mir stehen, hob den Kopf und wedelte mit dem Schwanz. Ich nahm ihm den Hut ab. Er war auf seiner Reise über eine Wasserpfütze geschlittert, aber ich dachte, der Hund wäre enttäuscht, wenn ich ihn nicht aufsetzte, deshalb tat ich es. Natürlich war damit der Fall klar. Ich winkte einem Taxi, nahm den Hund mit hinein und gab dem Fahrer die Adresse von Wolfes Haus.

Ich stellte mir das Ganze so vor: Ich würde den Hutjagdhund nach oben auf mein Zimmer nehmen, ihm eine Erfrischung anbieten und bei der ASPCA anrufen, damit sie ihn abholten. Aber es hätte keinen Sinn gehabt, sich so eine Gelegenheit für einen kleinen Besuch bei Wolfe entgehen zu lassen. Deshalb ging ich, nachdem ich Hut und Regenmantel an der Garderobe im Flur aufgehängt hatte, zum Büro weiter und trat ein.

»Wo, um alles in der Welt, haben Sie gesteckt?« schnauzte mich Wolfe an. »Wir wollten um sechs Uhr ein paar Listen durchgehen, und jetzt ist es Viertel vor sieben.« In ein Buch vertieft, saß er in seinem überdimensionalen Sessel hinter dem Schreibtisch, und seine Augen rissen sich nicht von der Seite los, um mich eines Blickes zu würdigen.

Ich antwortete ihm: »Ich wollte diesen blöden Regenmantel zurückbringen. Nur hab' ich ihn nicht zurückgebracht, weil…«

»Was ist das denn?« knurrte er. Er sah meinen Begleiter finster an.

»Ein Hund.«

»Das sehe ich selbst. Mir ist nicht zum Spaßen. Schaffen Sie das Vieh auf der Stelle raus hier.«

»Jawohl, Sir, auf der Stelle. Ich kann ihn die meiste Zeit in meinem Zimmer lassen, aber natürlich muß er nach unten laufen und durch den Flur, wenn ich ihn ausführe. Er ist ein Hutjagdhund. Da ist nur ein Problem. Er heißt Nero, was, wie Sie wissen, ›schwarz‹ bedeutet, und natürlich müssen wir ihm einen anderen Namen geben. Blacky wäre zum Beispiel eine Möglichkeit, oder Inky oder Jet…«

»Bah. Unsinn!«

»Nein, Sir. Ich fühle mich hier ziemlich einsam, vor allem während der vier Stunden am Tag, in denen Sie oben in den Gewächshäusern sind. Sie haben Ihre Orchideen, und Fritz hat seine Schildkröte, und Theodor hat seine Wellensittiche oben im Umtopfzimmer. Warum soll ich also keinen Hund haben? Ich sehe es ja ein, ich werde ihm einen anderen Namen geben müssen, obwohl er als Champion Nero Charcoal of Bantyscoot registriert ist.«

Diesmal war es nur ein schwaches Schäumen. Eigentlich hatte ich damit gerechnet, eine mittlere Explosion auszulösen, möglicherweise sogar etwas so Dramatisches wie Wolfe zu veranlassen, sich aus seinem Sessel zu erheben, um das Vieh höchstpersönlich des Raums zu verweisen, doch statt dessen betrachtete er Nero mit einem Gesichtsausdruck, mit dem er bisher noch kein menschliches Wesen, mich eingeschlossen, bedacht hatte.

»Das ist kein Jagdhund«, sagte er. »Das ist ein Labrador.«

Diese Feststellung ließ mich kalt, zumal sie von einem komischen Kauz, der so viel liest wie Wolfe, kam. »Ja, Sir«, gab ich ihm recht. »Jagdhund habe ich bloß gesagt, weil es sich für einen Privatdetektiv einfach gehört, daß er einen Jagdhund hat.«

»Labradore«, sagte er, »haben einen breiteren Schädel als alle anderen Hunde, mehr Platz fürs Gehirn. Ein Hund, den ich damals in Montenegro hatte, als ich ein kleiner Junge war, eine kleine braune Promenadenmischung, hatte einen ziemlich schmalen Schädel, aber ich betrachtete das nicht als ein Manko. Ich kann mich nicht erinnern, damals gedacht zu haben, der Hund könnte irgendwelche Mängel aufweisen. Allerdings wäre ich heute vermutlich etwas kritischer … Als Sie dieses Vieh hier reingeschmuggelt haben, haben Sie da auch berücksichtigt, für welche Turbulenzen das in diesem Haushalt sorgen könnte?«

Der Schuß war nach hinten losgegangen. Ich hatte eine neue Seite des großen, fetten Genies kennengelernt: er hatte keineswegs etwas dagegen, einen Hund um sich zu haben, vorausgesetzt, er konnte die Verantwortung für seine Anwesenheit mir zuschieben und infolgedessen nach Herzenslust herumstänkern, wenn ihm danach war. Was mich angeht, werde ich mir mal einen Hund, oder vielleicht auch zwei, zulegen, wenn ich mich auf dem Land zur Ruhe setze, aber nicht in der Stadt.

Folglich machte ich einen Rückzieher. »Das habe ich wohl nicht bedacht«, gestand ich. »Also gut, ich sehe zu, daß ich ihn loswerde. Schließlich ist es ja auch Ihr Haus.«

»Ich möchte nicht, daß Sie sich meinetwegen etwas verkneifen müssen«, erklärte er steif. »Lieber fände ich mich mit der Anwesenheit des Hundes ab als mit Ihren stummen Vorwürfen.«

»Lassen Sie nur.« Ich winkte ab. »Alles nur halb so tragisch.«

»Noch etwas.« Er ließ nicht locker. »Ich möchte Sie auf keinen Fall daran hindern, irgendwelchen Verpflichtungen nachzukommen, die Sie da vielleicht eingegangen sind.«

»Ich bin keine Verpflichtungen eingegangen.«

»Woher haben Sie ihn dann?«

»Also, das werde ich Ihnen gleich erzählen.«

Ich ging an meinen Schreibtisch, setzte mich und begann. Nero – der vierbeinige – kam und legte sich so vor meine Füße, daß er mit der Schnauze gerade nicht meine Schuhspitze berührte. Ich schilderte den Hergang mit derselben Ausführlichkeit, als erstattete ich über einen wichtigen Fall Bericht, und als ich geendet hatte, war sich Wolfe natürlich sehr wohl der Tatsache bewußt, daß ich ihm Nero nur vorgestellt hatte, um mir einen Spaß daraus zu machen. Normalerweise hätte er mit seiner Meinung über meine Art von Humor sicher nicht hinter dem Berg gehalten, aber dieses Mal verzichtete er darauf, und der Grund hierfür war unschwer zu ersehen. Der Gedanke, einen Hund zu haben, für dessen Anwesenheit er mir die Schuld in die Schuhe schieben konnte, hatte es ihm ziemlich schnell angetan. Als ich zum Ende kam, trat einen Moment Schweigen ein; dann sagte er:

»Jet wäre ein ganz passabler Name für den Hund.«

»Ja.« Ich drehte mich auf meinem Stuhl herum und griff nach dem Telefon. »Ich rufe bei der ASPCA an, damit sie ihn holen.«

»Nein.« Das kam mit Nachdruck.

»Warum nicht?«

»Weil es eine bessere Alternative gibt. Rufen Sie jemand bei der Polizei an, den Sie kennen, irgend jemand. Geben Sie ihm die Nummer auf der Hundemarke und bitten Sie ihn festzustellen, wem der Hund gehört. Dann können Sie den Besitzer direkt informieren.«

Er wollte Zeit schinden. Wäre es nicht durchaus möglich, daß der Besitzer tot war oder im Gefängnis oder den Hund nicht mehr zurückhaben wollte? In diesem Fall konnte sich Wolfe dann auf den Standpunkt stellen, ich sei aufgrund der Tatsache, daß ich den Hund in einem Taxi mitgenommen hätte, gewisse Verpflichtungen eingegangen, und deshalb sei es unehrenhaft, wenn ich mich einfach aus der Affäre zu ziehen versuchte. Da ich keine Lust hatte, mich auf lange Diskussionen einzulassen, rief ich einen Polizeisergeant an, den ich kannte. Er notierte sich Neros Nummer und sagte, er werde zurückrufen. Dann kam Fritz herein, um uns zum Essen zu rufen.

Die Täubchen mit dieser Sauce waren, wie immer, absolut genießbar, doch ein paar andere Vorkommnisse während der nächsten paar Stunden waren nicht so erfreulich. Das Tischgespräch im Speisezimmer verlief die meiste Zeit ziemlich einseitig und drehte sich hauptsächlich um Hunde. Wolfe führte es auf hohem Niveau, ohne Gefühlsduseleien. Er erklärte, die Basenji seien die älteste Hunderasse der Welt und hätten ihren Ursprung etwa 5000 v. Chr. in Zentralafrika, wohingegen es keine nachweislichen Spuren dafür gebe, daß die Afghanen schon vor 4000 v. Chr. existierten. Klar, er hatte ein Buch darüber gelesen.

Nero aß zusammen mit Fritz in der Küche, und er kam

hervorragend an. Wolfe hatte Fritz gesagt, er solle ihn Jet nennen. Als Fritz den Salat hereinbrachte, verkündete er, Jet habe bewundernswerte Manieren und sei sehr klug.

»Trotzdem«, fragte Wolfe, »meinen Sie nicht, er könnte das Leben im Haus auf unerträgliche Weise stören?«

Ganz im Gegenteil, erklärte Fritz, Jet sei hochwillkommen.

Nach dem Essen, in dem Gefühl, dieser neugegründete Hundeheiligsprechungsverein müßte etwas in seinem Eifer gebremst werden, machte ich mit Nero einen kurzen Spaziergang. Dann führte ich ihn die zwei Stockwerke zu meinem Zimmer hinauf, wo er erst mal bleiben sollte. Eins mußte ich ihm lassen: er war gut erzogen. Wenn ich mir in der Stadt einen Hund aufhalsen würde, dann diesen. In meinem Zimmer sagte ich ihm, er solle sich hinlegen, und das tat er, und als ich mich zum Gehen anschickte, gab er mir mit seinen Augen – sie waren karamelfarben – zu verstehen, daß er liebend gern mitgekommen wäre, aber er blieb brav liegen.

Unten im Büro nahmen Wolfe und ich uns die Listen vor. Es waren Sonderangebote von Orchideenzüchtern und -sammlern aus aller Welt, und es war nicht gerade wenig Arbeit, die Tausende von Produkten zu prüfen und die wenigen auszusuchen, mit denen es Wolfe auf einen Versuch ankommen lassen wollte. Ich saß ihm an seinem Schreibtisch gegenüber, mit mehreren Karteikästen aus unserem Archiv zwischen uns, und wir waren gerade voll und ganz in unsere Arbeit vertieft, als die Türglocke ertönte. Ich ging in den Flur hinaus, schaltete das Licht an und sah durch die Einweg-Glasscheibe der Tür draußen auf dem Treppenabsatz eine vertraute Gestalt stehen – Inspektor Cramer von der Mordkommission.

Ich ging zur Tür, öffnete sie fünfzehn Zentimeter weit und fragte höflich: »Was gibt's?«

»Ich möchte Nero Wolfe sprechen.«

»Es ist ziemlich spät. Worum geht es?«

»Um einen Hund.«

Dabei muß man wissen, daß kein Besucher, und schon gar nicht ein Vertreter des Gesetzes, ins Büro geführt werden darf, ohne daß Wolfe nicht vorher konsultiert worden ist, aber in diesem Fall schien eine Ausnahme gerechtfertigt.

Ich dachte zwei Sekunden über die Sache nach, dann machte ich die Tür auf und forderte den Besucher herzlich auf: »Treten Sie ein.«

»Genau genommen«, erklärte Cramer, vor allem darauf bedacht, absolut fair und korrekt zu sein, »ist es Goodwin, den ich gern um ein paar Auskünfte gebeten hätte.«

Er saß in dem rotbraunen Ledersessel am Ende von Wolfes Schreibtisch und füllte ihn ziemlich lückenlos aus. Sein breites, rundes Gesicht war nicht röter als üblich, seine grauen Augen nicht kälter, seine Stimme nicht barscher. Bloß normal.

Wolfe fiel über mich her: »Warum haben Sie ihn dann, ohne mich zu fragen, hierher gebracht?«

Cramer kam mir zu Hilfe. »Weil ich Sie zu sprechen verlangt habe. Natürlich stecken Sie da auch mit drin. Ich möchte wissen, was es mit diesem Hund auf sich hat. Wo ist er, Goodwin?«

»Welcher Hund?« fragte ich scheinheilig.

Seine Lippen spannten sich. »Na schön, wenn Sie es so wollen. Sie haben im Revier angerufen und eine Hundenummer durchgegeben und gefragt, wem der Hund gehört. Als der Sergeant feststellte, daß der Besitzer ein gewisser Philip Kampf war, der heute nachmittag in einem Haus in der Arbor Street neunundzwanzig ermordet wurde, benachrichtigte er die Mordkommission. Der Beamte, der vor besagtem Haus postiert war, hat uns erzählt, der Hund sei mit einem Mann weggegangen, der behauptet habe, der Hund gehöre nicht ihm. Nachdem wir nun wußten, daß Sie Erkundigungen über den Besitzer des Hundes eingezogen haben, zeigten wir besagtem Beamten ein Foto von Ihnen, worauf er erklärte, Sie seien der Mann gewesen, der den Hund weggelockt hatte. Er ist draußen in meinem Wagen. Möchten Sie, daß er hereinkommt?«

»Nein, danke. Ich habe ihn nicht weggelockt.«

»Der Hund ist Ihnen nachgelaufen.«

Ich machte eine Geste der Bescheidenheit. »Mädchen laufen mir nach, Hunde laufen mir nach, manchmal laufen mir sogar Ihre Detektive nach. Ich kann nichts dafür ...«

»Lassen Sie Ihre Witze. Der Hund hat einem Ermordeten gehört, und Sie haben ihn vom Tatort entfernt. Wo ist der Hund?« An dieser Stellte schaltete sich Wolfe ein. »Sie legen Mr. Goodwin hartnäckig und völlig unberechtigterweise eine Tat zur Last. Er hat den Hund nicht ›entfernt‹. Ich rate Ihnen dringend, sich ein paar bessere Argumente einfallen zu lassen, wenn Sie wollen, daß wir Ihnen zuhören.«

Sein Ton war entschieden, aber nicht feindselig. Ich warf einen verstohlenen Blick auf ihn. Wahrscheinlich war er so milde gestimmt, weil er erfahren hatte, daß Jets Besitzer tot war.

»Ich habe durchaus auch andere Argumente«, behauptete Cramer. »Ein gewisser Richard Meegan, der in besagtem Haus wohnt und der sich dort zum Zeitpunkt von Kampfs Ermordung aufhielt, hat ausgesagt, daß er heute vormittag hierher gekommen ist und Sie gebeten hat, einen Auftrag für ihn zu übernehmen. Er sagt, Sie hätten diesen Auftrag abgelehnt. Genau das hat er gesagt.«

Cramer reckte sein Kinn und fuhr fort: »Also. Ein Mann am Tatort gibt zu, Sie heute morgen konsultiert zu haben. Goodwin taucht eine halbe Stunde nach dem Mord am Tatort auf und lockt – na schön, der Hund geht mit ihm weg. Der Hund, der dem Opfer gehörte und mit ihm in dieses Haus gekommen war. Wonach sieht das aus?« Er zog sein Kinn wieder ein. »Sie wissen ganz genau, das Letzte, was ich bei einem Mordfall will, ist, daß Sie oder Goodwin auch nur in zehn Meilen Umkreis auftauchen, weil ich aus Erfahrung weiß, was das bedeutet. Aber nachdem Sie nun schon mal da sind, sind Sie eben da, aber ich möchte jetzt wissen, wie und warum, und was, und das ist mein voller Ernst. Wo ist der Hund?«

Wolfe seufzte und schüttelte den Kopf. »Wenn das so ist«, sagte er fast liebenswürdig, »vergeuden Sie nur Ihre Zeit. Was Mr. Meegan angeht, so hat er heute morgen angerufen, um einen Termin zu vereinbaren, und kam dann um elf vorbei. Unser Gespräch war kurz. Er wollte, daß wir einen Mann beschatten, nannte aber weder einen Namen noch sonst irgendwelche näheren Einzelheiten und erwähnte statt dessen schon im ersten Atemzug seine Frau – er war echauffiert –, woraus ich schloß, daß sein Problem ehelicher Natur war. Wie Sie wissen, rühre ich derlei Arbeit nicht an und ließ ihn deshalb erst gar nicht weiterreden. Meine Unverblümtheit erboste ihn dermaßen, daß er kurzerhand zur Tür hinausstürmte. Auf dem Weg nach draußen nahm er seinen Hut von der Garderobe im Flur und schlüpfte anstatt in seinen eigenen Regenmantel in den von Mr. Goodwin. Und jetzt, Archie, fahren Sie bitte fort.«

Cramers Augen schwenkten auf mich, und ich gehorchte. »Daß die Mäntel vertauscht worden waren, fiel mir erst im Lauf des Nachmittags auf. Er hatte dieselbe Farbe wie meiner, nur daß er noch nicht so alt ist. Als dieser Meegan sich heute morgen wegen eines Termins meldete, gab er mir seinen Namen und seine Adresse. Als ich ihn später anrufen und ihm sagen wollte, er solle mir meinen Mantel zurückbringen, stand er nicht im Telefonbuch, und die Auskunft konnte mir auch nicht weiterhelfen, deshalb beschloß ich, ihn persönlich abzuholen. Ich ging also los, in Meegans Mantel. Vor dem Haus Nummer neunundzwanzig in der Arbor Street standen ein Polizist und eine Menschenmenge und ein Polizeiauto, und als ich weiter darauf zuging, nahte ein weiteres Polizeiauto, und Purley Stebbins stieg aus und ging nach drinnen, so daß ich beschloß, es lieber sein zu lassen, um keinen Ärger zu kriegen. Da war ein Hund, er rieb sein Fell an meinem Bein, und ich tätschelte ihm den Kopf. Dann ging ich nach Hause.«

»Haben Sie den Hund gerufen oder ihm ein Zeichen gegeben?«

»Nein. Ich habe erst in der Twenty-eighth Street, Ecke Ninth Avenue gemerkt, daß er mir gefolgt ist. Ich habe ihn nicht weggelockt oder entfernt. Wenn ich das getan hätte – wenn Sie meinen, ich mache Ihnen wegen des Hundes was vor –, könnten Sie mir dann bitte erklären, warum ich auf dem Revier angerufen habe, um den Besitzer herauszubekommen?«

»Das weiß ich nicht. Bei Wolfe und Ihnen weiß man ja nie. Wo ist er?«

Bevor Wolfe mich zurückhalten konnte, platzte ich damit heraus: »Oben in meinem Zimmer.«

»Bringen Sie ihn runter.«

Ich war schon auf und unterwegs, aber dann fuhr Wolfe mich heftig an: »Archie!«

Ich drehte mich um. »Ja, Sir.«

»Es besteht keinerlei Grund, irgend etwas zu überstürzen.« Zu Cramer sagte er: »Das Tier macht zwar einen durchaus intelligenten Eindruck, aber ich bezweifle, daß es Ihre Fragen beantworten kann. Ich möchte nicht, daß es in meinem Büro herumtollt.«

»Ich auch nicht.«

»Warum sollen wir es dann herunterbringen?«

»Weil ich den Hund ins Präsidium mitnehme. Wir möchten etwas mit ihm ausprobieren.«

Wolfe verzog den Mund. »Ich glaube nicht, daß das geht. Mr. Goodwin ist eine Verpflichtung eingegangen, der er wohl oder übel wird nachkommen müssen. Das arme Geschöpf hat keinen Herrn und somit auch kein Zuhause. Es wird also so lange hier bleiben müssen, bis Mr. Goodwin sich hinreichend davon überzeugt hat, daß sein künftiges Wohlergehen gewährleistet ist. Archie?«

Wären wir allein gewesen, hätte ich ihm meinen Standpunkt schon klargemacht, aber da Cramer hier war, saß ich in der Klemme. »Selbstverständlich«, pflichtete ich ihm bei und setzte mich wieder.

»Sehen Sie«, sagte Wolfe zu Cramer, »leider können wir nicht zulassen, daß der Hund von hier weggebracht wird.«

»Unsinn. Ich nehme ihn mit.«

»Was Sie nicht sagen. Haben Sie irgend etwas Schriftliches entsprechenden Inhalts? Eine einstweilige Verfügung? Eine Vorladung als unentbehrlicher Zeuge?«

Cramer machte den Mund auf und gleich wieder zu. Er legte die Ellbogen auf die Sessellehnen, verhakte die Finger und beugte sich vor. »Schauen Sie. Ihre und Meegans Aussagen stimmen überein – entweder weil Sie die Wahrheit sagen oder weil Sie das Ganze abgesprochen haben. Aber ich nehme den Hund mit. Kampf, der Ermordete, hat in der Perry Street gewohnt, nur ein paar Blocks von der Arbor Street entfernt. Er traf heute abend gegen fünf Uhr zwanzig mit dem Hund an der Leine in der Arbor Street neunundzwanzig ein.

Der Hausmeister des Hauses, er heißt Olsen und wohnt im Souterrain, saß gerade am Fenster, als er Kampf mit dem Hund ins Haus gehen sah. Etwa zehn Minuten später sah er den Hund wieder herauskommen, ohne Leine, und gleich nach dem Hund kam ein Mann nach draußen. Dieser Mann war Victor Talento, ein Anwalt, der das Apartment im Erdgeschoß bewohnt. Talento hat ausgesagt, er hätte die Wohnung verlassen, um zu einer Verabredung zu gehen; dann sah er den Hund im Flur, dachte, er wäre herrenlos, und jagte ihn nach draußen. Olsen sagt, Talento sei weggegangen, während der Hund auf dem Gehsteig vor dem Haus geblieben sei.«

Cramer nahm die Hände auseinander und lehnte sich zurück. »Etwa zwanzig Minuten später, zirka zehn Minuten vor sechs, hörte Olsen jemand seinen Namen rufen und ging nach oben in den Hauseingang. Dort waren zwei Männer – ein lebender und ein toter. Der lebende war Ross Chaffee, ein Maler, der das Atelier ganz oben – im dritten Stock – bewohnt. Der Tote war der Mann, der mit dem Hund angekommen war. Er war mit der Hundeleine erwürgt worden und lag am Fuß der Treppe. Chaffee behauptet, er hätte ihn entdeckt, als er die Treppe herunterkam, um auszugehen; mehr wüßte er nicht. Er blieb im Treppenhaus, während Olsen nach unten ging, um zu telefonieren. Um 5 Uhr 58 traf ein Streifenwagen ein, um 6 Uhr 10 Sergeant Stebbins. Goodwin tauchte ebenfalls um 6 Uhr 10 dort auf. Fantastisches Timing.«

Wolfe brummte nur.

Cramer fuhr fort: »Sie können ruhig alles wissen. Die Hundeleine fand man in der Tasche von Kampfs Regenmantel, den er anhatte. Laut Laborbefund wurde er damit erwürgt. Die Untersuchungen sind noch im Gange. Ich werde Ihre Fragen also in einem vertretbaren Rahmen beantworten. Die vier Mieter des Hauses waren alle zu Hause, als Kampf dort eintraf: Victor Talento, der Anwalt, im Erdgeschoß; Richard Meegan, dessen Auftrag Sie nicht annehmen wollten, im ersten Stock; Jerome Aland, ein Nightclub-Komiker, im zweiten; und Ross Chaffee, der Maler, im Atelier im dritten. Aland sagt, er hätte fest geschlafen, bis wir bei ihm klopften, um ihn nach unten mitzunehmen und ihm die Leiche zu zeigen. Meegan behauptet, er hätte nichts gehört und wüßte nichts.«

Cramer beugte sich wieder vor. »Also gut, was ist passiert? Kampf kam in das Haus, um einen dieser vier Männer zu treffen, und hatte den Hund dabei. Möglicherweise nahm er dem Hund in der Eingangshalle die Leine ab und ließ ihn dort zurück, obwohl ich das bezweifle. Jedenfalls ist es genausogut möglich, daß er den Hund an die Tür einer der vier Wohnungen mitnahm, doch der Hund war naß, und der Wohnungsinhaber wollte ihn nicht hineinlassen, so daß ihn Kampf draußen ließ. Eine andere Möglichkeit wäre, daß der Hund dabei war, als Kampf ermordet wurde, aber diesbezüglich werden wir erst mehr wissen, wenn wir uns das Tier näher angesehen haben. Was wir tun werden, ist folgendes: Wir bringen den Hund in das Haus und warten ab, ob er die fragliche Wohnung wiedererkennt. Das tun wir jetzt gleich. In meinem Wagen wartet ein Mann, der sich mit Hunden auskennt.« Cramer stand auf.

Wolfe schüttelte den Kopf. »Da können Sie lange warten. Sie sagen, Mr. Kampf hat in der Perry Street gewohnt. Hatte er Familie?«

»Nein. Er war Junggeselle. Schriftsteller. Er mußte aber nicht von seiner Schriftstellerei leben; er war vermögend.«

»Demnach ist das Tier verwaist. Es ist in Ihrem Zimmer, Archie?«

»Ja, Sir.« Ich stand auf und entfernte mich in Richtung Tür.

Wolfe hielt mich zurück. »Einen Augenblick. Gehen Sie in Ihr Zimmer, schließen Sie die Tür ab, und bleiben Sie dort, bis ich Ihnen anderweitig Bescheid gebe. Gehen Sie!«

Ich ging. Entweder das oder ich hätte auf der Stelle meine Stellung aufgeben müssen, und ich kündige nur, wenn wir keinen Besuch haben. Außerdem war Wolfes Verhalten wahrscheinlich gerechtfertigt, vorausgesetzt, es gab einen triftigen Grund, die Herausgabe des Hundes an die Polizei zu verweigern. Cramer, der keinen Durchsuchungsbefehl mehr brauchte, um das Haus zu betreten, weil er bereits drin war, würde nicht zögern, in mein Zimmer hinaufzugehen und sich zu holen, was er wollte. Ihn mit Gewalt daran zu hindern, hätte ganz schön haarig werden können.

Wohingegen die Sache gleich anders aussehen würde, wenn er zu diesem Zweck eine abgeschlossene Tür aufbrechen mußte.

Ich schloß sie allerdings nicht ab, weil sie jahrelang nicht abgeschlossen worden war und ich nicht wußte, wo der Schlüssel war. Deshalb ließ ich sie offen und blieb an der Schwelle stehen, um zu lauschen. Wenn ich Cramer kommen hörte, würde ich die Tür zumachen und mich mit dem Fuß dagegenstemmen. Nero beziehungsweise Jet, ganz, wie man will, kam zu mir, aber ich befahl ihm, wieder Platz zu machen, und er entfernte sich ohne Murren. Von unten drangen Stimmen herauf, nicht unbedingt herzlich im Ton, aber auch nicht laut genug, um etwas verstehen zu können. Nach einer Weile ertönten Cramers schwere Schritte; sie kamen aus dem Büro und trampelten den Flur hinunter, gefolgt vom Schlagen der Eingangstür.

Ich rief nach unten: »Ist die Luft rein?«

»Nein!« Wie ein Bellen. »Warten Sie, bis ich die Tür verriegelt habe!« Und einen Augenblick später: »Alles klar!«

Ich schloß die Tür meines Zimmers hinter mir und ging die Treppe hinunter. Schon saß Wolfe wieder ganz aufrecht in seinem Sessel hinter dem Schreibtisch. Bei meinem Eintreten schnauzte er mich an: »Eine schöne Suppe haben Sie mir da eingebrockt! Sie schmuggeln mir, bloß um mich zu ärgern, einen Hund ins Haus, und was nun?«

Ich ging zu meinem Schreibtisch, setzte mich und sagte ganz ruhig: »Kommen Sie mir bloß nicht damit.

Nachdem Sie sowieso nie zugeben würden, daß Sie sich das selber eingebrockt haben, lassen wir das lieber. Was Ihre Frage nach dem ›Was nun?‹ angeht, so ist die Sache ganz einfach. Ich könnte natürlich sagen, ich hole den Hund runter und liefere ihn bei der Mordkommission ab, aber das geht jetzt auch nicht mehr. Nicht nur, daß Sie inzwischen wissen, daß er verwaist ist, wie Sie es ausgedrückt haben, und daß es deshalb nicht weiter schwierig sein dürfte, ihn zu adoptieren, haben Sie sich inzwischen auch mit Cramer angelegt und werden natürlich keinen Rückzieher machen. Sicherlich, auch wenn wir uns hier hinter verschlossenen Türen verrammeln, kann ich den Hund durch den Hinterausgang rausbringen und ausführen. Aber was ist, wenn die Polizei morgen mit einer Vorladung auftaucht?«

Er lehnte sich zurück und schloß die Augen. Ich sah zur Wanduhr hoch: zwei Minuten nach elf. Ich sah auf meine Armbanduhr: ebenfalls zwei Minuten nach elf. Beide zeigten sechs Minuten nach elf an, als Wolfe die Augen wieder aufmachte.

»Mr. Cramers Ausführungen nach zu schließen«, sagte er, »dürfte der Fall mit keinen übertriebenen Schwierigkeiten verbunden sein.«

Ich enthielt mich jeden Kommentars.

»Wenn er rasch gelöst würde«, fuhr er fort, »könnten Sie in gebührendem Umfang Ihren Verpflichtungen dem Hund gegenüber nachkommen. Die einfachste Möglichkeit, den Fall zu klären, ist herauszufinden, wer Mr. Kampf umgebracht hat. Das dürfte nicht mit allzuviel Aufwand verbunden sein; sollte sich das Gegenteil herausstellen, müssen wir uns eben etwas anderes einfallen lassen. Es ist also eine sofortige Untersuchung angesagt, und glücklicherweise haben wir auch einen Vorwand dafür. Sie können mit Mr. Meegans Regenmantel in die Arbor Street gehen, um Ihren zu holen, und dort verfahren Sie der Lage entsprechend. Das Beste wäre, ihn hier-

177

herzubringen; aber wie Sie wissen, vertraue ich in so einem Fall ganz auf Ihre Diskretion und Ihren Unternehmungsgeist.«

»Besten Dank«, sagte ich bitter. »Sie meinen, jetzt?«

»Ja.«

»Möglicherweise haben sie Meegan immer noch downtown im Präsidium.«

»Ich glaube nicht, daß sie ihn über Nacht dabehalten werden. Wahrscheinlich werden sie ihn sich am Morgen noch mal vorknöpfen.«

»Einfach grandios.« Ich stand auf. »Kein Klient, kein Honorar – nichts außer einem Hund mit einem breiten Schädel mit viel Platz fürs Gehirn.« Ich ging zur Garderobe im Flur, nahm meinen Hut und Meegans Mantel vom Haken und verdrückte mich.

Der Regen hatte aufgehört und der Wind nachgelassen. Ich entließ das Taxi am Ende der Arbor Street und ging, mit dem Regenmantel über dem Arm, zu Fuß zu Nummer 29. Hinter den Vorhängen der Erdgeschoßwohnung brannte Licht, aber nicht in einem der Fenster darüber oder im Souterrain darunter. Ich betrat den Windfang und inspizierte die Namensschilder an den Briefkästen und Klingelknöpfen. Von unten nach oben las ich: Talento, Meegan, Aland und Chaffee. Ich drückte auf Meegans Klingel, legte die Hand auf den Türgriff und wartete. Kein Klicken. Ich drehte am Knopf, aber er ließ sich nicht drehen. Noch ein Druck auf die Klingel, diesmal länger, und ein längeres Warten. Nichts rührte sich.

Ich überlegte, ob ich bei Victor Talento klingeln sollte, dem Anwalt, der im Erdgeschoß wohnte, wo Licht brannte; statt dessen beschloß ich, eine Weile auf Meegan zu warten, mit dem ich einen Strauß zu fechten hatte. Ich ging auf den Gehsteig hinaus, lehnte mich gegen einen Hydranten und wartete.

Kaum hatte ich es mir im Stehen einigermaßen gemütlich gemacht, gingen im Erdgeschoß von Nummer 29 die Lichter aus. Kurz darauf öffnete sich die Eingangstür, und ein Mann kam nach draußen. Er wandte sich mir zu, sah mich im Vorbeigehen kurz an und ging weiter.

Da ich es für ziemlich unwahrscheinlich hielt, daß den Bewohnern dieses Hauses die Freiheit gestattet würde, sich an diesem Abend unbeaufsichtigt in der Stadt zu bewegen, hielt ich die Augen offen, und tatsächlich, besagte Person hatte sich vielleicht dreißig Schritte entfernt, als aus einem Durchgang auf der anderen Straßenseite eine Gestalt auftauchte und hinter ihm herzuschlendern begann. Ich hätte gewartet, bis der Mann zehn Schritte weiter entfernt gewesen wäre. Und Saul Panzer hätte noch mal zehn Schritte drangehängt, aber Saul ist auch der beste Beschatter, den man sich denken kann.

Während ich noch über dieses stümperhafte Vorgehen den Kopf schüttelte, kam mir eine Idee. Möglicherweise behielten sie Meegan ja noch zwei Stunden länger im Präsidium oder sogar die ganze Nacht, oder aber er schlief schon in seinem Bett. Jedenfalls war das eine Gelegenheit, etwas auszuprobieren. Ich ging in derselben Richtung los, die auch der Mann eingeschlagen hatte, der inzwischen einen Block entfernt war. Langsam holte ich auf. Ein Stück hinter der Kreuzung kam ich schließlich auf gleiche Höhe mit dem Staatsdiener, der auf der anderen Straßenseite ging. Aber an ihm war ich nicht interessiert. Es schien mir, als beschleunigte der Beschattete seine Schritte ein wenig, weshalb ich das auch tat, und als er die nächste Kreuzung erreichte, war ich neben ihm.

»Victor Talento?« sprach ich ihn an.

»Kein Kommentar«, sagte er und ging weiter. Das tat ich auch.

»Danke für das Kompliment«, sagte ich, »aber ich bin kein Reporter. Mein Name ist Archie Goodwin, und ich arbeite für Nero Wolfe. Wenn Sie einen Moment stehenbleiben, zeige ich Ihnen meine Papiere.«

»Ihre Papiere interessieren mich nicht.«

»Na schön. Wenn Sie nur unterwegs sind, um ein bißchen frische Luft zu schnappen, interessiert Sie etwas anderes vielleicht auch nicht. Andernfalls aber vielleicht schon. Bitte schreien Sie nicht und sehen Sie sich nicht um, denn Sie werden von einem Detektiv der Mordkommission beschattet. Er ist auf der anderen Straßenseite, dreißig Meter hinter Ihnen.«

»Ja«, gab er mir recht, ohne sein Tempo zu drosseln. »Sehr interessant. Ist das Ihre gute Tat für heute?«

»Nein. Ich stelle für Mr. Wolfe Nachforschungen an. Er ermittelt in einem Mordfall, nur, um nicht aus der Übung zu kommen, und ich suche einen Anhaltspunkt. Ich dachte, wenn ich Ihnen einen Gefallen tue, revanchieren Sie sich vielleicht. Wenn Sie bloß einen Spaziergang machen wollen, dann vergessen Sie das Ganze, und entschuldigen Sie bitte, daß ich Sie gestört habe. Wenn Sie aber etwas vorhaben, was Sie gern geheimhalten möchten, könnte Ihnen vielleicht ein kleiner sachkundiger Rat nicht schaden. In dieser Gegend gibt es so spät nur zwei sichere Methoden, einen Schatten abzuschütteln, und ich stehe Ihnen gern zur Verfügung.«

Das ließ er sich einen halben Block lang durch den Kopf gehen, während ich weiter neben ihm herging, und dann sagte er: »Sie haben vorhin was von Papieren gesagt.«

»Richtig. Wenn Sie wollen, können wir unter dem Licht da vorne stehenbleiben. Der Detektiv wird natürlich auf Distanz bleiben.«

Wir hielten an. Ich zog meine Brieftasche heraus und ließ ihn meine Detektivlizenz und meinen Führerschein sehen. Er sah sie sich sehr genau an. Schließlich war er Anwalt.

»Natürlich war mir klar«, sagte er, »daß ich vielleicht beschattet würde.«

»Sicher.«

180

»Ich hatte auch vor, entsprechende Vorkehrungen zu treffen. Aber vermutlich ist das nicht immer so einfach, wie es scheint. Ich habe keinerlei Erfahrung mit so etwas. Wer hat Wolfe mit den Ermittlungen beauftragt?«

»Das weiß ich nicht. Er hat nur gesagt, er möchte nicht aus der Übung kommen.«

Im Schein der Straßenlampe taxierte er mich. Er war ein paar Zentimeter kleiner als ich und etwas älter und begann, um die Mitte etwas Speck anzusetzen. Er hatte dunkle Haut und die entsprechenden Augen.

»Ich habe eine Verabredung«, sagte er.

Ich wartete.

Er fuhr fort: »Eine Frau hat mich angerufen, und ich habe ein Treffen mit ihr vereinbart. Mein Telefon könnte abgehört werden.«

»Das würde mich wundern. So schnell sind sie nicht.«

»Wahrscheinlich nicht. Die Frau hat ebensowenig etwas mit dem Mord zu tun wie ich, aber natürlich ist alles, was ich tue, und jeder, mit dem ich mich treffe, verdächtig. Ich habe kein Recht, sie in irgendeiner Weise in Unannehmlichkeiten zu bringen. Ich habe keine Garantie, daß es mir gelingen wird, diesen Mann abzuschütteln.«

Ich grinste ihn an. »Und mich auch nicht.«

»Sie meinen, Sie würden mir folgen?«

»Natürlich. Um nicht aus der Übung zu kommen. Außerdem würde ich gern sehen, wie Sie sich dabei anstellen.«

Er erwiderte mein Grinsen nicht. »Wie ich sehe, haben Sie Ihren Ruf zu Recht, Goodwin. Aber Sie würden nur Ihre Zeit vergeuden, weil diese Frau nichts mit dieser Geschichte zu tun hat. Aber ich hätte wohl so schlau sein sollen, mich nicht mit ihr zu verabreden. Wir wollten uns nur drei Straßen weiter treffen. Wären Sie vielleicht so gut, für mich hinzugehen und ihr zu sagen, daß ich nicht komme. Ja?«

»Sicher, wenn es nur drei Straßen weiter ist. Und wenn Sie als Gegenleistung Nero Wolfe einen Besuch abstatten und sich ein bißchen mit ihm unterhalten. Das ist, was ich vorhin mit Revanchieren gemeint habe.«

Er dachte kurz nach. »Aber nicht heute abend. Da möchte ich zu Hause bleiben.«

»Morgen vormittag um elf?«

»Ja, das ließe sich machen.«

»Gut.« Ich gab ihm die Adresse. »Und jetzt weihen Sie mich ein.«

Er zog einen beachtlichen Packen Geldscheine aus der Tasche und pflückte einen Zwanziger heraus. »Nachdem Sie als mein Vertreter auftreten, haben Sie ein Anrecht auf ein Honorar.«

Ich grinste wieder. »Das ist natürlich eine glänzende Idee, gerade für Sie als Anwalt, aber ich trete nicht als Ihr Vertreter auf. Ich tue Ihnen auf Ihre Bitte hin einen Gefallen und erwarte umgekehrt einen von Ihnen. Wo findet das Treffen statt?«

Er steckte die Scheine wieder ein. »Wie Sie wollen. Die Frau heißt Jewel Jones, und sie ist an der Südostecke von Christopher und Grove Street, beziehungsweise sie wird dort warten.« Er sah auf sein Handgelenk. »Wir wollten uns um Mitternacht dort treffen. Sie ist mittelgroß, schlank, hat dunkles Haar und dunkle Augen, sehr gutaussehend. Erklären Sie ihr, warum ich nicht komme, und sagen Sie ihr, ich melde mich morgen bei ihr.«

»In Ordnung. Sie machen jetzt lieber einen Spaziergang in die andere Richtung, um den Polizisten zu beschäftigen. Und sehen Sie sich nicht um.«

Zum Zeichen des Dankes wollte er mir die Hand schütteln, aber das wäre genauso schlimm gewesen, wie wenn ich den Zwanziger genommen hätte, denn möglicherweise hängte ihm Nero Wolfe noch vor morgen abend einen Mord an. Deshalb tat ich, als sähe ich seine ausgestreckte Hand nicht. Er entfernte sich nach Osten, und ich ging in Richtung Westen weiter.

Ich mußte mich vergewissern, daß der Detektiv sein Interesse nicht auf ein anderes Objekt verlagerte, aber das hatte Zeit bis zur Christopher Street. Als ich sie erreichte, bog ich um die Ecke, ging bis zu einer Eingangstreppe fünf Meter weiter und verschwand dahinter, so daß nur mein Kopf rausschaute, und zählte langsam bis hundert. Es kamen verschiedene Leute vorbei – ein Pärchen und ein Mann, der es eilig hatte –, aber kein Polizeibeamter. Ich ging eine Straße weiter zur Grove Street, überquerte sie, sah aber keine herumstehende Frau, ging ein Stück weiter, machte dann kehrt und ging auf demselben Weg wieder zurück. Ich drehte meine fünfte Runde, und es war 24 Uhr 8, als an der Ecke ein Taxi hielt. Eine Frau stieg aus, und das Taxi fuhr davon.

Ich näherte mich ihr. Das Licht hätte besser sein können, aber die Beschreibung schien auf sie zuzutreffen. Ich blieb stehen und fragte: »Jones?« Sie hielt abrupt an. Ich sagte: »Ich komme von Victor.«

Sie legte ihren Kopf in den Nacken, um mein Gesicht zu sehen. »Wer sind Sie?« Sie schien etwas außer Atem.

»Ich soll Ihnen von Victor etwas ausrichten, aber natürlich muß ich mich erst vergewissern, daß Sie auch die Richtige sind. Ich habe die Hälfte Ihres Namens und die Hälfte des seinen vorgestreckt, also sind jetzt Sie an der Reihe.«

»Wer sind Sie?«

Ich schüttelte den Kopf. »Erst Sie. Oder keine Nachricht von Victor.«

»Wo ist er?«

»Nein. Ich zähle bis zehn, dann gehe ich. Eins, zwei, drei, vier ...«

»Ich heiße Jewel Jones. Er ist Victor Talento.«

»So ist es brav. Jetzt werde ich es Ihnen sagen.« Das tat ich. Ich gab ihr eine vollständige Schilderung meiner Begegnung mit Talento und schloß darin selbstverständlich auch meinen Namen ein und welche Bewandtnis es mit mir hatte. Bis ich fertig war, hatte sich ihre Stirn in tiefe Falten gelegt.

Sie legte mir die Hand auf den Arm. »Besorgen Sie mir bitte ein Taxi.«

Ich rührte mich nicht von der Stelle. »Nichts lieber als das und ich übernehme auch die Kosten. Wir fahren zu Nero Wolfe.«

»Wir?« Sie zog die Hand zurück. »Sie sind verrückt.«

»Das bin ich zehn zu eins nicht. Überlegen Sie doch mal. Sie und Talento haben sich an einer Straßenecke verabredet. Folglich hatten Sie einen triftigen Grund, warum sie heute abend nicht zusammen gesehen werden wollten. Es muß etwas ziemlich Dringendes gewesen sein. Ich gebe zu, diese dringende Angelegenheit muß nicht unbedingt etwas mit der Ermordung Philip Kampfs zu tun haben, aber auszuschließen ist es nicht. Ich möchte nichts dem Zufall überlassen. Ich kann Sie entweder zu einem gewissen Sergeant Stebbins von der Mordkommission bringen, damit Sie das Ganze mit ihm besprechen können, oder ich bringe Sie zu Mr. Wolfe.«

Sie schaltete schnell. Eine Sekunde lang, während ich noch sprach, blitzten ihre Augen wie Dolche, doch dann wurden sie weich und flehentlich. Sie faßte mich wieder am Arm, diesmal mit beiden Händen. »Ich werde mit Ihnen reden«, sagte sie mit einer Stimme, mit der sie ihren Kühlschrank hätte auftauen können. »Dazu bin ich durchaus bereit. Gehen wir doch irgendwohin.«

Während sie sich vertraulich bei mir unterhakte, setzten wir uns in Bewegung. Wir waren noch nicht weit gegangen, in Richtung Seventh Avenue, als ein Taxi vorbeikam. Ich winkte es heran, und wir stiegen ein. Ich sagte zum Fahrer: »Fünfunddreißig West, Nummer neun-sechzehn.«

»Wo ist das?« wollte Miß Jones wissen.

»Das ist Nero Wolfes Haus«, sagte ich ihr. Das arme Mädchen wußte nicht, was sie tun sollte. Sie hätte mich eine Ratte nennen können, aber das hätte sie auch nicht weitergebracht. Wenn sie um sich getreten und geschrien hätte, wäre der Taxifahrer auf meine Anweisung hin zum Polizeipräsidium gefahren. Am besten standen ihre Chancen, wenn sie mich um den Finger zu wickeln versuchte, und wenn ihr genug Zeit geblieben wäre, um sich ordentlich ins Zeug zu legen – sagen wir mal, vier oder fünf Stunden –, dann hätte sie wahrscheinlich sogar etwas erreicht, denn sie hatte den Dreh wirklich raus.

Bloß blieb ihr nicht genug Zeit. Das Taxi rollte an den Straßenrand, und ich hatte für den Fahrer schon einen Schein parat. Ich stieg aus, reichte ihr die Hand und führte sie die sieben Stufen der Eingangstreppe hinauf. Ich drückte auf den Knopf, und im selben Moment fiel das Licht der Außenbeleuchtung auf uns, die Türkette wurde gelöst und die Tür ging auf. Ich winkte sie nach drinnen und folgte ihr. Fritz war da.

»Ist Mr. Wolfe noch auf?« fragte ich.

»Im Büro.« Er bedachte Miß Jones mit einem Blick, wie ihn jedes fremde weibliche Wesen über sich ergehen lassen muß, das das Haus betritt. So unbegründet seine diesbezüglichen Befürchtungen auch sein mögen, spukt ihm dennoch die Angst im Hinterkopf herum, eine Frau könnte Wolfe so sehr in ihren Bann schlagen, daß er ihr rettungslos verfiele. Ich bat ihn, sie ins Empfangszimmer zu bringen, hängte Hut und Regenmantel an die Garderobe und ging den Flur hinunter ins Büro.

Wolfe war an seinem Schreibtisch und las; und mitten im Raum, auf dem besten Teppich im ganzen Haus, lag friedlich zusammengerollt der Hund. Dieser begrüßte mich, indem er den Kopf hob und mit dem Schwanz auf den Teppich klopfte. Wolfe begrüßte mich mit einem Brummen.

»Ich habe Besuch mitgebracht«, sagte ich. »Bevor ich sie vorstelle, sollte ich vielleicht …«

»Eine Sie? In diesem Haus wohnen doch nur Männer! Hätte ich mir doch gleich denken können, daß Sie wieder eine Frau aufstöbern!«

»Ich kann sie ja wieder wegschicken, wenn Sie nichts von ihr wollen. Ich bin folgendermaßen an sie geraten.« Damit legte ich los, schmückte es nicht zu sehr aus, ließ aber nichts Wesentliches aus. Ich kam zum Schluß. »Ich hätte sie selbst ausquetschen können, aber das wäre etwas riskant gewesen. Sechs Minuten im Taxi haben ihr genügt, um – äh – brüderliche Gefühle in mir zu wecken. Wollen Sie sie oder nicht?«

»Verflixt.« Sein Blick senkte sich wieder auf sein Buch und verharrte dort lange genug, um einen Abschnitt zu Ende lesen zu können. »Nun gut, bringen Sie sie rein.«

Ich ging auf die Verbindungstür zum Empfangszimmer zu, öffnete sie und sagte: »Wenn Sie bitte eintreten möchten, Miß Jones.« Sie kam auf mich zu, und als sie durch die Tür ging, warf sie mir einen sehnsüchtigen Blick zu, der mein Herz hätte schmelzen lassen, wenn ich nicht durch etwas anderes abgelenkt worden wäre. Als sie Wolfes Büro betrat, sprang der Hund plötzlich auf und rannte mit unmißverständlich freudigen Lauten auf sie zu. Er blieb vor ihr stehen und wedelte so schnell mit dem Schwanz, daß er nur noch verschwommen zu sehen war.

»Sieh mal einer an«, sagte Wolfe. »Einen schönen guten Abend, Miß Jones. Ich bin Nero Wolfe. Wie heißt der Hund?«

Ich muß sagen, sie war gut. Die Anwesenheit des Hundes kam für sie total überraschend. Aber ohne die geringste Spur von Nervosität streckte sie die Hand aus und streichelte ihn behutsam. Dann ging sie auf den rotbraunen Ledersessel zu und setzte sich.

»Das fängt ja heiter an«, sagte sie. »Mich nach dem Namen Ihres Hundes zu fragen.«

»Pfui.« Wolfe war empört. »Ich weiß zwar nicht, welchen Standpunkt Sie ursprünglich einnehmen wollten, aber nach allem, was mir Mr. Goodwin erzählt hat, hätte ich angenommen, Sie würden behaupten, Zweck Ihres Treffens mit Mr. Talento wäre eine rein persönliche Angelegenheit gewesen, die nichts mit Mr. Kampf oder seinem Tod zu tun hat, und daß Sie Mr. Kampf entweder nur flüchtig oder gar nicht kannten. Nun hat jedoch der Hund diese Position unhaltbar gemacht. Ganz offensichtlich kennt er Sie sehr gut, und da er Mr. Kampf gehört hat, müssen auch Sie Mr. Kampf gut gekannt haben. Sollten Sie das leugnen, werden Mr. Goodwin und andere dafür ausgebildete Männer in Ihrem Leben herumzuwühlen beginnen, und zwar sowohl in Ihrer Vergangenheit als auch in Ihrem jetzigen Leben, und das wird äußerst unerfreulich für Sie werden, ganz gleich, wie wenig Sie mit einem Mord oder sonst einem Gesetzesverstoß zu tun haben mögen. Das wird Ihnen bestimmt nicht gefallen. Wie heißt der Hund?«

Sie sah mich an und ich sah zurück. Bei gutem Licht sah ich mich gezwungen, Talentos Prädikat ›sehr gutaussehend‹ etwas zu modifizieren. Nicht, daß sie unattraktiv war, aber ihre Wirkung beruhte mehr darauf, wie sie einen *an*sah, als wie sie *aus*sah. Nichts, was sie bei Bedarf bewußt einsetzte; auch jetzt war dieser Ausdruck zu spüren, obwohl sie vermutlich gerade fieberhaft überlegte, wie sie sich im weiteren verhalten sollte.

Sie brauchte nur ein paar Sekunden, um sich zu entscheiden. »Er heißt Bootsy«, sagte sie. Der Hund zu ihren Füßen hob den Kopf und wedelte mit dem Schwanz.

»Gütiger Himmel«, murmelte Wolfe. »Keinen anderen Namen?«

»Nicht, daß ich wüßte.«

»Sie heißen Jewel Jones?«

»Ja, ich singe in einem Night Club, aber im Moment trete ich gerade nicht auf.« Sie machte eine flüchtige

Handbewegung, ausgesprochen reizend, aber es war Wolfe, der ihr widerstehen mußte, nicht ich. »Glauben Sie mir, Mr. Wolfe, ich weiß nichts über diesen Mord. Wenn ich etwas wüßte, das Ihnen weiterhelfen könnte, wäre ich natürlich jederzeit bereit, es Ihnen zu sagen, denn Sie machen einen sehr verständnisvollen Eindruck auf mich, und ich bin sicher, Sie würden mir keine Unannehmlichkeiten machen, wenn es nicht unbedingt nötig wäre.«

»Ich versuche verständnisvoll zu sein«, sagte Wolfe trocken. »War Ihr Verhältnis zu Mr. Kampf sehr eng?«

»Ja, ich würde schon sagen.« Sie lächelte, zwei verständnisvolle Menschen unter sich. »Zumindest eine Weile. Aber in letzter Zeit nicht mehr – seit etwa zwei Monaten.«

»Haben Sie den Hund in seiner Wohnung in der Perry Street kennengelernt?«

»So ist es. Fast ein Jahr lang habe ich dort ziemlich häufig verkehrt.«

»Hatten Sie und Mr. Kampf Streit?«

»O nein, wir hatten keinen Streit. Ich habe mich nur nicht mehr mit ihm getroffen. Ich hatte andere… ich hatte viel zu tun.«

»Wann haben Sie ihn zum letztenmal gesehen?«

»Vor etwa zwei Wochen, im Club. Er kam ein- oder zweimal in den Club und hat dort mit mir gesprochen.«

»Aber kein Streit?«

»Nein, es gab keinen Grund zum Streiten.«

»Sie haben keine Ahnung, wer ihn umgebracht hat, oder warum?«

»Ganz sicher nicht.«

Wolfe lehnte sich zurück. »Hatten Sie zu Mr. Talento ein enges Verhältnis?«

»Nein, nicht wenn Sie damit meinen… natürlich, wir waren befreundet. Ich habe mal dort gewohnt. Ich hatte die Wohnung im ersten Stock.«

»In der Arbor Street neunundzwanzig?«

»Ja.«

»Wie lange? Wann?«

»Fast ein Jahr. Ich bin dort – warten Sie mal – vor etwa drei Monaten ausgezogen. Jetzt habe ich eine kleine Wohnung in der vierzig East, neunte Straße.«

»Demnach kennen Sie die anderen auch? Mr. Meegan und Mr. Chaffee und Mr. Aland?«

»Ross Chaffee und Jerry Aland kenne ich, aber keinen Meegan. Wer ist das?«

»Ein Mieter in der Arbor Street neunundzwanzig. Erster Stock.«

Sie nickte. »Na ja, sicher, das ist die Wohnung, die ich hatte.« Sie lächelte. »Ich hoffe, Sie haben diesen wackligen Tisch reparieren lassen. Das war mit ein Grund, warum ich dort ausgezogen bin. Ich hasse möblierte Wohnungen, Sie nicht auch?«

Wolfe machte ein Gesicht. »Im Prinzip ja. Dem entnehme ich, Sie haben jetzt Ihr eigenes Mobiliar, zur Verfügung gestellt von Mr. Kampf?«

Sie lachte – eigentlich war es mehr ein Kichern –, und ihre Augen tanzten. »Wie ich sehe, kannten Sie Phil Kampf nicht.«

»Also nicht von ihm finanziert?«

»Ein lautes und deutliches Nein.«

»Von Mr. Chaffee? Oder Mr. Aland?«

»Nein und nein.« Sie wurde sehr ernst: »Hören Sie, Mr. Wolfe. Ein Bekannter von mir war sehr nett, was diese Möbel angeht, und dabei wollen wir's doch belassen. Soviel mir Mr. Goodwin erzählt hat, sind Sie an diesem Mord interessiert, und da ich sicher bin, daß Sie kein Interesse haben, alle möglichen Dinge aufs Tapet zu bringen, bloß um mich und einen meiner Bekannten zu verletzen, würde ich vorschlagen, wir vergessen das mit den Möbeln, ja?«

Wolfe bohrte nicht mehr weiter. Er machte einen

Schlenker. »Zu Ihrer Verabredung mit Mr. Talento an der Straßenecke. Worum ging es da?«

Sie nickte. »Das habe ich mich schon die ganze Zeit gefragt – ich meine, was ich sagen sollte, wenn Sie mich das fragen. Es wäre mir nämlich sehr unangenehm, wenn Sie dächten, ich wäre auf den Kopf gefallen, und genau diesen Anschein erweckt es nämlich. Als ich im Radio hörte, daß Phil ermordet worden war, in der Arbor Street, rief ich Vic an. Ich wußte, daß er noch dort wohnt, und wollte ihn einfach nach den näheren Einzelheiten fragen.«

»Sie haben mit ihm telefoniert?«

»Er schien aber am Telefon nicht darüber sprechen zu wollen.«

»Aber warum an einer Straßenecke?«

Diesmal klang es mehr wie ein Lachen. »Mr. Wolfe, ich bitte Sie. *Sie* sind doch weiß Gott nicht auf den Kopf gefallen. Sie wollten doch vorhin das mit den Möbeln wissen. Also, ein Mädchen, das bereits Möbel hat, sollte sich nicht mit Vic Talento sehen lassen.«

»Was ist das für ein Mann?«

Sie schlenkerte mit einer Hand. »Ach, er sucht den Kontakt.«

Wolfe löcherte sie bis nach ein Uhr, und ich könnte Ihnen jede Einzelheit wiedergeben, aber es brächte Sie nicht weiter, als es ihn brachte. Er konnte sie nicht übertölpeln oder in die Enge treiben. Sie war zwei Monate nicht mehr in der Arbor Street gewesen. Sie hatte Chaffee, Aland und Talento wochenlang nicht mehr gesehen, und Meegan schon gar nicht, da sie noch nie zuvor von ihm gehört hatte. Natürlich hatte sie nicht die leiseste Ahnung, wer Kampf ermordet haben könnte.

Das einzige, was man auch nur annähernd als einen Gewinn der geschlagenen Stunde betrachten könnte, die Wolfe investiert hatte, war der Hinweis, daß es ihres Wissens niemand gab, der eine Bindung zu Bootsy oder einen Anspruch auf ihn hatte. Falls es Erben gab, wußte sie nicht, wer sie waren. Als sie sich aus dem Sessel erhob, um zu gehen, stand auch der Hund auf. Sie tätschelte ihn, und er kam mit uns an die Tür. Ich begleitete sie zur Tenth Avenue, setzte sie in ein Taxi und kehrte zurück.

»Wo ist Bootsy?« fragte ich.

»Nein«, sagte Wolfe mit Nachdruck.

»Na gut.« Ich kapitulierte. »Wo ist Jet?«

»Unten in Fritz' Zimmer. Dort schläft er. Sie mögen ihn ja nicht.«

»Das stimmt zwar nicht, aber Sie können ihn trotzdem gern haben. Aber geben Sie bloß nicht mir die Schuld für seine Anwesenheit. Wie dem auch sei, dieses Thema hat sich sowieso erledigt, wenn morgen früh die Mordkommission mit einem offiziellen Schreiben ankommt und ihn mitnimmt.«

»Sie werden nicht kommen.«

»Ich wette zwanzig zu eins. Vor Mittag.«

Er nickte. »Von dieser groben Schätzung bin auch ich ausgegangen. Deshalb habe ich in Ihrer Abwesenheit Mr. Cramer angerufen und ihm ein Angebot gemacht. Und wenn mich nicht alles täuscht, hat er daraus den Schluß gezogen, der Hund wäre, wenn er nicht darauf einginge, bis morgen seinem Zugriff entzogen. Ich habe zwar nichts dergleichen gesagt, aber es könnte sein, daß ich diesen Eindruck erweckt habe.«

»Ja. Sie sollten vorsichtiger sein.«

»Wir haben uns also auf folgendes geeinigt. Sie finden sich morgen um neun Uhr mit dem Hund in der Arbor Street neunundzwanzig ein. Sie werden während der gesamten albernen Vorstellung, die der Polizei vorschwebt, dabeisein und den Hund im Auge behalten. Spätestens bis Mittag verläßt der Hund das Haus wieder mit Ihnen, und Sie bringen ihn hierher zurück. Die Polizei wird keine weiteren Anstrengungen mehr unternehmen, den

Hund vierundzwanzig Stunden festzuhalten. Während Sie sich in besagtem Haus aufhalten, finden Sie vielleicht eine Gelegenheit, etwas oder jemand Sachdienlicheren aufzuspüren als Jewel Jones ...«

Es war ein strahlend heller Morgen. Ich nahm Meegans Regenmantel nicht mit, weil ich keinen Vorwand brauchte und weil ich bezweifelte, daß mir das anstehende Programm eine Möglichkeit bieten würde, den Tausch zu tätigen.

Der starke Arm des Gesetzes wartete vor dem Eingang auf mich. Der Zivilbeamte, der sich mit Hunden auskannte, war ein gedrungener Mann mittleren Alters mit einer randlosen Brille. Bevor er den Hund anrührte, fragte er mich nach seinem Namen, und ich sagte Bootsy.

»Toller Name«, bemerkte er. »Genau wie die Leine, die Sie da haben.«

»Da kann ich Ihnen nur recht geben. Seine richtige befand sich bei der Leiche. Deshalb wird sie wohl im Labor sein.« Ich reichte ihm das Ende des dicken Seils. »Wenn er Sie beißt – ich kann nichts dafür.«

»Er beißt mich schon nicht. Oder, Bootsy?« Er kauerte vor dem Hund nieder und fing an, sich mit ihm vertraut zu machen.

Sergeant Purley Stebbins brummte einen halben Meter von meinem Ohr: »*Sie* hätte er beißen sollen, als Sie ihn entführt haben.«

Ich drehte mich herum. Purley war einen Zentimeter größer als ich und fünf Zentimeter breiter. »Sie verwechseln da was«, erklärte ich ihm. »Wenn mich was beißt, dann Frauen. Ich habe mich schon oft gefragt, wer oder was Sie wohl beißt.«

Wir tauschten noch weiter Nettigkeiten aus, während sich der Hundeexperte, er hieß Larkin, mit Bootsy anfreundete. Es dauerte nicht lange, bis er erklärte, es könne losgehen. Er runzelte die Stirn. »Eigentlich«, sagte er, »wäre es besser, ihn an die Leine zu nehmen, wenn ich mit ihm ins Haus gehe, weil das vermutlich auch Kampf getan hat... So war's doch, oder? Wieviel wissen wir eigentlich?«

»Um ehrlich zu sein«, sagte ihm Purley, »sehr wenig. Aber wenn man aus dem, was wir bisher zusammengetragen haben, seine Schlüsse zieht, dürfte es so gewesen sein: Als Kampf und der Hund das Haus betraten, regnete es, und der Hund war naß. Kampf nahm ihm die Leine ab, entweder in der Eingangshalle oder auf dem Flur eines anderen Stockwerks. Er hatte die Leine in der Hand, als er auf die Tür einer der Wohnungen zuging. Der Bewohner der betreffenden Wohnung ließ ihn herein, und sie redeten miteinander. Der Wohnungsinhaber zog ihm eine über, wahrscheinlich von hinten und ohne Vorwarnung, und benutzte die Leine, um ihm den Garaus zu machen. Dann stopfte der Mörder die Leine in die Tasche des Regenmantels.

Es waren Kraft und Nerven nötig, um die Leiche auf den Flur hinaus und durchs Treppenhaus nach unten zu schleppen, aber der Mörder mußte sie aus der Wohnung und von seiner Tür wegschaffen, und das war etwas, was jeder von den vieren in Null Komma Nichts hätte schaffen können. Der Hund war natürlich mittlerweile schon draußen auf dem Gehsteig. Während Kampf in einer der Wohnungen war und dort umgebracht wurde, war Talento in die Eingangshalle gekommen, hatte den Hund gesehen und ihn hinausgejagt.«

»Demnach«, flocht Larkin ein, »ist Talento aus dem Schneider.«

»Nein. Niemand ist aus dem Schneider. Auch Talento könnte es gewesen sein, der, nachdem er Kampf umgebracht hatte, in das Treppenhaus ging, den Hund in den Windfang hinausbrachte, in seine Wohnung zurückkehrte, die Leiche nach draußen schleppte und sie an den Fuß der Treppe legte und dann das Haus verließ und den

Hund ganz nach draußen scheuchte, auf den Gehsteig. Sie sind der Hundefachmann. Ist daran was auszusetzen?«

»Nicht unbedingt. Das hängt vom Hund ab, und wie stark er an Kampf hing. Es war nirgendwo Blut.«

»Dann nehme ich an, daß es so war. Wenn Sie es ganz genau wissen wollen, können Sie den restlichen heutigen Tag damit verbringen, die Gutachten der anderen Experten und die Aussagen der Mieter zu studieren.«

»Vielleicht ein andermal. Das genügt fürs erste. Gehen Sie zuerst rein?«

»Ja. Kommen Sie, Goodwin.« Purley ging auf die Tür zu, aber ich protestierte: »Ich bleibe beim Hund.«

Purley machte ein angewidertes Gesicht. »Dann bleiben Sie hinter Larkin.«

Ich überlegte es mir anders. Hinter Larkin wäre die Sicht nicht besonders. Deshalb ging ich mit Purley in den Windfang. Die Tür ins Haus wurde von einem Detektiv der Mordkommission geöffnet, und wir gingen ins hintere Ende des kleinen Eingangsbereichs. Der Detektiv schloß die Tür wieder. Eine Minute später öffnete er sie wieder, und Larkin und der Hund kamen herein.

Zwei Schritte hinter der Tür blieb Larkin stehen und der Hund ebenfalls. Niemand sprach. Die Leine hing schlaff herunter. Bootsy sah Larkin an. Larkin bückte sich, band das Seil vom Halsband los und hielt es hoch, um zu zeigen, daß er frei war. Bootsy kam auf mich zu und blieb mit erhobenem Kopf und schwanzwedelnd vor mir stehen.

»So was Blödes«, sagte Purley verärgert.

»Wissen Sie, was ich erwartet habe?« sagte Larkin. »Ich habe von Anfang an nicht geglaubt, daß er uns zeigt, wo Kampf hingegangen ist, als sie gestern hierherkamen. Ich habe immer schon gedacht, er geht an den Fuß der Treppe, wo die Leiche gefunden wurde, und vielleicht geht er dann dorthin weiter, woher die Leiche kam – zu

Talentos Wohnungstür oder nach oben. Nehmen Sie ihn am Halsband, Goodwin, und bringen Sie ihn zur Treppe rüber.«

Ich tat wie geheißen. Er kam ohne langes Drängen mit, gab aber durch nichts zu verstehen, daß die Stelle für ihn von besonderem Interesse war. Wir standen alle da und beobachteten ihn. Er riß gähnend das Maul auf.

»Schön«, knurrte Purley. »Wunderbar. Dann machen Sie mal weiter.«

Larkin kam und befestigte die Leine am Halsband, führte Bootsy durch den Flur an eine Tür und klopfte. Wenig später ging die Tür auf, und Victor Talento stand da, in einem schicken, regenbogenfarbenen Hausmantel.

»Hallo, Bootsy«, sagte er und streckte die Hand aus, um ihn zu streicheln.

»Ich hab' Ihnen doch gesagt, Sie sollen nichts sagen!« fuhr ihn Purley an.

Talento richtete sich auf. »Stimmt, haben Sie.« Es war ihm peinlich. »Tut mir leid; ich hab's vergessen. Möchten Sie es noch mal versuchen?«

»Nein. Das genügt.«

Talento zog sich in seine Wohnung zurück und schloß die Tür.

»Sie dürfen nicht vergessen«, sagte Larkin zu Purley, »Labradore gehen niemand an die Kehle. Das ist einfach nicht ihre Art. Das einzige, was Sie von denen bestenfalls erwarten können, wäre ein Grummeln oder vielleicht ein Knurren.«

»Na, großartig«, maulte Purley. »Lohnt es sich dann überhaupt weiterzumachen?«

»Auf jeden Fall. Gehen Sie lieber voraus.«

Purley ging die Treppe hinauf, und ich folgte ihm. Der Flur im ersten Stock war eng und nicht sehr hell, mit einer Tür auf jeder Seite. Wir drückten uns gegenüber der vorderen Tür an die Wand, um Larkin und Bootsy genügend Platz zu lassen. Sie folgten, Bootsy etwas hinterdrein, und Larkin klopfte. Zehn Sekunden vergingen, bevor Schritte ertönten, und dann wurde die Tür von der Type geöffnet, die zwei Tage zuvor aus Wolfes Büro abgerauscht war und meinen Mantel mitgenommen hatte. Er war in Hemdsärmeln, und sein blondes Haar war ungekämmt.

»Das ist Sergeant Larkin, Mr. Meegan«, sagte Purley. »Sehen Sie sich mal den Hund an. Haben Sie ihn schon mal gesehen? Streicheln Sie ihn.«

Meegan schnaubte. »Streicheln Sie ihn doch selber.«

»Haben Sie ihn schon mal gesehen?«

»Nein.«

»Gut; danke. Kommen Sie, Larkin.«

Als wir ein Stockwerk höher gingen, schlug hinter uns mit einem satten Knall die Tür zu. Purley fragte über seine Schulter zurück: »Und?«

»Er mochte ihn nicht«, antwortete Larkin von hinten. »Aber es gibt eine Menge Leute, die eine Menge Hunde nicht mögen.«

Der Flur im zweiten Stock war das genaue Ebenbild des Flurs darunter. Wieder postierten uns Purley und ich gegenüber der Tür, und Larkin kam mit Bootsy nach und klopfte. Nichts rührte sich. Er klopfte noch einmal, lauter, und ziemlich bald ging die Tür einen fünf Zentimeter breiten Spalt auf und eine krächzende Stimme drang nach draußen:

»Sie haben den Hund.«

»Ja, wir haben ihn dabei«, sagte Larkin.

»Sind Sie auch dabei, Sergeant?«

»Ja«, antwortete Purley.

»Ich habe Ihnen gesagt, der Hund mochte mich nicht. Einmal, bei einer Party bei Phil Kampf – das habe ich Ihnen doch erzählt. Ich wollte ihm nichts tun, aber er dachte das wohl. Was wollen Sie eigentlich – mir irgendwas anhängen?«

»Machen Sie schon auf. Der Hund ist an der Leine.«

»Kommt nicht in Frage! Ich habe Ihnen doch gesagt, das mache ich nicht!«

Purley trat vor. Sein Arm schoß, steif ausgestreckt, über Larkins Schulter hinweg, und seine Handfläche klatschte gegen die Tür und drückte kräftig dagegen. Die Tür zögerte einen Moment, dann ging sie auf. Dahinter stand eine mickrige Gestalt in einem rot-grün gestreiften Pyjama, die sich an der Türklinke festhielt. Der Hund knurrte leise und wich etwas zurück.

»Wir machen die Runde, Mr. Aland«, sagte Purley, »und da konnten wir Sie leider nicht auslassen. Jetzt können Sie sich wieder schlafen legen. Und wenn Sie meinen, wir versuchen Ihnen was anzuhängen...« Er verstummte, weil die Tür zufiel.

»Sie haben mir nicht gesagt«, beklagte sich Larkin, »daß der Hund Aland gegenüber voreingenommen ist.«

»Nein, ich dachte, ich warte einfach mal ab, was passiert. Jetzt ist nur noch einer übrig.« Er ging auf die Treppe zu.

Dem Flur im obersten Stockwerk ließ jemand besondere Fürsorge angedeihen. Er war nicht größer als die anderen, aber es gab dort einen schönen, sauberen braunen Läufer, und an den Wänden, die im selben Farbton gestrichen waren, hingen ein paar kleine Bilder. Diesmal ging Purley nicht an die vordere, sondern an die hintere Tür, und wir machten für Larkin und Bootsy Platz. Als Larkin klopfte, ertönten sofort Schritte, und die Tür ging weit auf. Es war der Maler. Ross Chaffee. Entsprechend war er auch angezogen, in einem alten braunen Kittel. Von den Hausbewohnern sah er mit Abstand am besten aus – groß, aufrecht, mit einem Gesicht, das er sicher gern im Spiegel ansah.

Ich hatte ebenfalls ausgiebig Gelegenheit, es anzusehen, während er lächelnd dastand, vollkommen gelassen, und in Befolgung von Purleys Anweisungen kein Wort sprach. Bootsy war ebenso gelassen. Als kein Zweifel mehr bestand, daß kein Blutbad anstand, fragte Purley: »Sie kennen doch den Hund, oder nicht, Mr. Chaffee?«

»Sicher. Ein prächtiges Tier.«

»Streicheln Sie ihn.«

»Mit Vergnügen.« Er bückte sich geschmeidig. »Bootsy, weißt du, daß dein Herrchen nicht mehr kommt?« Er kratzte den Hund hinter den schwarzen Ohren. »Er kommt nie mehr zurück, Bootsy, wirklich schade.« Dann richtete er sich auf. »Sonst noch was? Ich bin gerade am Arbeiten. Ich mag das Morgenlicht.«

»Das wäre alles, danke.« Purley wandte sich zum Gehen, und ich ließ erst den Hund und Larkin vorbei, bevor ich ihnen folgte. Während wir die drei Stockwerke hinuntergingen, machte niemand eine Bemerkung. Als wir in der Eingangshalle ankamen, ging Victor Talentos Tür auf, und er kam nach draußen.

»Eben haben sie aus dem Büro des Staatsanwalts angerufen«, sagte er. »Sind Sie mit mir fertig? Jetzt brauchen *die* mich nämlich.«

»Wir sind fertig«, sagte Purley. »Wir können Sie mitnehmen.«

Talento antwortete, wunderbar, er wäre sofort fertig. Purley sagte Larkin, er solle mir Bootsy zurückgeben, worauf der mir die Leine reichte.

Ich verabschiedete mich. Draußen war immer noch ein strahlender Morgen. Die Anwesenheit zweier Polizeiautos am Schauplatz eines Mordes hatte einen kleinen Menschenauflauf verursacht, und Bootsy und ich wurden mit neugierigem Interesse bedacht, als wir nach draußen kamen und uns entfernten. Beide ignorierten wir die bohrenden Blicke. Während wir gemächlich dahinschlenderten, blieb ich immer wieder stehen, um Bootsy Gelegenheit zu geben, etwas zu inspizieren, wenn ihm danach war. Beim vierten Halt, mehr als einen Block von der Arbor Street 29 entfernt, sah ich das Quartett aus dem Haus kommen. Stebbins und Talento stiegen in den einen Wagen, Larkin und der andere Polizist in den anderen. Dann fuhren sie los.

Ich nahm Bootsy etwas fester an die Leine, ging mit ihm in westlicher Richtung, bis ein freies Taxi vorbeikam, hielt es an und stieg ein. Dann nahm ich einen Fünfdollarschein aus meiner Brieftasche und gab ihn dem Taxifahrer.

»Danke«, sagte er gerührt. »Wofür – eine Anzahlung auf das Taxi?«

»Sie werden ihn sich schon verdienen müssen, Chef«, versicherte ich ihm. »Gibt es irgendwo im Umkreis von ein paar hundert Metern um Arbor und Court herum eine Stelle, wo Sie zwischen einer halben und drei Stunden parken können?«

»Drei Stunden sind für einen Fünfer aber nicht drin.«

»Natürlich nicht.« Ich nahm einen weiteren Fünfer heraus und gab ihn ihm. »Ich glaube nicht, daß es so lang dauern wird.«

»Nicht allzuweit weg gibt es einen Parkplatz. Wenn ich ohne Fahrgast am Straßenrand stehe, will sicher jemand, daß ich ihn fahre.«

»Einen Fahrgast werden Sie haben: den Hund. Mir wär's irgendwo auf der Straße lieber. Sehen wir mal, ob sich was finden läßt.«

Um diese Tageszeit gibt es in Manhattan verdammt wenig freie Parkplätze, und wir fuhren eine ganze Weile durch die Gegend, bis wir in der Court Street, zwei Blocks von der Arbor, einen fanden. Der Taxifahrer rangierte rückwärts in die Lücke, und ich stieg aus. Die Fenster ließ ich etwa zehn Zentimeter offen. Ich sagte dem Taxifahrer, er würde schon merken, wenn ich wieder zurück wäre. Dann ging ich in südlicher Richtung los und bog an der zweiten Kreuzung nach rechts ab.

In der Arbor Street 29 war weder ein Polizeiauto zu

sehen noch eine Menschenmenge. Das war erfreulich. Ich betrat den Windfang, drückte auf den Knopf unter ›Meegan‹ und legte die Hand auf den Türgriff. Kein Klicken. Als sich auch nach zweimaligem weiteren Klingeln nichts rührte, versuchte ich es mit Alands Klingel, und das funktionierte. Nach kurzem Warten kam das Klicken, und ich ging ins Haus, stieg zwei Stockwerke hinauf und klopfte forsch an Alands Tür.

Von drinnen kam eine krächzende Stimme: »Wer ist da?«

»Goodwin. Ich war gerade mit den anderen hier. Aber jetzt bin ich ohne Hund.«

Langsam ging die Tür erst einen Spaltbreit auf, dann ein Stück weiter. Jerome Aland war immer noch in seinem bunten Pyjama. »Was wollen Sie jetzt schon wieder?« fragte er. »Ich will endlich schlafen!«

Ich entschuldigte mich nicht. »Ich wollte Ihnen eigentlich schon vorhin ein paar Fragen stellen«, sagte ich, »aber wegen des Hundes ging das leider nicht. Es wird nicht lange dauern.« Da er nicht so freundlich war, auf die Seite zu gehen, streifte ich ihn beim Eintreten, so dünn er auch war.

Er zwängte sich an mir vorbei, und ich folgte ihm durch das Zimmer zu einer Gruppe von Sesseln. Es waren die Sorte Sessel, deretwegen Jewel Jones möblierte Wohnungen nicht ausstehen konnte. Er setzte sich auf den Rand eines dieser Prachtstücke und fragte: »Also gut, worum geht es?«

Die Sache war etwas verzwickt. Da er dachte, ich wäre von der Mordkommission, durfte ich weder zu viel noch zu wenig wissen. Auch Jewel Jones zu erwähnen wäre nicht angeraten gewesen, weil die Polizei bisher vielleicht noch gar nicht auf ihre Spur gestoßen war.

»Ich überprüfe nur noch ein paar Einzelheiten«, sagte ich. »Wie lange wohnt Richard Meegan schon in der Wohnung unter Ihnen?«

»Das habe ich Ihnen doch schon ein dutzendmal gesagt.«

»Mir nicht. Ich habe doch gesagt, ich überprüfe ein paar Details. Wie lange?«

»Neun Tage. Er ist Dienstag vor einer Woche eingezogen.«

»Wer hat vor ihm dort gewohnt? Unmittelbar vor ihm.«

»Niemand. Die Wohnung stand leer.«

»War sie schon die ganze Zeit leer, seit Sie hier wohnen?«

»Nein, wie ich Ihnen bereits gesagt habe, hat dort vorher ein Mädchen gewohnt, aber sie ist vor ungefähr drei Monaten ausgezogen. Sie heißt Jewel Jones, eine tolle Sängerin, und sie hat mir den Job in dem Night Club beschafft, in dem ich jetzt arbeite.« Seine Kiefer mahlten. »Ich weiß genau, was Sie wollen. Sie geben so lange keine Ruhe, bis Sie mich dabei erwischen, wie ich irgendwelche Fakten durcheinanderbringe. Den Hund mitzubringen, damit er mich anknurrt – kann ich vielleicht was dafür, daß ich keine Hunde mag?«

Er fuhr sich mit beiden Händen durchs Haar. Als er das Haar schön zerzaust hatte, begann er ganz im Stil des Nachtclub-Komikers, der er war, zu gestikulieren. »Wie ein Hund verreckt ist er«, sagte er. »Das ist es, was Phil passiert ist – wie ein Hund verreckt.«

»Sie haben zu Protokoll gegeben«, sagte ich auf gut Glück, »daß Sie und er gute Freunde waren.«

Sein Kopf zuckte hoch. »Hab' ich nicht!«

»Vielleicht nicht mit diesen Worten... Wieso? Waren Sie's denn nicht?«

»Wir waren es nicht. Ich habe keine guten Freunde.«

»Sie haben gerade gesagt, das Mädchen, das hier mal gewohnt hat, hat Ihnen einen Job besorgt. Das hört sich doch nach einer guten Freundin an. Oder war sie Ihnen was schuldig?«

»Natürlich nicht. Warum bringen Sie sie eigentlich ständig aufs Tapet?«

»Ich habe sie nicht aufs Tapet gebracht – das waren Sie. Ich habe nur gefragt, wer vorher in der Wohnung unter Ihnen gewohnt hat. Warum? Möchten Sie sie aus dem Ganzen raushalten?«

»Ich brauche sie nicht raushalten. Sie hat nichts damit zu tun.«

»Schon möglich. Kannte sie Philip Kampf?«

»Ich schätze schon. Doch, sicher hat sie ihn gekannt.«

»Wie gut kannte sie ihn?«

Er schüttelte den Kopf. »Wenn Phil noch am Leben wäre, könnten Sie ihn selbst fragen, und vielleicht würde er es Ihnen sagen. Aber ich, ich weiß es nicht.«

Ich lächelte ihn an. »Alles, was das bewirkt, Mr. Aland, ist, daß es mich neugierig macht. Jemand aus diesem Haus hat Kampf ermordet. Deshalb stellen wir Ihnen Fragen, und wenn wir zu einer kommen, bei der Sie sich auf die Hinterbeine stellen, fragen wir uns natürlich, warum. Wenn Sie nicht über Kampf und dieses Mädchen sprechen wollen, dann überlegen Sie doch mal, was das bedeuten könnte. Es könnte zum Beispiel bedeuten, daß Sie mit dem Mädchen befreundet waren und daß Kampf sie Ihnen ausgespannt hat und daß Sie ihn deshalb umgebracht haben, als er gestern hierher kam.«

»Sie war nicht meine Freundin!«

»Na schön. Es könnte auch bedeuten, daß Sie sich ihr, auch wenn sie nicht Ihre Freundin war, sehr stark verpflichtet fühlten und Kampf sie schlecht behandelt hat; oder sie mit etwas erpreßte, weshalb sie ihn loswerden wollte, und dabei haben Sie ihr dann geholfen. Oder es könnte natürlich auch sein, daß Kampf etwas über Sie wußte.«

»Sie haben den falschen Job«, bemerkte er sarkastisch. »Sie sollten Fernsehdrehbücher schreiben.«

Ich hielt mich nur noch ein paar Minuten mit ihm auf,

nachdem ich aus ihm rausgekitzelt hatte, soviel ich unter diesen Umständen erhoffen konnte. Da ich ihn in dem Glauben lassen wollte, ich sei ein Beamter, konnte ich ihn schlecht für einen kurzen Ausflug in Wolfes Domizil loseisen. Außerdem hatte ich noch zwei Besuche zu machen, und es ließ sich nicht sagen, ob ich nicht durch einen Anruf oder einen Kurier aus dem Polizeipräsidium an der weiteren Ausübung meiner Tätigkeit gestört werden würde. Daher verabschiedete ich mich.

Ich ging einen Stock tiefer zu Meegans Wohnung, klopfte an die Tür und wartete. Gerade als ich die Faust hob, um es lauter und besser zu machen, ertönten aus dem Innern Schritte, und die Tür ging auf. Meegan war immer noch hemdsärmelig und ungekämmt.

»Und?« fragte er.

»Da bin ich noch mal«, sagte ich forsch, aber nicht unverschämt. »Mit ein paar Fragen. Wenn Sie nichts dagegen haben?«

»Ich habe aber was dagegen.«

»Verständlicherweise. Mr. Talento wurde ins Büro der Staatsanwaltschaft bestellt. Ihnen könnte das vielleicht einen weiteren Ausflug dorthin ersparen.«

Er trat zur Seite, und ich ging nach drinnen. Das Zimmer hatte dieselbe Größe und denselben Grundriß wie das von Aland darüber, und die Einrichtung war zwar anders, aber auch nicht ansprechender. Der Tisch an der Wand war schief, vermutlich war es der, den Jewel Jones repariert haben wollte.

Ich zog einen Stuhl heraus, und er setzte sich ebenfalls und sah mich stirnrunzelnd an.

»Habe ich Sie nicht schon mal irgendwo gesehen?« wollte er wissen.

»Sicher, wir waren mit dem Hund hier.«

»Ich meine, vorher. Waren Sie gestern nicht in Nero Wolfes Büro?«

»Das ist richtig.«

»Wie das?«

Ich hob die Augenbrauen. »Bringen Sie da nicht was durcheinander, Mr. Meegan? Ich bin hier, um Fragen zu stellen, nicht um welche zu beantworten. Ich war dienstlich in Wolfes Büro. Das bin ich oft. Aber jetzt ...«

»Dieser fette, arrogante Schwachkopf!«

»Da mögen Sie recht haben. Arrogant ist er mit Sicherheit. Aber jetzt bin ich dienstlich bei Ihnen.« Ich holte Notizblock und Bleistift heraus. »Sie sind hier vor neun Tagen eingezogen. Erzählen Sie mir bitte genau, wie Sie an diese Wohnung gekommen sind.«

Er funkelte mich böse an. »Das habe ich mindestens schon dreimal erzählt.«

»Ich weiß. Aber so läuft das nun mal. Ich versuche nicht, Sie bei einer Unstimmigkeit zu ertappen, aber Sie könnten etwas ausgelassen haben, etwas Wichtiges. Gehen Sie also einfach davon aus, ich hätte es noch nicht gehört. Fangen Sie an.«

Er stöhnte und ließ den Kopf in seine Hände sinken. Normalerweise sah er vielleicht gar nicht so schlecht aus mit seinem blonden Haar und den grauen Augen und dem langen, knochigen Gesicht; aber jetzt, nachdem er fast die ganze Nacht in der Mordkommission und bei der Staatsanwaltschaft verbracht hatte, sah er dementsprechend aus, vor allem seine Augen waren rot und verquollen.

Er hob den Kopf. »Ich bin Werbefotograf. In Pittsburgh. Vor zwei Jahren habe ich eine gewisse Margaret Ryan geheiratet. Sieben Monate später hat sie mich verlassen. Ob sie allein war oder einen anderen hatte, weiß ich nicht. Sie hat mich einfach verlassen. Sie zog aus Pittsburgh weg – jedenfalls konnte ich sie dort nirgendwo finden –, und ihre Familie sah und hörte auch nichts mehr von ihr. Etwa fünf Monate später, vor ungefähr einem Jahr, kam ein Kunde von mir von einer Reise nach New York zurück und erzählte mir, er hätte sie hier mit einem Mann im Theater gesehen. Er sprach sie an, aber sie behauptete, er müßte sich täuschen. Er war ganz sicher, daß sie es war. Darauf bin ich nach New York gefahren und habe eine Woche lang nach ihr gesucht – ohne sie zu finden. Zur Polizei bin ich nicht gegangen, weil ich das nicht wollte. Wenn Sie einen besseren Grund brauchen – tut mir leid, aber genau so war's.«

»Darauf komme ich vielleicht später noch mal zurück.« Ich schrieb etwas in meinen Notizblock. »Erzählen Sie weiter.«

»Vor zwei Wochen sah ich mir in der Fillmore Gallery in Pittsburgh eine Ausstellung an. Unter anderem hing dort ein Gemälde – so ein riesiger Ölschinken. Es hieß *Drei junge Stuten auf der Weide,* und es war eine Innenansicht, ein Zimmer mit drei Frauen drin. Eine von ihnen saß auf der Couch, und die anderen zwei auf einem Teppich auf dem Boden. Sie aßen Äpfel. Die auf der Couch war meine Frau. Das war mir vom ersten Augenblick an, in dem ich das Bild sah, klar, und nachdem ich lange davorgestanden war und es genau studiert hatte, war ich mir absolut sicher. Es bestand überhaupt kein Zweifel.«

»Das stellen wir ja auch gar nicht in Frage«, versicherte ich ihm. »Was haben Sie gemacht?«

»Die Signatur des Künstlers war Ross Chaffee. Ich ging ins Büro der Galerie und erkundigte mich nach ihm. Sie glaubten, er lebte in New York. Ich erledigte einen Auftrag, den ich noch machen mußte, und dann fuhr ich nach New York.

Ross Chaffee zu finden war nicht weiter schwierig; er stand im Telefonbuch. Ich suchte ihn in seinem Atelier auf, hier in diesem Haus. Erst erzählte ich ihm, ich wäre an dieser einen Figur auf seinem Gemälde interessiert, ich fände sie genau ideal für ein paar Fotos, die ich machen wollte, aber er sagte, er hätte keine sehr hohe Meinung von der Fotografie als Kunstform und wollte deshalb auch keine Modelle dafür vermitteln. Er wollte mich hinauskomplimentieren, deshalb erzählte ich ihm, wie es wirklich war. Ich erzählte ihm die ganze Geschichte. Darauf war er wie ausgewechselt. Er zeigte Verständnis für meine Situation und erklärte sich bereit, mir, wenn es irgendwie ging, zu helfen. Er gab mir jedoch zu verstehen, er hätte das Bild schon vor über einem Jahr gemalt und er benutzte für seine Gemälde so viele verschiedenen Modelle, daß er sich nicht mehr erinnern könnte, um welche Frau es sich hier handelte.«

Meegan hielt inne, und ich sah von meinem Notizblock auf. Er sagte in aggressivem Ton: »Ich wiederhole hiermit, daß mir das faul vorkam.«

»Fahren Sie ruhig fort. Sie sind mit dem Reden dran.«

»Ich behaupte, das war eine faule Ausrede. Ein Fotograf, der im Lauf eines Jahres mit Hunderten von Modellen arbeitet, könnte so etwas vielleicht vergessen, aber ein Maler nicht. Schon gar nicht bei so einem Bild. Ich wurde etwas ausfallend, doch dann entschuldigte ich mich. Er sagte, vielleicht könnte er ja seinem Gedächtnis auf die Sprünge helfen, und bat mich, ihn am nächsten Tag noch mal anzurufen. Statt ihn anzurufen, suchte ich ihn am nächsten Tag jedoch noch einmal persönlich auf, und er behauptete, er könnte sich einfach nicht mehr erinnern und er würde auch bezweifeln, daß es ihm noch mal einfallen würde. Ich wurde nicht noch einmal ausfallend. Beim Betreten des Hauses hatte ich ein Schild gesehen, daß eine möblierte Wohnung zu vermieten wäre, und als ich mich von Chaffee verabschiedete, suchte ich den Hausmeister auf, mietete die Wohnung und zog ein. Ich war ganz sicher, daß meine Frau für dieses Bild Modell gestanden hatte, und ich war ganz sicher, daß ich sie finden könnte. Ich wollte Chaffee und den Leuten, die mit ihm verkehrten, möglichst nahe sein.«

Auch ich wollte etwas. Sicherlich hatte er ein Foto seiner Frau, und ich hätte es gerne gesehen, aber natürlich riskierte ich es nicht, ihn zu fragen. Ganz sicher hatte er der Polizei bereits eines gegeben oder behauptet, keines zu haben. Deshalb fragte ich bloß: »Sind Sie vorangekommen?«

»Nicht viel. Ich versuchte mich mit Chaffee anzufreunden, aber ich kam nicht weit. Ich lernte zwei andere Mieter kennen, Talento und Aland, aber das brachte mich auch nicht weiter. Schließlich beschloß ich, einen Fachmann hinzuzuziehen, und deshalb wandte ich mich an Nero Wolfe. Sie waren ja selbst dabei. Folglich wissen Sie auch, was dabei herausgekommen ist – dieser widerliche Fettsack!«

Ich nickte. »Er hat die Ego-Wassersucht. Was wollten Sie von ihm?«

»Das habe ich doch schon erzählt.«

»Erzählen Sie es noch mal.«

»Ich wollte, daß er Chaffees Telefon abhört.«

»Das ist gegen das Gesetz«, sagte ich streng.

»Kann schon sein; ich hab's ja auch nicht getan.«

Ich blätterte eine Seite weiter. »Gehen wir doch noch etwas zurück. In dieser einen Woche, wie viele von Chaffees Freunden und Bekannten haben Sie da kennengelernt – außer den Hausbewohnern?«

»Wie bereits gesagt, nur zwei. Eine junge Frau, ein Modell, in seinem Atelier – an ihren Namen kann ich mich nicht mehr erinnern –, und einen Mann, der laut Chaffees Aussagen schon mehrere seiner Bilder gekauft hat. Er hieß Braunstein.«

»Sie haben Philip Kampf ausgelassen.«

Meegan beugte sich vor und schlug mit der Faust auf den Tisch. »Ganz richtig, und ich werde ihn auch weiter auslassen, denn ich habe nie etwas von ihm gehört oder gesehen.«

»Was würden Sie sagen, wenn ich sage, Sie wurden mit ihm gesehen?«

»Ich würde sagen, Sie sind ein dreckiger Lügner!« Die

roten Augen sahen noch röter aus. »Als hätte ich nicht schon genug Ärger, wollen Sie mir jetzt auch noch den Mord an einem Mann in die Schuhe schieben, von dem ich nie etwas gehört habe! Sie kommen mit einem Hund an und sagen mir, ich soll ihn streicheln!«

Ich nickte. »Ihr Pech, Mr. Meegan. Sie sind nicht der erste, dem ein Mord Gesellschaft leistet, ohne eingeladen worden zu sein.« Ich klappte den Notizblock zu, steckte ihn in meine Hosentasche und stand auf. »Halten Sie sich bitte verfügbar. Könnte sein, daß Sie im Präsidium noch mal gebraucht werden.«

Ich hätte gern Näheres über seine Fortschritte – oder deren Ausbleiben – in bezug auf Ross Chaffee erfahren oder über seine Kontakte zu den zwei anderen Mietern, aber es schien mir wichtiger, erst mit Chaffee zu reden, ehe ich eventuell gestört wurde. Als ich die zwei Treppen zum obersten Stock hinaufstieg, zeigte meine Armbanduhr achtundzwanzig Minuten nach zehn an.

»Ich weiß«, sagte Ross Chaffee, »es hat keinen Sinn, sich über die ständigen Störungen bei meiner Arbeit zu beschweren. Nicht unter diesen Umständen.« Er tat sehr gnädig.

Die oberste Etage war ganz anders als die anderen. Ich weiß nicht, wie es in seinen Wohnräumen vorne aussah, aber das Atelier, das nach hinten raus lag, war geräumig und hoch und alles andere als schäbig. Es standen Skulpturen herum, große und kleine, und gegen eine Reihe von Regalen waren Leinwände aller Größenordnungen gelehnt und gestapelt. Die Wände waren mit Stoffbahnen verhängt, einfarbig grau, mit keinen Bildern dran. Auf jeder der zwei Staffeleien, eine wesentlich größer als die andere, befand sich eine Leinwand, an der gerade gearbeitet worden war. Es gab mehrere Stühle und zwei Sessel und einen riesigen Diwan.

Chaffee lotste mich zu einem der Polstersessel und

stellte sich, immer noch in seinem Kittel, einen Stuhl so hin, daß er mir gegenübersaß.

»Fassen Sie sich bitte bloß so kurz wie möglich«, ersuchte er mich.

Das versprach ich ihm. »Da sind ein paar Punkte, die uns ein bißchen zu denken geben. Natürlich könnte es reiner Zufall sein, daß Richard Meegan auf der Suche nach seiner Frau nach New York kam, Sie aufsuchte und neun Tage vor Kampfs Ermordung hier eine Wohnung mietete. Aber ein solcher Zufall muß es sich natürlich gefallen lassen, auf Herz und Nieren überprüft zu werden. Ehrlich gestanden, Mr. Chaffee, gibt es Leute – und ich gehöre zu ihnen –, die sich nicht recht vorstellen können, daß Sie sich nicht erinnern, wer für eine wichtige Figur in einem Ihrer Gemälde Modell gestanden hat.«

Chaffee lächelte. »Demnach müssen Sie denken, ich lüge.«

»Das habe ich nicht gesagt.«

»Aber Sie denken es.« Er zuckte mit den Achseln. »Was sollte ich damit bezwecken? Welchen geheimen Machenschaften sollte das dienen?«

»Das dürfen Sie mich nicht fragen. Sie sagen, Sie wollten Meegan helfen, seine Frau zu finden.«

»Nein, von wollen kann gar keine Rede sein. Ich habe mich lediglich dazu bereiterklärt. Er ist furchtbar aufdringlich.«

»Demnach müßte es Ihnen doch einige Anstrengungen wert gewesen sein, sich ihn vom Hals zu schaffen. Haben Sie welche unternommen?«

»Ich habe gesagt, was ich getan habe, meine Aussage zu Protokoll gegeben und unterschrieben. Dem habe ich nichts hinzuzufügen. Ich habe versucht, meinem Gedächtnis auf die Sprünge zu helfen. Einer Ihrer Kollegen hat gemeint, ich hätte doch nach Pittsburgh fahren können, um mir das Bild anzusehen. Ich nehme an, das war ein Scherz.«

Ein ärgerliches Aufblitzen in seinen schönen dunklen Augen warnte mich, daß ich seine Aussage hätte lesen sollen.

Ich bedachte ihn mit einem ernsten Blick. »Sehen Sie, Mr. Chaffee, das ist eine für alle Beteiligten höchst unerfreuliche Geschichte. Und das Ganze wird nur noch schlimmer statt besser werden, wenn wir nicht herausfinden, wer Kampf ermordet hat. Sie, die Bewohner dieses Hauses, müssen Dinge über einander wissen – vielleicht Dinge, die mit Kampf zu tun haben –, die Sie nicht erzählen. Ich erwarte von einem Mann wie Ihnen keineswegs, daß er lediglich zum Spaß in anderer Leute Schmutz wühlt, aber jeder Schmutz, der mit diesem Mord in Zusammenhang steht, wird notgedrungen an den Tag kommen. Sollten Sie also etwas davon für sich behalten, wären Sie ein größerer Dummkopf, als es den Anschein hat.«

»Das war aber eine Ansprache.« Er lächelte wieder.

»Danke. Und jetzt halten Sie eine.«

»Ich bin nicht so redegewandt wie Sie.« Er schüttelte den Kopf. »Nein, ich glaube nicht, daß ich Ihnen in irgendeiner Weise helfen kann. Zwar kann ich nicht behaupten, daß mir jede Art von Schmutz fremd ist – das wäre Heuchelei; aber die Sorte Schmutz, auf die Sie es abgesehen haben – nein. Meine Meinung über Kampf, den ich ganz gut kannte, wissen Sie ja; in mancher Hinsicht fand ich ihn bewundernswert, aber er hatte auch weiß Gott seine Fehler. Ungefähr dasselbe würde ich auch über Talento sagen. Aland kenne ich nur flüchtig. Von Meegan weiß ich nicht mehr als Sie. Ich habe nicht die leiseste Ahnung, warum einer von ihnen Philip Kampf umgebracht haben könnte. Falls Sie denken ...«

Das Telefon klingelte. Chaffee ging zu einem Tisch am Ende des Diwans und nahm ab. Er sagte ein paarmal ›Ja‹ in den Hörer und dann: »Aber einer Ihrer Männer ist doch gerade hier ... ich weiß nicht, wie er heißt; ich habe

ihn nicht gefragt... Das könnte sein; ich weiß es nicht...
Gut. Der D. A. ... Ja, ich kann in ein paar Minuten hinkommen.«

Er legte auf und wandte sich mir zu. Ich war inzwischen aufgestanden und sprach als erster: »Man will Sie
also in der Staatsanwaltschaft sprechen. Sagen Sie denen
lieber nicht, daß ich Ihnen das gesagt habe, aber die lassen einen Mordfall lieber in den Akten verschimmeln, als
ihn von der Polizei knacken zu lassen. Wenn sie meinen
Namen erfahren wollen – sie wissen, wo sie fragen müssen.«

Ich marschierte zur Tür, machte sie auf, und weg war
ich.

Zu meiner Erleichterung wartete das Taxi noch. Sein
Fahrgast hockte auf dem Rücksitz und beobachtete die
Umgebung. Jet schien sich zu freuen, mich zu sehen, und
lehnte sich während der Fahrt zur 35th Street mit dem
Körper gegen mich. Der Zähler zeigte nur sechs Dollar
und ein paar Zerquetschte an, aber ich ließ mir auf den
Zehner, den ich dem Fahrer gegeben hatte, nichts mehr
herausgeben. Wenn mich Wolfe schon auf einen Mordfall
ansetzte, bloß weil er in einen Hund vernarrt war, dann
sollte er sich das ruhig was kosten lassen.

Als wir das Büro betraten, stellte ich fest, daß Jet ohne
eine Spur von Verlegenheit oder Unsicherheit zu Wolfe
hinter den Schreibtisch lief, womit er bewies, daß Wolfe
am Abend zuvor während meiner Abwesenheit ein paar
Annäherungsversuche unternommen hatte; vermutlich
hatte er ihm was zu fressen gegeben und ihn aller Wahrscheinlichkeit nach sogar gestreichelt. Mir fielen mehrere
Bemerkungen ein, aber ich sparte sie mir für später auf.
Möglicherweise würde ich schon ziemlich bald einiges
an kostbarer Zeit dafür aufwenden müssen, den Beweis
zu erbringen, daß ich mich nicht unerlaubterweise als
Polizeibeamter ausgegeben hatte und daß es nicht meine

Schuld gewesen war, daß mich die Mordverdächtigen für einen solchen gehalten hatten.

»Und?« wollte Wolfe wissen.

Ich erstattete ihm Bericht. Die Situation verlangte nach einer ausführlichen und detaillierten Schilderung, und eine solche gab ich Wolfe, während er mit geschlossenen Augen zurückgelehnt dasaß. Als ich endete, stellte er keine Fragen. Statt dessen machte er die Augen auf und begann: »Rufen Sie die …«

Ich unterbrach ihn. »Moment. Nach einem Vormittag harter Arbeit möchte ich mir die Genugtuung ausbedingen, selbst einen Vorschlag machen zu dürfen. Das hatte ich schon lange vor. Ich werde in der Galerie in Pittsburgh anrufen, in der Chaffees Bild ausgestellt war.«

»Einverstanden. Das wäre allerdings ein Schuß ins Blaue.«

»Dessen bin ich mir sehr wohl bewußt. Trotzdem werde ich dort anrufen.«

Ich griff nach dem Telefon auf meinem Schreibtisch und kam sofort zur Fillmore Galerie durch. Dann dauerte es allerdings eine Viertelstunde, während ich zu drei verschiedenen Mitarbeitern durchgestellt wurde, bis ich bekam, was ich wollte. Ich legte auf und wandte mich an Wolfe:

»Die Ausstellung ging gestern vor einer Woche zu Ende. Und ich muß nicht nach Pittsburgh fahren. Das Gemälde war eine Leihgabe von Mr. Herman Braunstein aus New York, dem Besitzer des Bildes. Vor vier Tagen wurde es per Expreß an ihn zurückgeschickt. Braunsteins Adresse wollten Sie mir nicht geben.«

»Das Telefonbuch.«

Ich hatte es bereits in der Hand und blätterte darin. »Da wären wir. Firma in der Broad Street, Wohnung in der Park Avenue. Es gibt nur einen Herman.«

»Schaffen Sie ihn her.«

»Ich weiß nicht. Das könnte den ganzen Tag in Anspruch nehmen. Am besten, ich fahre, ohne anzurufen, zu seiner Wohnung. Das Bild ist wahrscheinlich dort, und wenn ich da nicht reinkomme, können Sie mich rausschmeißen. Ich trage mich sowieso mit dem Gedanken an Rücktritt.«

Weil es meine Idee war, hatte er erst Bedenken, aber er ließ sich breitschlagen. Nachdem ich eine Weile über das Problem nachgedacht hatte, ging ich zu dem Schränkchen unter den Regalen, holte die Veblex-Kamera samt Zubehör heraus und schlang mir den Riemen der Fototasche über die Schulter. Bevor ich aufbrach, rief ich bei Talento an, um ihm zu sagen, er bräuchte nicht mehr zu dem Termin erscheinen, aber es ging niemand dran. Entweder war er immer noch im Büro der Staatsanwaltschaft, oder er war unterwegs in die 35th Street, und wenn er in meiner Abwesenheit hier eintraf, war das nicht weiter tragisch, weil Jet da war, um Wolfe zu beschützen.

Ein Taxi lud mich am Gehsteigvordach eines dieser Wohnpaläste in der Park Avenue auf Höhe der Seventies ab, und ich versuchte, am Türsteher vorbeizumarschieren, ohne ihn eines Blickes zu würdigen, aber er hielt mich an. Ich sagte in geschäftsmäßigem Ton: »Zu Braunstein, wegen der Fotos, bin schon spät dran«, und ging einfach weiter. Und kam damit durch. Ich ging durch das luxuriöse Foyer zum Lift. Zum Glück wartete er mit offener Tür. Ich sagte: »Braunstein bitte«, und der Liftboy schloß die Tür und zog am Hebel. Im elften Stock hielten wir an, und ich stieg aus. Es gab rechts und links eine Tür. Ohne zu fragen, wandte ich mich auf gut Glück nach rechts und spitzte die Ohren, falls mich der Liftboy, der an der offenen Lifttür stehen blieb, eines besseren belehren sollte.

Es war eine der einfachsten Aufgaben, die ich je ausgeführt habe. Auf mein Klingeln hin kam eine stämmige weibliche Person mittleren Alters in Schürze und Uniform an die Tür, und als ich ihr sagte, ich sei gekommen, um ein Foto zu machen, ließ sie mich eintreten, bat mich zu warten und verschwand. Nach ein paar Minuten kam eine große, würdevolle Dame mit weißem Haar durch einen Bogendurchgang und fragte, was ich wollte. Ich entschuldigte mich für die Störung und sagte, ich wäre ihr sehr zu Dank verpflichtet, wenn sie mich ein Foto von einem Gemälde machen ließe, das Mr. Braunstein erst kürzlich an eine Galerie in Pittsburgh ausgeliehen hatte. Sein Titel sei *Drei junge Stuten auf der Weide*. Ein in Pittsburgh ansässiger Kunde von mir sei sehr davon angetan gewesen und habe eigentlich noch mal in die Ausstellung kommen wollen, um es für seine Sammlung zu fotografieren, aber das Gemälde sei nicht mehr dagewesen, als er endlich dazu gekommen sei.

Sie wollte ein paar Auskünfte, wie zum Beispiel meinen Namen und meine Adresse und den Namen meines Pittsburgher Kunden, was ich ihr alles aus dem Stegreif heruntersagte, und dann führte sie mich unter dem Bogen hindurch in einen Raum, der nicht ganz so groß war wie der Madison Square Garden. Es wäre ein Vergnügen gewesen, und ein lehrreiches noch dazu, die Teppiche und Möbel und vor allem das Dutzend oder mehr Bilder an den Wänden zu bestaunen, aber das mußte ich mir für später aufsparen.

Sie ging auf ein Gemälde im hinteren Teil des Raums zu, sagte: »Das ist es«, und ließ sich auf einen Stuhl nieder.

Es war ein schönes Bild. Halb hatte ich erwartet, die ›Stuten‹ wären ohne Kleider, aber sie waren vollständig bekleidet. Mit dem Hinweis, es überrasche mich ganz und gar nicht, daß mein Kunde ein Foto davon wolle, machte ich mir an meiner Ausrüstung, einschließlich der Blitzlichter, zu schaffen. Sie saß da und sah zu. Ich machte vier Aufnahmen aus geringfügig unterschiedlichen Blickwinkeln und verlieh mir dabei, hoffte ich jedenfalls, einen professionellen Anstrich. Dann bedankte ich mich im Namen meines Kunden herzlich, versprach, ein paar Abzüge zu schicken, und ging.

Damit hatte es sich auch schon.

Wieder draußen auf dem Gehsteig, ging ich nach Westen zur Madison, wandte mich in Richtung Downtown und fand einen Drugstore. Dort ging ich in die Telefonzelle und wählte eine Nummer.

Wolfe meldete sich: »Ja? Wen wollen Sie?«

Ich habe ihm schon hundertmal gesagt, das sei keine Art, sich am Telefon, aber er ist einfach unverbesserlich.

Ich sagte: »Sie will ich. Ich habe das Bild gesehen, und es strahlt vor Farbe und Leben; das Blut scheint unter der warmen Haut zu pulsieren. Die Schatten sind transparent, mit einem harmonischen Schimmern ...«

»Halten Sie den Mund! Ja oder nein?«

»Ja. Sie haben Mrs. Meegan kennengelernt. Möchten Sie sie noch näher kennenlernen?«

»Allerdings. Schaffen Sie sie her.«

Ich mußte nicht erst im Telefonbuch nachsehen, weil ich das bereits getan hatte.

Ich verließ den Drugstore und winkte einem Taxi ...

In dem Haus in der East 49th Street stellte sich das Problem Türsteher nicht. Es war ein renovierter alter Ziegelbau, der in einem leuchtenden Gelb gestrichen worden war, aber reinzukommen war ein bißchen kompliziert. Im Windfang auf den Knopf mit der Aufschrift *Jewel Jones* zu drücken, war weiter kein Problem, aber dann wurde es schwieriger.

Eine Stimme knisterte aus der Sprechanlage: »Ja?«

»Miß Jones?«

»Ja. Wer ist da?«

»Archie Goodwin. Ich würde Sie gern sprechen.«

»Was wollen Sie?«

»Lassen Sie mich rein, dann sage ich es Ihnen.«

»Nein. Worum dreht es sich?«

»Etwas sehr Persönliches. Wenn Sie es nicht von mir hören wollen, gehe ich und komme mit Richard Meegan wieder. Vielleicht erzählen Sie es ja ihm.«

Ich hörte einen überraschten Ausruf. Nach einer Pause: »Warum sagen Sie das? Ich habe Ihnen doch erklärt, ich kenne keinen Meegan.«

»Sie sind nicht mehr ganz auf dem laufenden. Ich habe eben ein Bild von Ihnen gesehen, mit dem Titel *Drei junge Stuten auf der Weide*. Lassen Sie mich rein.«

Ich drehte mich herum und legte die Hand auf den Türgriff. Ein Klicken ertönte, ich drückte die Tür auf und ging nach drinnen. Ich durchquerte den kleinen Eingangsbereich, betrat den automatischen Lift, drückte auf den Knopf mit der Nummer 5 und fuhr nach oben. Als der Lift stehenblieb, öffnete ich die Tür und trat in einen winzigen Vorraum hinaus. Eine Tür war offen, und auf der Schwelle stand Miß Jones in einem atemberaubenden Negligé. Sie wollte etwas sagen, aber ich kam ihr zuvor.

»Hören Sie«, sagte ich, »es hat keinen Sinn, das Ganze unnötig in die Länge zu ziehen. Gestern nacht habe ich Sie zwischen Mr. Wolfe und Sergeant Stebbins wählen lassen; jetzt haben Sie die Wahl zwischen Mr. Wolfe und Meegan. Ich nehme mal an, Mr. Wolfe ist Ihnen lieber, weil er doch so ein verständnisvoller Mensch ist; haben Sie jedenfalls selbst gesagt. Ich warte hier so lange, bis Sie sich umgezogen haben, aber versuchen Sie nicht, jemand anzurufen, denn so lange Sie nicht mit Mr. Wolfe gesprochen haben, werden Sie nicht wissen, wo Sie wann sein werden – und außerdem wird wahrscheinlich Ihr Telefon abgehört.«

Sie kam auf mich zu und legte mir eine Hand auf den Arm. »Archie, wo haben Sie das Bild gesehen?«

»Das erzähle ich Ihnen auf dem Weg nach unten. Los, machen Sie endlich.«

Sie zog mich leicht am Ärmel. »Sie brauchen nicht hier draußen warten. Kommen Sie rein und setzen Sie sich.«

Da ich nicht unhöflich erscheinen wollte, tätschelte ich ihre Hand. »Tut mir leid, aber ich habe Angst vor jungen Stuten. Es hat mich schon mal eine getreten.«

Sie drehte sich um und verschwand in die Wohnung. Die Tür ließ sie offen.

»Nennen Sie mich nicht Mrs. Meegan!« fuhr Jewel Jones auf. Wolfe war genauso gereizt wie sie. Gewiß, sie war hoffnungslos in die Enge getrieben, ohne irgendeine Waffe in Reichweite, aber er hatte Fritz sagen müssen, das Mittagessen bis auf weiteres zu verschieben.

»Ich wollte Sie«, sagte er barsch, »lediglich darauf hinweisen, daß Ihre Identität nicht mehr länger in Frage steht. Rechtlich gesehen sind Sie Mrs. Richard Meegan. Sofern wir uns in diesem Punkt einig sind, nenne ich Sie gern so, wie Sie es möchten. Miß Jones?«

»Ja.« Sie saß auf dem rotbraunen Ledersessel, aber nicht in ihm. So, wie sie auf der Kante hockte, sah sie aus, als würde sie jeden Moment aufspringen und abrauschen.

»Wunderbar.« Wolfe beobachtete sie genau. »Sie werden feststellen, Madam, daß alles, was Sie sagen, mit Skepsis aufgenommen wird. Sie sind eine raffinierte Lügnerin. Die Beiläufigkeit, mit der Sie gestern geleugnet haben, Mr. Meegan zu kennen, war mehr als gekonnt. Doch kommen wir jetzt zur Sache: Wann hat Ihnen Mr. Chaffee erzählt, daß Ihr Mann in New York ist und nach Ihnen sucht?«

»Ich habe nicht gesagt, daß mir das Mr. Chaffee erzählt hat.«

»Irgend jemand hat es Ihnen erzählt. Wer und wann?«

»Woher wollen Sie wissen, daß es mir jemand erzählt hat?« hielt sie ihn hin.

Er drohte ihr mit dem Finger. »Ich bitte Sie, Miß Jones. Machen Sie sich endlich klar, wie prekär Ihre Situation ist. Es ist nicht glaubhaft, daß sich Mr. Chaffee nicht an den Namen der Frau erinnern konnte, die ihm für sein Bild Modell gestanden hat. Das glaubt auch die Polizei nicht, und sie weiß im Gegensatz zu mir nicht, daß Sie diese Frau sind, daß Sie ein Jahr lang in diesem Haus gewohnt haben und daß Sie sich immer noch ab und zu mit Mr. Chaffee treffen. Ihr Mann suchte Mr. Chaffee auf, um ihn nach dem Namen des Modells zu fragen. Mr. Chaffee berief sich auf sein schlechtes Gedächtnis, woraufhin Ihr Mann sich dort eine Wohnung nahm und keinen Zweifel daran ließ, daß er nicht gewillt war aufzugeben. Nach all dem ist es doch absurd zu glauben, Mr. Chaffee hätte Ihnen davon nichts erzählt. Ich beneide Sie nicht um den Ärger, den Sie mit der Polizei kriegen werden, wenn die von Ihnen erfahren.«

»Sie braucht doch aber nichts von mir zu erfahren, oder?«

»Pfui. Es überrascht mich, daß sie nicht ohnehin schon längst auf Ihre Spur gestoßen sind, obwohl das Ganze erst achtzehn Stunden her ist. Aber das wird sie sehr bald, wenn auch nicht unbedingt durch mein Zutun. Ich weiß, für Sie ist das hier mit mir nicht unbedingt ein Vergnügen, aber es wird Ihnen noch so erscheinen, wenn Sie es erst mal mit der Polizei zu tun bekommen.«

Sie überlegte. Ihre Stirn war gekräuselt und ihr Blick direkt auf Wolfe gerichtet. »Wissen Sie«, sagte sie, »was meiner Ansicht nach das Beste wäre? Ich weiß nicht, warum ich darauf nicht schon früher gekommen bin. Sie sind Detektiv, darauf spezialisiert, Menschen in Not zu helfen, und ich bin fraglos in Not. Ich zahle Sie dafür, mir zu helfen. Ich könnte jetzt sofort eine erste Anzahlung leisten.«

»Nicht jetzt und auch nicht später, Miß Jones.« Wolfe machte keine Umschweife. »Wann hat Ihnen Mr. Chaffee erzählt, daß Ihr Mann in New York ist, um nach Ihnen zu suchen?«

»Sie hören mir ja nicht mal zu«, beklagte sie sich.

»Erzählen Sie mir keinen Unsinn, und ich höre zu. Wann?«

Sie rutschte auf dem Sessel ein paar Zentimeter zurück. »Sie kennen meinen Mann nicht. Schon vor unserer Heirat war er eifersüchtig auf mich, und danach wurde es nur noch schlimmer. Es wurde so schlimm, daß ich es nicht mehr aushielt und ihn verließ. Mir war klar, wenn ich in Pittsburgh bliebe, würde er mich aufspüren und umbringen. Deshalb ging ich nach New York. Ein Freund von mir war hierher gezogen – ich meine, wirklich nur ein Freund. Ich bekam einen Job in einer Modellagentur und konnte davon leben, und ich lernte eine Menge Leute kennen. Einer von ihnen war Ross Chaffee, er wollte, daß ich ihm für ein Bild Modell stünde, und ich habe eingewilligt. Natürlich hat er mich dafür bezahlt, aber das war nicht so wichtig, weil ich kurz danach Phil Kampf kennenlernte. Durch ihn bekam ich die Chance, in einem Nachtclub vorzusingen, und ich erhielt ein Engagement. Etwa zur selben Zeit ist etwas passiert, was mir einen ziemlichen Schrecken eingejagt hat. Ein Mann aus Pittsburgh sah mich im Theater und sprach mich an, aber ich sagte ihm, er müsse sich täuschen, ich sei nie in Pittsburgh gewesen.«

»Das war vor einem Jahr«, murmelte Wolfe.

»Ja. Ich hatte wegen des Nachtclubs erst Bedenken, so in aller Öffentlichkeit aufzutreten. Aber Monate vergingen, und nichts passierte. Und dann rief mich plötzlich Ross Chaffee an und erzählte mir, mein Mann wäre bei ihm gewesen und hätte ihn nach dem Bild gefragt. Ich bat ihn, ihm nicht zu sagen, daß ich dafür Modell gestanden hatte, und er versprach es mir. Sie kennen meinen Mann ja nicht. Ich wußte, er wollte mich nur finden, um mich umzubringen.«

»Das haben Sie schon zweimal gesagt. Hat er jemals jemand umgebracht?«

»Ich habe nicht jemand gesagt – sondern mich. Diese

Wirkung scheine ich auf Männer zu haben.« Sie machte eine verständnisheischende Geste. »Sie fliegen einfach auf mich. Und Dick – nun ja, ich kenne ihn einfach, das ist alles. Ich verließ ihn vor anderthalb Jahren, und er sucht immer noch nach mir. So ist er eben. Als mir Ross erzählte, er wäre hier, bekam ich es mit der Angst zu tun. Im Club trat ich nicht mehr auf. Schließlich hätte er hinkommen und mich sehen können. Bis gestern abend habe ich auch kaum meine Wohnung verlassen.«

Wolfe nickte. »Aber dann haben Sie es doch getan, um sich mit Mr. Talento zu treffen. Wozu?«

»Das habe ich Ihnen schon gesagt.«

»Ja, aber damals waren Sie bloß Miß Jones. Jetzt sind Sie auch Mrs. Meegan. Wozu?«

»Ach, was soll's. Ich hatte im Radio von Phils Ermordung gehört und wollte mehr darüber wissen. Deshalb rief ich Ross Chaffee und dann Jerry Aland an, aber keiner von beiden ging dran; deshalb probierte ich es bei Vic Talento. Er wollte mir am Telefon nichts sagen, erklärte sich aber bereit, sich mit mir zu treffen.«

»Wußten Mr. Aland und Mr. Talento, daß Sie für dieses Gemälde Modell gestanden haben?«

»Natürlich.«

»Und daß es Mr. Meegan gesehen und Sie darauf erkannt hatte und hier war, um nach Ihnen zu suchen?«

»Ja, Sie wußten genau Bescheid. Ross mußte es ihnen erzählen, weil er dachte, Dick könnte vielleicht auch sie fragen, ob sie wüßten, wer für das Bild Modell gestanden hätte. Er schärfte ihnen ein, nichts zu verraten. Sie haben versprochen, es nicht zu tun, und sie haben auch tatsächlich dichtgehalten. Sie sind alle gute Freunde von mir.«

Sie hielt inne, um ihren schwarzen Lederbeutel aufzumachen, eine Geldbörse herauszunehmen und darin herumzuwühlen. Dann sah sie zu Wolfe auf. »Ich kann Ihnen jetzt schon mal fürs erste vierzig Dollar zahlen.

Wirklich, ich bin nicht bloß in Not; ich schwebe in Lebensgefahr, ohne Übertreibung. Ich wüßte nicht, wie Sie das ablehnen könnten – Sie hören mir nicht zu!«

Anscheinend tat er das wirklich nicht. Mit gespitzten Lippen betrachtete er seine Zeigefingerspitze, die auf seiner Schreibtischunterlage kleine Kreise beschrieb. Er ließ sich durch ihren Vorwurf nicht in seiner Beschäftigung stören, aber nach wenigen Augenblicken richtete er seinen Blick auf mich und sagte unvermittelt: »Schaffen Sie Mr. Chaffee her.«

»Nein!« entfuhr es ihr. »Ich möchte nicht, daß er erfährt...«

»Unsinn«, schnauzte er sie an. »Alle müssen alles erfahren. Warum das Ganze unnötig in die Länge ziehen?... Schaffen Sie ihn her, Archie. Ich möchte mit ihm sprechen.«

Ich wählte Chaffees Nummer, obwohl ich bezweifelte, daß er schon von seiner Sitzung mit dem D. A. zurück war, aber er nahm ab. Damit er mich nicht erkannte, sprach ich mit tiefer Stimme und sagte ihm bloß, Nero Wolfe wünsche ihn zu sprechen. Wolfe übernahm das Gespräch an seinem Schreibtisch.

»Mr. Chaffee? Hier spricht Nero Wolfe. Ich habe mein Interesse für den Mord an Philip Kampf entdeckt und habe eben ein paar Nachforschungen angestellt... Einen Augenblick noch, bitte; hängen Sie nicht ein. Hier in meinem Büro sitzt Mrs. Richard Meegan, alias Miß Jewel Jones... Lassen Sie mich bitte ausreden. Ich werde sie natürlich festhalten und die Polizei verständigen müssen, da sie sie bestimmt als Zeugin in einem Mordfall haben will, aber bevor ich das tue, würde ich gern mit Ihnen und den anderen Hausbewohnern über die Angelegenheit sprechen. Würden Sie bitte versuchen, sie so rasch wie möglich zusammenzutrommeln und hierher zu bringen?... Nein, mehr sage ich am Telefon nicht mehr. Ich will Sie hier haben, Sie alle. Falls sich Mr. Meegan sperrt, können Sie ihm ruhig sagen, seine Frau ist hier …«

Mit einem Satz, um den sie jede junge Stute beneidet hätte, war sie bei ihm, entriß ihm den Hörer und schrie hinein: »Sag ihm nichts, Ross! Bring ihn nicht her! Tu nichts …«

Der Sprung, den ich auf den Schreibtisch zu machte, war auch nicht ohne. Ich riß sie mit solchem Feuereifer zurück, daß ich mit ihr im Schoß auf dem rotbraunen Ledersessel landete, und da sie noch keineswegs klein beigab, schlang ich meine Arme um ihren Körper und preßte ihre Arme fest an die Seiten, worauf sie anfing, mit ihren Absätzen meine Schienbeine zu bearbeiten. Sie trat so lange weiter auf mich ein, bis Wolfe mit Chaffee fertig war. Als er auflegte, ließ sie sich plötzlich schlaff zurücksinken.

Wolfe sah uns finster an. »Ein rührender Anblick«, schnaubte er.

Die Situation warf verschiedene Probleme auf. Eins davon war das Mittagessen. Für Wolfe war es undenkbar, zur Essenszeit Besuch im Haus zu haben, ohne ihn oder sie zu verköstigen, aber er war ganz gewiß nicht bereit, mit einem weiblichen Wesen am Tisch zu sitzen, das ihn gerade angefallen und mit ihren Krallen bearbeitet hatte. Die Lösung war einfach: Mrs. Meegan und ich sollten im Speisezimmer essen, während Wolfe und Fritz in der Küche serviert wurde.

Aber sie aß nicht viel, ständig lauschte und spähte sie in Richtung Flur, obwohl ich ihr versicherte, es werde dafür gesorgt, daß ihr Mann sie nicht in diesem Haus ermordete.

Ein zweites Problem war, wie die drei Bewohner der Arbor Street 29 reagieren würden, wenn sie erfuhren, wer ich war. Das übernahm ich selbst. Als es um Viertel vor zwei klingelte und ich sie hereinließ, versicherte ich ihnen, ich sei zu einem späteren Zeitpunkt gern bereit, mich mit jedem von ihnen über meine gespaltene Persönlichkeit zu unterhalten, falls sie das dann immer noch wollten, aber vorerst müßten sie sich so lange gedulden, bis Wolfe mit ihnen fertig war. Victor Talento hatte noch einen anderen Streitpunkt, mit dem er sich nicht gedulden wollte: daß ich ihn im Zusammenhang mit der Nachricht, die ich Jewel Jones in seinem Auftrag überbringen sollte, verschaukelt hatte. Er wollte deswegen unangenehm werden und verlangte, Wolfe unter vier Augen zu sprechen, aber ich sagte ihm, er könnte mich mal.

Auch um das dritte Problem, das zwei Seiten hatte, mußte ich mich kümmern. Da war Miß Jones' mehr oder weniger begründete Ansicht, ihr Mann würde sie auf der Stelle umbringen; und da war die Tatsache, daß einer dieser vier Männer Kampf ermordet hatte und vielleicht rabiat wurde, wenn er sich in die Enge getrieben fühlte. Dagegen traf ich drei Vorsichtsmaßnahmen: Ich zeigte ihnen die 38er Carley, die ich in meiner Tasche stecken hatte, und wies sie darauf hin, daß sie geladen war; ich bestand darauf, sie von den Schultern bis zu den Fußgelenken abzutasten; und ich ließ Miß Jones im Speisezimmer warten, bis ich die vier auf einer Stuhlreihe vor Wolfes Schreibtisch im Büro sitzen hatte. Als Wolfe in seinem Sessel hinter seinem Schreibtisch saß, ging ich über den Flur, um sie zu holen, und führte sie ins Büro.

Meegan sprang auf und stürzte auf uns zu. Ich stieß ihn zurück und war dabei nicht zimperlich. Seine Frau ging hinter mir in Deckung. Talento und Aland verließen ihre Plätze, vermutlich um mir zu helfen, sie zu beschützen. Meegan schrie herum und sie auch. Ich lotste sie an ihnen vorbei und setzte sie auf einen Stuhl hinter meinen Schreibtisch, und als schließlich auch ich Platz nahm, tat ich das an einer Stelle, von wo aus ich problemlos jeden zu Fall bringen konnte, der sich in ihre Richtung bewegte. Talento und Aland hatten Meegan auf den Stuhl zwischen ihnen niedergezogen, und dort saß er nun und starrte sie an.

»Nachdem sich die Lage wieder beruhigt hat«, sagte Wolfe, »möchte ich mich noch einmal kurz vergewissern, daß ich das mit den Namen richtig verstanden habe.« Sein Blick wanderte von links nach rechts. »Talento, Meegan, Aland, Chaffee. Stimmt das?«

Ich nickte.

»Dann fangen wir mal an.« Er sah zur Wanduhr hoch. »Vor zwanzig Stunden wurde Philip Kampf in dem Haus ermordet, in dem Sie wohnen, meine Herren. Die Umstände deuten darauf hin, daß ihn einer von Ihnen umgebracht hat. Aber ich möchte nicht wieder die mannigfaltigen Einzelheiten aufwärmen, über die Sie bereits in aller Ausführlichkeit mit der Polizei gesprochen haben; Sie sind mit ihnen vertraut. Ich habe keinen Auftrag, an diesem Fall zu arbeiten; der einzige Klient, den ich habe, ist ein Hund, und er kam zufällig in mein Büro. Allerdings...«

Es klingelte. Ich fragte mich, ob ich die Kette vorgelegt hatte, aber ich war mir ziemlich sicher. Durch die offene Tür konnte ich sehen, wie Fritz öffnen ging. Wolfe wollte weitersprechen, war aber über das Geräusch von Stimmen verärgert und hielt inne. Er schloß die Augen und preßte die Lippen aufeinander, während das Publikum dasaß und ihn ansah.

Dann erschien Fritz in der offenen Tür und verkündete: »Inspektor Cramer, Sir.«

Wolfes Augen gingen auf. »Was will er?«

»Ich habe ihm gesagt, Sie sind beschäftigt. Er sagt, das weiß er – die vier Männer wurden auf dem Weg hierher beschattet, und er wurde davon in Kenntnis gesetzt. Er sagt, er hätte damit gerechnet, daß Sie irgendeinen Trick mit dem Hund vorhätten, und er weiß, daß es das ist, was Sie jetzt tun wollen, und er ist fest entschlossen, hereinzukommen und zu sehen, worum es sich dabei handelt. Sergeant Stebbins ist bei ihm.«

Wolfe knurrte. »Archie, sagen Sie ihm – nein. Bleiben Sie lieber, wo Sie sind. Fritz, sagen Sie ihm, er kann sehen und hören, was ich mache, vorausgesetzt, er läßt mir dreißig Minuten ohne Unterbrechungen oder Forderungen. Wenn er damit einverstanden ist, bringen Sie die beiden herein.«

»Halt!« Ross Chaffee war aufgesprungen. »Sie haben gesagt, Sie würden mit uns sprechen, bevor Sie die Polizei verständigen.«

»Ich habe sie nicht verständigt. Sie sind einfach von alleine gekommen.«

»Weil Sie ihnen gesagt haben, sie sollen herkommen!«

»Nein, ich hätte lieber erst mit Ihnen allein verhandelt und sie erst dann gerufen, aber nachdem die beiden Herren schon mal hier sind, sollen sie uns ruhig Gesellschaft leisten. Bringen Sie sie herein, Fritz, aber nur unter dieser Bedingung.«

»Sehr wohl, Sir.«

Fritz ging. Zuerst wollte Chaffee noch was sagen, überlegte es sich anders und setzte sich. Talento flüsterte ihm etwas zu, und er schüttelte den Kopf. Jerry Aland, der inzwischen, gekämmt und angezogen, wesentlich manierlicher aussah, hielt den Blick auf Wolfe geheftet. Für Meegan existierte offensichtlich im ganzen Raum niemand außer ihm und seiner Frau.

Cramer und Stebbins marschierten herein, blieben drei Schritte hinter der Tür stehen und sahen sich um.

»Nehmen Sie Platz«, forderte Wolfe sie auf. »Zum Glück ist Ihr Sessel nicht besetzt, Mr. Cramer.«

»Wo ist der Hund?« wollte Cramer wissen.

»In der Küche. Sind wir uns darüber einig, daß Sie dreißig Minuten lang nur als Zuschauer hier sind?«

»Das habe ich gesagt.«

»Dann setzen Sie sich. Aber vorher noch eines, zu Ihrer

Information. Die vier Herren kennen Sie natürlich, aber nicht die Dame. Ihr augenblicklicher Name ist Miß Jewel Jones. Ihr offizieller Name ist Mrs. Richard Meegan.«

»Meegan?« Cramer machte ein verdutztes Gesicht. »Die Frau auf dem Bild, das Chaffee gemalt hat?«

»Ganz richtig. Nehmen Sie bitte Platz.«

»Wo haben Sie sie aufgetrieben?«

»Das hat Zeit bis später. Keine Unterbrechungen und keine Forderungen. Verflixt noch mal, setzen Sie sich endlich!«

Cramer ging auf den rotbraunen Ledersessel zu und ließ sich darauf nieder. Purley Stebbins nahm sich einen der gelben Stühle und stellte ihn hinter Chaffee und Aland.

Wolfe betrachtete das Quartett. »Ich war eben im Begriff zu erklären, meine Herren, daß der Hund etwas getan hat, was mich schließlich auf den Mörder aufmerksam machte. Aber vorher ...«

»Was hat er gemacht?« platzte Cramer dazwischen.

»Sie wissen alles darüber«, erklärte ihm Wolfe eisig. »Mr. Goodwin hat Ihnen die Hergänge genau so geschildert, wie sie sich ereignet haben. Wenn Sie mich noch einmal unterbrechen, bei Gott, dann können Sie sie alle ins Präsidium mitnehmen – den Hund ausgenommen – und es selbst aus ihnen herauskitzeln!«

Er wandte sich wieder den Vieren zu: »Aber bevor ich zu der Sache mit dem Hund komme, ein paar andere Dinge. Was Ihr falsches Spiel mit Mr. Meegan angeht, enthalte ich mich jeden Kommentars. Sie waren alle mit Miß Jones befreundet und wollten sie nicht an einen Ehemann verraten, den sie verlassen hatte und vor dem sie ihren Aussagen zufolge in ständiger Angst lebte. Ich will Ihrem Verhalten sogar gewisse Kavaliersqualitäten zubilligen. Doch nachdem Mr. Kampf ermordet worden war und die Polizei anrückte, war es idiotisch, sie weiter aus dieser Sache heraushalten zu wollen. Sie wäre auf jeden

Fall auf ihre Spur gestoßen. Daß ich vor ihr darauf gestoßen bin, habe ich nur Mr. Goodwins bewundernswerter Initiative und seinem sprichwörtlichen Glück zu verdanken.«

Er sah sie alle kopfschüttelnd an. »Es war auch dumm von Ihnen, Mr. Goodwin, in dem Glauben, er sei Polizeibeamter, in Ihre Wohnungen zu lassen und seine Fragen zu beantworten, bloß weil er bei dem fehlgeschlagenen Experiment mit dem Hund dabei war. Sie hätten sich seinen Ausweis zeigen lassen sollen. Keiner von Ihnen hatte eine Ahnung, wer er war. Selbst Mr. Meegan, der ihn erst gestern morgen in diesem Büro hier gesehen hat, ließ sich überrumpeln. Ich erwähne das nur, um einer möglichen Anzeige vorzubeugen, Mr. Goodwin habe sich als Polizeibeamter ausgegeben. Sie wissen, daß er das nicht getan hat. Er hat sich lediglich Ihre durch nichts begründeten Mutmaßungen zunutze gemacht.«

Er setzte sich anders hin. »Noch etwas: Gestern vormittag kam Mr. Meegan, nachdem er vorher einen Termin mit mir vereinbart hatte, hierher und bat mich, einen Auftrag für ihn zu übernehmen. Schon aus seinen ersten Äußerungen schloß ich, daß es sich dabei um etwas handelte, was seine Frau betraf. Solche Aufträge übernehme ich nicht, und das habe ich ihm in aller Unmißverständlichkeit klargemacht. Er war beleidigt und stürmte aufgebracht aus dem Raum, riß einen Hut und einen Regenmantel von der Garderobe im Flur und erwischte dabei statt seines Mantels den von Mr. Goodwin. Am Spätnachmittag machte sich Mr. Goodwin mit dem versehentlich vertauschten Regenmantel auf den Weg in die Arbor Street, um ihn umzutauschen. Er sah, daß vor dem Haus Nummer 29 zwei Polizeiautos, ein Polizist im Dienst, ein paar Leute und ein Hund rumstanden. Also beschloß er, sein Vorhaben zu verschieben, und ging am Haus vorbei, nachdem er dort einen kurzen Halt eingelegt hatte, in dessen Verlauf er dem Hund den Kopf tätschelte. Er machte sich auf den Heimweg, und als er fast zwei Meilen zurückgelegt hatte, stellte er fest, daß ihm der Hund folgte. Er nahm den Hund den restlichen Weg in einem Taxi mit hierher in dieses Haus und in diesen Raum.«

Er legte eine Hand flach auf den Tisch. »Und jetzt. Warum ist der Hund Mr. Goodwin durch das Menschengewirr der Stadt gefolgt? Mr. Cramers Unterstellung, er habe den Hund weggelockt, ist barer Unsinn. Mr. Goodwin ist, wie viele Männer, der Überzeugung, sowohl auf Hunde als auch auf Frauen eine unwiderstehliche Anziehungskraft auszuüben, und zweifellos hat hier seine Eitelkeit seinen Intellekt etwas beeinträchtigt, da sonst auch er zum gleichen Schluß gelangt wäre wie ich. Der Hund ist nicht ihm gefolgt; der Hund ist dem Mantel nachgelaufen. Sie werden sich, genau wie ich, fragen, wie kommt es, daß Mr. Kampfs Hund Mr. Meegans Mantel folgt. Ich weiß keine Antwort darauf. Denn da es fraglos Mr. Kampfs Hund war, konnte es nicht Mr. Meegans Mantel gewesen sein. Es ist mehr als eine Mutmaßung – es ist eine fast hundertprozentige Gewißheit –, *daß es Mr. Kampfs Mantel war!*«

Sein Blick richtete sich auf den verlassenen Ehemann. »Mr. Meegan. Vor gut zwei Stunden erfuhr ich durch Mr. Goodwin von Ihrer Behauptung, nie etwas von Mr. Kampf gehört oder gesehen zu haben. Das war höchst aufschlußreich, aber bevor ich nach Ihnen schicken ließ, mußte ich erst noch meine Vermutung bestätigt haben, daß die Frau, die für Mr. Chaffees Bild Modell gestanden hat, ihre Gattin ist. Ich würde es gern aus Ihrem eigenen Mund hören. Sind Sie Philip Kampf je begegnet, als er noch am Leben war?«

Meegan hielt seinem Blick stand. »Nein.«

»Möchten Sie diese Behauptung nicht einschränken?«

»Nein.«

»Wie sind Sie dann an seinen Regenmantel gekommen?«

Meegan mahlte mit den Kiefern. »Ich hatte seinen Regenmantel nicht, und wenn doch, war ich mir dessen nicht bewußt.«

»Das genügt nicht. Ich warne Sie, Sie befinden sich in Lebensgefahr. Der Regenmantel, den Sie in dieses Haus gebracht und hier zurückgelassen haben, ist jetzt draußen an der Garderobe im Flur. Es läßt sich problemlos feststellen, daß er Mr. Kampf gehört hat und von ihm getragen wurde. Woher haben Sie ihn?«

Meegan mahlte noch etwas mehr mit den Kiefern. »Wenn er Kampf gehört hat, dann kann ich ihn nicht gehabt haben. Sie versuchen mir da was unterzuschieben. Sie können nicht beweisen, daß das der Mantel ist, den ich hier gelassen habe.«

Wolfe schlug einen schärferen Ton an. »Eine letzte Chance. Haben Sie eine Erklärung, wie Kampfs Mantel in Ihren Besitz gekommen ist?«

»Nein, und ich brauche auch keine.«

Vielleicht war er ja wirklich nicht total auf den Kopf gefallen. Falls er auf dem Heimweg nicht gemerkt hatte, daß er den falschen Mantel trug – und in seiner damaligen Verfassung könnte es ihm durchaus entgangen sein –, dann war das jetzt alles so überraschend für ihn gekommen, daß ihm keine Zeit mehr geblieben war, darüber nachzudenken.

»Dann sind Sie erledigt«, sagte ihm Wolfe. »Denn irgendwo muß Ihr eigener Mantel sein, und ich glaube auch zu wissen, wo. Im Polizeilabor. Mr. Kampf hatte einen Mantel an, als Sie ihn ermordet und seine Leiche die Treppe hinuntergestoßen haben – und das erklärt, warum der Hund heute morgen, als die Polizei dieses Experiment veranstaltete, kein Interesse an der Stelle zeigte, wo die Leiche gelegen war. Kampf hatte nicht seinen Mantel an, sondern Ihren. Wenn Sie uns schon nicht erklären wollen, wie Sie an Mr. Kampfs Mantel gekommen sind, dann erklären Sie uns, wie er an Ihren gekommen ist. Oder wollen wir Ihnen da auch was unterschieben?«

Wolfe deutete mit dem Finger auf ihn. »Ich sehe das Aufblitzen von Hoffnung in Ihrem Blick, und ich glaube zu wissen, was es bedeutet. Aber Ihr Verstand hinkt da etwas hinterher. Falls Sie Kampf, nachdem Sie ihn umgebracht hatten, Ihren Regenmantel ausgezogen und den angezogen haben sollten, den sie für seinen hielten, so hilft Ihnen das nichts. Denn in diesem Fall war der Mantel, den die Leiche anhatte, der von Mr. Goodwin, und das ist etwas, was sich zweifelsfrei feststellen läßt. Und wie wollen Sie das erklären? Der Fall ist hoffnungslos, und ...«

In dem Moment sprang Meegan auf, aber bevor er noch einen Schritt nach vorn tun konnte, hatte Purley seine großen Pranken auf seinen Schultern und drückte ihn wieder auf seinen Platz nieder.

Und Jewel Jones sprudelte los: »Hab' ich Ihnen nicht gesagt, daß er mich umbringen wird! Ich hab's doch gewußt! Er hat ja auch Phil umgebracht!«

Wolfe fuhr sie an: »Woher wissen Sie, daß er das getan hat?«

Ihrem Blick und ihrem heftigen Zittern nach zu schließen, bekam sie in spätestens zwei Minuten einen hysterischen Anfall. Aber vorher platzte sie noch heraus:

»Weil Phil mir erzählt hat – er hat mir erzählt, er wüßte, Dick wäre hier, um nach mir zu suchen, und er wußte, welche Angst ich vor ihm hatte, und er hat gesagt, wenn ich nicht zu ihm zurückkomme, sagt er Dick, wo ich bin. Ich habe nicht wirklich geglaubt, daß er das tun würde – ich konnte mir nicht vorstellen, daß Phil so gemein sein könnte –, und deshalb habe ich es ihm nicht versprochen.

Aber gestern vormittag rief er mich an und sagte, er hätte Dick gesehen und ihm gesagt, er wüßte, wer für dieses Bild Modell gestanden hat. Er behauptete, er wollte sich am Nachmittag noch einmal mit ihm treffen und ihm alles über mich erzählen, wenn ich nicht zu ihm zurückkäme, und daraufhin habe ich es ihm versprochen. Ich dachte mir, auf diese Weise etwas Zeit zu gewinnen, um mir zu überlegen, was ich weiter tun sollte. Aber Phil muß sich trotzdem noch mal mit Dick getroffen haben.«

»Wo hatten sich die beiden am Vormittag getroffen?«

»In Phils Wohnung. Hat er gesagt. Und er hat gesagt – darum weiß ich, daß Dick ihn umgebracht hat – er hat gesagt, Dick wäre mit seinem Regenmantel weggegangen, und er mußte lachen und sagte, Dick könnte gern seinen Regenmantel haben, wenn er dafür Dicks Frau bekäme.« Inzwischen zitterte sie stärker. »Und ich gehe jede Wette ein, daß er das Dick gesagt hat! Ich wette, er hat gesagt, ich würde zu ihm zurückkommen und daß er fände, das wäre ein guter Tausch – ein Regenmantel gegen eine Frau! Das sähe Phil ähnlich!«

Sie kicherte. Es ging mit einem Kichern los, und dann brannten ihr die Sicherungen durch. Wenn in diesem Büro etwas passiert, das eine Frau die Nerven verlieren läßt – was bereits mehr als einmal der Fall war –, fällt es normalerweise mir zu, mich darum zu kümmern. Aber diesmal waren drei andere Kerle, mit Chaffee an der Spitze, zur Stelle, und ich war froh, Jewel Jones ihnen überlassen zu können. Was Wolfe anging, so nahm er Reißaus. Wenn es etwas gibt, dem er sich partout nicht aussetzen will, dann ist es eine Frau, die von ihren Gefühlen überwältigt wird. Er stand auf und verließ den Raum. Was Meegan anging, nahmen sich Purley und Cramer seiner an.

Als sie mit ihm abzogen, nahmen sie den Hund nicht mit. Zur Beruhigung all jener unter Ihnen, die der – meines Wissens – weitverbreiteten Meinung anhängen, einem Hund einen anderen Namen zu geben, mache diesen neurotisch, möchte ich hinzufügen, daß er inzwischen so auf ›Jet‹ reagiert, als hätte ihn seine Mutter schon so gerufen, bevor er auch nur die Augen aufbekam.

Bezüglich des Regenmantels hatte Wolfe recht gehabt. Kampf hatte Meegans Regenmantel angehabt, als er umgebracht wurde, und weil das natürlich nicht ging, zog ihn Meegan ihm aus, nachdem er ihn erwürgt hatte. Statt dessen zog er ihm den Mantel an, von dem er annahm, er gehörte Kampf. Bloß war es meiner. Im Zuge der Beweiserhebung durch den Staatsanwalt fuhr ich nach Downtown ins Polizeipräsidium und identifizierte ihn. Beim Prozeß erleichterte er den Geschworenen die Entscheidung, daß Meegan die Höchststrafe verdient hatte. Nachdem auch das vorüber war, hätte ich ihn vermutlich zurückfordern können, aber so ganz konnte ich mich mit diesem Gedanken nicht anfreunden. Mein neuer Mantel hat nämlich eine andere Farbe.

Deutsch von Sepp Leeb

PATRICK QUENTIN

Rätsel um Poppy

Ja, Miß Crump«, zischte Iris in den Hörer. »Nein, Miß
Crump. Dann eben nicht, Miß Crump.«

Meine Frau knallte den Hörer auf die Gabel.

»Und?« fragte ich.

»Sie will uns den Innenhof nicht benutzen lassen. Wegen diesem blöden Hund, diesem großen, fetten Bernhardiner. Er darf nicht gestört werden.«

»Warum?«

»Er darf durch nichts aus der Ruhe gebracht werden.
Er – oder genauer: sie – wird Mutter. Peter, das ist einfach das Letzte. Da muß doch was im Mietvertrag stehen.«

»Tut es aber nicht«, sagte ich.

Als ich für meinen Landurlaub unsere Hälfte der La
Jolla-Hacienda gemietet hatte, stand im Mietvertrag aus-
drücklich, daß alle Rechte auf den dazugehörigen Innenhof bei unserer exzentrischen Mitbewohnerin lagen. Das
hätte an sich nichts weiter ausgemacht, es wurde jedoch
zum Problem, weil Iris vor kurzem über Nacht ein
berühmter Filmstar geworden war und wir uns unmöglich auf der Straße sehen lassen konnten, ohne von einer
Menschenmenge umringt zu werden. Die letzten paar
Tage waren wir in unserer Wohnung buchstäblich bela-
gert worden. An sich fanden wir es toll, gemeinsam be-
lagert zu werden, aber selbst Héloise und Abelard wollten ab und zu an die frische Luft.

Deshalb wurde der Innenhof plötzlich so wichtig.

Durch die verschlossene Glastür spähte Iris auf die
verbotenen Freuden des Innenhofs hinaus. Plötzlich
drehte sie sich um.

»Peter, ich sterbe noch, wenn ich nicht bald was in meine Lunge bekomme – Ozon und so. Es wird uns wohl nichts übrigbleiben, als an den Strand zu gehen.«

»Um uns von deinen Fans in Stücke reißen zu lassen?«

»Es tut mir wirklich leid, Schatz.« Iris schälte sich aus ihrem Morgenmantel und schlüpfte in eine Hose und ein Hemdblusenkleid. Sie warf mir meine Marinemütze zu. »Auf, Lieutenant – in die Schlacht.«

Als wir auf die Straße hinaustraten, stießen wir frontal mit einem Mann zusammen, der Lebensmittel ins Haus trug. Während wir uns von Selleriestangen befreiten, ertönte ein Klicken und dann ein entzücktes Quietschen, gefolgt von einem durchdringenden Pfiff. Als ich mich umdrehte, fiel mein Blick auf ein kleines Mädchen, das mit einer Kamera auf der Lauer gelegen hatte, ein unansehnliches kleines Mädchen mit schmutzigblonden Zöpfen und einer Zahnspange.

»Thuper«, jubelte sie. »Für diethen Thnappthuth kriege ich zwei Dollar von Barney Thtone. Er itht gantth weg von Ihnen, Mith Duluth.«

Auf ihren Pfiff hin tauchten ringsum wie aus dem Nichts heraus scharenweise andere Kinder auf und stürmten auf uns zu. Der Lebensmittellieferant kam aus dem Haus. Passanten blieben stehen, glotzten und kamen näher – eine Frau in knallroter Hose, zwei Matrosen, ein Schwarm junger Mädchen, ein Polizist.

»Jetzt reicht's«, sagte Iris finster.

Sie riß sich von ihren Fans los, marschierte zu den zwei Eingangstüren unserer Hacienda zurück und klingelte an der, die nicht unsere war. Sie nahm den Finger nicht von der Klingel. Endlich ertönte das leise Klirren einer Sicherheitskette, und die Tür ging gerade weit genug auf, um den Blick auf das Gesicht von Miß Crump freizugeben. Es war ein kleines, verwelktes Gesicht mit einem äußerst unfreundlichen Ausdruck.

»Ja?« fragte Miß Crump.

»Wir sind die Duluths«, sagte Iris. »Ich habe eben mit Ihnen telefoniert. Ich weiß das mit Ihrem Hund, aber ...«

»Nicht *mein* Hund«, korrigierte sie Miß Crump. »Mrs. Wilberframes Hund. Die verstorbene Mrs. Wilberframe aus Glendale, die in Ogden Bluffs, Utah, einen Neffen und eine Nichte hat, über die ich so verschiedenes weiß. Das heißt, sie *sollten* in Ogden Bluffs sein.«

Diese unnötige Auskunft wurde uns entgegengeschleudert wie ein Fehdehandschuh. Doch dann rötete sich Miß Crumps Gesicht in plötzlicher, grübchenwangiger Freude.

»Duluth! Iris Duluth: Sie sind die berühmte Iris Duluth vom Film?«

»Ja«, sagte Iris.

»Aber warum haben Sie mir das am Telefon nicht gleich gesagt? Meine Lieblingsschauspielerin! Mein Gott, wie aufregend! Sie Arme – von Ihren Verehrern bedrängt. Aber natürlich können Sie meinen Innenhof benutzen. Ich gebe Ihnen die Schlüssel für die Tür. Aber selbstverständlich.«

Wie durch ein Wunder war plötzlich die Kette von der Tür, sie ging halb auf, aber dann stoppte sie. Miß Crump sah mich mit neu erwachendem Argwohn an.

»Sind Sie Miß Duluth' Mann?«

»Mrs. Duluth' Mann«, korrigierte ich sie. »Lieutenant Duluth.« Sie sah mich immer noch argwöhnisch an. »Können Sie das auch beweisen?«

Inzwischen überraschte mich bei Miß Crump nichts mehr. Aus meiner Brieftasche fummelte ich einen eselsohrigen Schnappschuß von Iris und mir heraus, wie wir in vollem Hochzeitsstaat vor einer Kirche standen. Miß Crump studierte ihn sorgfältig und gab ihn mir dann zurück.

»Sie müssen mich entschuldigen. Was für eine entzückende Braut! Es ist nur, ich kann nicht vorsichtig genug sein – wegen Poppy.«

»Poppy?« fragte Iris. »Der Bernhardiner?«

Miß Crump nickte. »Es ist Poppys Haus, wissen Sie. Poppy zahlt die Miete.«

»Der Hund«, fragte Iris zögernd, »zahlt die Miete?«

»Ja, meine Teuerste. Poppy ist sehr wohlhabend. Sie ist ja noch ein halbes Kind, aber ich schätze, sie ist einer der reichsten Hunde der Welt.«

Obwohl wir hinsichtlich Miß Crumps geistiger Gesundheit ernste Bedenken hegten, hatten wir im Handumdrehen unsere Badesachen angezogen und traten durch die offene Tür in den sonnenbeschienenen Innenhof hinaus. Miß Crump stellte uns Poppy vor.

Trotz unserer bisherigen Vorbehalte hatten wir Poppy sofort ins Herz geschlossen. Sie war nichts weiter als ein großes, aufgewecktes, natürliches Hundemädchen, das durch seinen Reichtum in keiner Weise verdorben worden war. Sie begrüßte uns mit ausgiebigem Schwanzklatschen, sprang an Iris hoch und tupfte mit einer langen rosa Zunge nach ihrer Wange. Später, als wir uns unter Orangenbäumen auf gestreiften Matratzen niedergelassen hatten, rollte sie sich neben mir zu einem großen, unbeholfenen Ball zusammen und legte ihre mächtige Schnauze auf meinen Bauch.

»Schauen Sie nur, sie mag Sie.« Miß Crump strahlte. »Ich wußte es doch!«

Iris, die die Sonne genoß, stellte die höfliche Frage. »Wie war das eigentlich mit Poppy? Wie hat sie so viel Geld verdient?«

»Oh, sie hat es nicht verdient. Sie hat es geerbt.« Miß Crump setzte sich auf einen weißen Metallstuhl. »Mrs. Wilberframe war eine sehr wohlhabende Frau. Sie hat Poppy über alles geliebt.«

»Und ihr bei ihrem Tod ihr ganzes Geld hinterlassen?« fragte ich.

»Nicht alles. Mir hat sie auch eine kleine Pension ausgesetzt. Ich war lange ihre Haushälterin, wissen Sie.

Aber jetzt kümmere ich mich um Poppy. Deshalb habe ich die Pension bekommen. Poppy zahlt mir auch ein großzügiges Gehalt.« Sie befingerte unscheinbare Perlen an ihrem Hals. »Mrs. Wilberframe fand, für Poppy wäre nur das Beste gut genug, und ich gebe mir wirklich Mühe, alles richtig zu machen. Natürlich hat Poppy das große Schlafzimmer. Ich nehme das kleine nach vorn raus. Und dann, wenn Poppy Steak zum Abendessen kriegt, esse ich einen Hamburger.« Sie setzte eine entschlossene Miene auf. »Ich hätte keine ruhige Minute mehr, wenn ich das Gefühl hätte, Poppy bekäme nicht das Beste.«

Poppy, deren Kopf auf meinem Bauch ruhte, mußte husten. Entschuldigend klopfte sie mit dem Schwanz auf die Steinplatten.

Iris streckte die Hand aus, um sie zu streicheln. »Ist sie schon lange reich?«

»O nein, Mrs. Wilberframe ist erst vor ein paar Wochen gestorben.« Miß Crump hielt inne. »Für mich bedeutet das eine große Verantwortung.« Sie hielt wieder inne und platzte dann heraus: »Ich darf doch davon ausgehen, daß Sie mir und Poppy nichts Böses wollen, oder? Aber sicher, wie sollten Sie auch. Bitte, bitte, wollen Sie mir nicht helfen? Ich bin ganz allein und habe solche Angst.«

»Angst?« Ich sah sie an und erkannte, daß ihr kleines Vogelgesicht tatsächlich angstverzerrt war.

»Um Poppy.« Miß Crump beugte sich vor. »Ach, Lieutenant, es ist der reinste Alptraum. Ich weiß es ganz genau. Ich weiß, sie wollen sie umbringen!«

»Wer sind ›sie‹?« Iris setzte sich kerzengerade auf.

»Mrs. Wilberframes Neffe und seine Frau. Aus Ogden Bluffs in Utah.«

»Die Verwandten, von denen Sie uns vorhin, beim Öffnen, erzählt haben?«

»Ich erzähle jedem von ihnen, der hierher kommt.

Wissen Sie, ich weiß nicht, wie sie aussehen, und ich möchte nicht, daß sie denken, ich wäre nicht auf der Hut.«

Ich sah sie mir näher an. Man hätte annehmen können, sie sei eine verrückte alte Schachtel, bei der eine Schraube locker war. Aber das war nicht der Fall. Sie sah nett und ganz normal aus, nur verängstigt.

»Oh, das sind keine guten Menschen. Ganz und gar nicht. Die schrecken vor nichts zurück. Damals in Glendale habe ich Fleischstücke im Vorgarten gefunden. Vergiftetes Fleisch, da bin ich ganz sicher. Und auf einer einsamen Straße haben sie auf Poppy geschossen. Bei der Polizei haben sie mich nur ausgelacht. Ein Auto sei es gewesen, das eine Fehlzündung hatte, haben sie gesagt. Aber ich weiß, daß es nicht so war. Ich weiß: sie werden nicht eher ruhen, als bis Poppy tot ist.« Sie schlug ihre kleinen Hände vors Gesicht. »Ich bin aus Glendale vor ihnen geflohen. Deswegen bin ich nach La Jolla gezogen. Aber sie haben uns aufgespürt. Das weiß ich ganz sicher. O mein Gott, die arme Poppy. Sie ist so lieb und will niemandem etwas Böses.«

Als Poppy ihren Namen hörte, lächelte sie hechelnd.

»Aber dieser Neffe und seine Frau aus Ogden Bluffs, warum wollen sie Poppy umbringen?« Ein detektivischer Eifer, den ich bereits zur Genüge kannte, ließ die Augen meiner Frau aufleuchten. »Haben sie es auf ihr Geld abgesehen?«

»Natürlich«, sagte Miß Crump leidenschaftlich. »Es ist das Testament. Der Neffe ist Mrs. Wilberframes einziger noch lebender Verwandter, aber sie hat ihm ganz bewußt nichts vermacht – was ich sehr gut verstehen kann. Das ganze Geld geht an Poppy und – äh – Poppys Junge.«

»Ficht der Neffe denn dieses seltsame Testament nicht an?« fragte ich.

»Noch nicht. Ein Testament anzufechten kostet eine

Menge Geld – die Anwaltskosten und so. Es käme ihn wesentlich billiger, Poppy umzubringen. Dazu müssen Sie wissen, es gibt einen Haken im Testament: Wenn Poppy stirbt, bevor sie Mutter wird, erbt der Neffe das ganze Vermögen. Oh, ich habe alles in meiner Macht Stehende getan. Sobald die – äh – die geeignete Zeit kam, habe ich einen Mann für Poppy ausgesucht. Und jetzt werden in wenigen Wochen die – die Jungen kommen. Aber diese paar Wochen…«

Miß Crump betupfte sich mit einem kleinen Taschentuch die Augen. »Die Polizei von Glendale hat überhaupt kein Verständnis gezeigt. Sie haben mir sogar zu verstehen gegeben, daß in diesem Bundesstaat auf das Töten eines Hundes eine schockierend niedrige Strafe steht – bestenfalls eine kleine Geldstrafe. Ich habe die Polizei hier angerufen und um Schutz ersucht. Sie haben zwar gesagt, sie würden ab und zu jemand vorbeischicken, aber sie waren alles andere als höflich. Sie sehen also, vom Gesetz habe ich keinen Schutz zu erwarten und auch keine Wiedergutmachung. Es gibt niemand, der mir hilft.«

»Sie haben doch uns«, beschwichtigte Iris in einem Ausbruch von Mitgefühl.

»Oh… oh…« Das Taschentuch flatterte von Miß Crumps Gesicht fort. »Ich wußte doch, daß ich auf Sie zählen kann. Was sind Sie doch für liebe Menschen. O Poppy, sie wollen uns helfen.«

Poppy, die damit beschäftigt war, meinen Bauch zu lecken, reagierte nicht. Etwas bestürzt über Iris' vorschnelle Zusage, aber bereit, sie zu unterstützen, sagte ich:

»Aber sicher helfen wir Ihnen, Miß Crump. Sagen Sie doch, wie heißt denn der Neffe?«

»Henry. Henry Blodgett. Aber diesen Namen wird er nicht benutzen. Dazu ist er zu gerissen.«

»Und Sie wissen auch nicht, wie er aussieht?«

»Mrs. Wilberframe hat schon vor vielen Jahren jedes Foto von ihm vernichtet, nachdem er sie als kleiner Junge gebissen hatte. Er hatte blonde Locken, soviel ich weiß. Damals fing dieser Ärger an.«

»Wissen Sie wenigstens, wie alt er ist?«

»Er müßte um die dreißig sein.«

»Und seine Frau?« fragte Iris.

»Über sie weiß ich nichts«, murmelte Miß Crump eisig, »außer, daß sie rothaarig sein soll, eine ehemalige Schauspielerin.«

»Und wie kommen Sie darauf, daß einer von ihnen oder beide nach La Jolla gekommen sind?«

Miß Crump verschränkte die Hände in ihrem Schoß. »Wegen dieses Anrufs gestern abend.«

»Was für ein Anruf?«

»Eine Stimme fragte, ob ich Miß Crump bin, und dann – Stille.« Miß Crump beugte sich zu mir vor. »Mein Gott, jetzt wissen sie, daß ich hier bin. Sie wissen, daß ich Poppy nie nach draußen lasse. Sie wissen, daß ich den Innenhof jeden Morgen nach Fleisch und Fallen absuche. Sie müssen gemerkt haben, daß die einzige Möglichkeit, an sie ranzukommen, ist, ins Haus einzudringen.«

»Einbrechen?«

Miß Crump schüttelte ihre Locken. »Auszuschließen ist es zwar nicht. Aber ich glaube, sie werden es eher mit List und Tücke versuchen als mit Gewalt. Vor allem dagegen müssen wir uns wappnen. Sie beide sind die einzigen Menschen, die seit diesem Anruf an der Tür waren. Jeder, der also von jetzt an vor Ihrer oder meiner Wohnungstür auftaucht, ganz gleich, unter welchem Vorwand…« Sie sprach leiser. »Jeder kann Henry Blodgett oder seine Frau sein, und wir müssen sie überlisten.«

Auf Poppys kostbaren Ohren ließ sich eine Fliege nieder. Sie schien es nicht zu merken. Miß Crump sah uns ernst an und schnalzte plötzlich, ärgerlich über sich selbst, mit der Zunge.

»Du meine Güte, da belaste ich Sie mit Poppys Problemen, und dabei müssen Sie doch sicher hungrig sein. Wie wär's mit einem kleinen Salat? Ich habe immer ein schlechtes Gewissen, wenn ich tagsüber was esse, wenn Poppy nur einmal am Tag, am Abend, was zu fressen bekommt. Aber wenn wir Gäste haben – ja, und Verbündete noch dazu –, dann bin ich sicher, daß Mrs. Wilberframe bestimmt nichts gegen so eine Ausgabe einzuwenden hätte.«

Mit einem Lächeln, halb schüchtern, halb verschwörerisch, flatterte sie davon.

Ich sah Iris an. »Tja, ist sie verrückt, oder sollen wir ihr glauben?«

»Ich bin für letzteres«, antwortete meine Frau, »wir glauben ihr.«

»Warum?«

»Einfach so.« Da war wieder dieser verklärte Gesichtsausdruck, der ihr in ihrem letzten Film so viele Bewunderer eingetragen hatte. »Ach, Peter, das wird ja richtig spannend. Eine schöne Bernhardinerin in Gefahr. Ein Bösewicht mit goldenen Locken, der seine Tante gebissen hat.«

»Jetzt hat er bestimmt keine goldenen Locken mehr«, sagte ich. »Inzwischen ist er ein großer Junge.«

Iris' Körper war warm von der Sonne, als sie sich über mich beugte und beide Arme um Poppys kräftigen Hals schlang. »Arme Poppy«, sagte sie. »Also wirklich, so was dürfte einem Hund nicht passieren!«

Der erste Zwischenfall ereignete sich ein paar Stunden nach Miß Crumps kleinem Salatsnack. Iris und ich sonnten uns noch. Miß Crump, die in ihrer Wohnung für sich und Poppy Abendessen machte, kam angelaufen und stieß aufgeregt hervor:

»Da ist ein Mann an der Tür! Er behauptet, er ist von der Elektrizitätsgesellschaft und soll den Stromzähler ablesen. Ach herrje, wenn er echt ist und wir ihn nicht hereinlassen, dann gibt es sicher Ärger mit der Elektrizitätsgesellschaft. Aber wenn...« Sie rang die Hände. »Mein Gott, was sollen wir bloß tun?«

Ich griff nach meinem Bademantel. »Sie und Iris bleiben hier. Und um Mrs. Wilberframes willen, passen Sie auf Poppy auf.«

Der Mann stand noch vor der abgeschlossenen Eingangstür. Er war um die dreißig, hatte schütteres Haar und trug ein Veteranenabzeichen. Er zeigte mir seinen Ausweis. Es schien nichts daran auszusetzen zu sein. Es gab keinen Grund, ihn nicht hereinzulassen. Ich führte ihn in die Küche, wo Poppys üppiges Steak und Miß Crumps bescheidener Hamburger auf dem Tisch angerichtet waren. Ich blieb in der Nähe des Mannes, während er den Zähler ablas. Keine Sekunde ließ ich ihn aus den Augen, bis er wieder ging. Auf Miß Crumps besorgte Fragen konnte ich nur sagen, daß der Mann, falls er Henry Blodgett war, nur in Erfahrung gebracht hatte, wieviel Strom sie letzten Monat verbraucht hatte – aber das war auch schon alles.

Den nächsten Besuch bekamen wir ein paar Minuten später. Während sich Iris, inzwischen etwas verärgert, weil sie nicht am Geschehen teilhaben durfte, um Poppy kümmerte, nahmen Miß Crump und ich uns des Besuchs an. Diesmal stand ein schlankes, ziemlich vorlautes junges Mädchen mit leuchtend rotem Haar und einem marineblauen Hosenanzug vor der Tür. Sie war, behauptete sie, die Schwester der Besitzerin der Hacienda und brauchte für die Presse ein Foto – eine Aufnahme ihres Onkels William, der gerade zum Konteradmiral befördert worden war. Das Foto war in einer Truhe im Speicher.

Angesichts dieser höchst ungewöhnlichen Bitte verweigerte ihr Miß Crump den Zutritt. Die Rothaarige war jedoch nicht der Typ, der sich so leicht abwimmeln ließ. Als sie vage von Kündigung zu sprechen begann, setzte ich mich über Miß Crumps Einwände hinweg und erklärte mich bereit, das Mädchen auf den Dachboden zu begleiten. Sie bedachte mich mit einem raschen, geübten Blick und stolzierte in die Diele.

Den Speicher erreichte man über die Hintertreppe hinter der Küche. Ich führte die Rothaarige schnurstracks an den gewünschten Ort. Es gab einige Truhen, die sie durchsuchte. Schließlich fand sie ein Foto eines schlaksigen jungen Mannes in einem Waschbärmantel.

»Mein Onkel William«, verkündete sie, »in jungen Jahren.«

»Nett«, sagte ich.

Ich begleitete sie zur Tür. Auf der Schwelle bedachte sie mich mit einem weiteren ihrer kecken, taxierenden Blicke.

»Wissen Sie was?« sagte sie. »Ich hatte gehofft, Sie würden oben im Speicher einen Annäherungsversuch machen.«

»Warum?« fragte ich.

»Damit ich Ihnen die Ohren hätte ausreißen können.«

Sie ging. Falls sie Mrs. Blodgett war, dann wußte sie, wie man mit Männern umsprang und wie viele Truhen auf dem Dachboden waren – aber das war auch schon alles.

Iris und ich hatten uns angezogen und tranken unter einem grün-weiß gestreiften Sonnenschirm einen Daiquiri, als Miß Crump mit einem jungen Polizisten im Schlepptau erschien. Sie war froh über dessen Anwesenheit. Er war, wie sie sagte, auf ihre Beschwerde hin gekommen. Sie zeigte ihm Poppy und spulte ihre Geschichte über die Blodgetts herunter. Er hielt sie offensichtlich für eine harmlose Irre, aber sie schien es nicht zu merken. Nachdem sie ihn hinausgebracht hatte, setzte sie sich freudestrahlend zu uns.

»Sie haben sich doch hoffentlich seinen Dienstausweis zeigen lassen«, sagte Iris.

»Ich ...« Miß Crumps Miene verdüsterte sich. »Ach du meine Güte, Sie glauben doch nicht etwa, er war gar kein richtiger Polizist ...?«

»Für mich«, sagte Iris, »ist jeder ein Blodgett, solange nicht das Gegenteil bewiesen ist.«

»Ach herrje«, seufzte Miß Crump.

Sonst passierte nichts mehr. Am Abend zogen Iris und ich uns in unseren Teil des Hauses zurück. Poppy hatte uns nur ungern gehen lassen, und wir sie nur ungern zurückgelassen. Wir hatten uns gegenseitig ins Herz geschlossen.

Doch jetzt, wo wir wieder allein waren, verloren die unseligen Blodgetts rasch an Bedeutung. Iris machte aus den Resten vom Vortag ein bemerkenswertes *Bœuf Stroganov* und schlüpfte in ein limonengrünes Negligé, mit dem sie die ganze Mannschaft der Pazifikflotte in hellen Aufruhr versetzt hätte. Gerade als wir uns dem widmeten, was ein Seemann auf Landurlaub mit seinem Mädchen am liebsten tut, klingelte das Telefon. Ich langte über Iris hinweg nach dem Hörer, sagte »hallo« und war plötzlich ganz bei der Sache, als ich Miß Crumps Stimme vernahm. Irgend etwas stimmte mit ihr ganz und gar nicht. Sie klang heiser und außer Atem.

»Kommen Sie«, stieß sie hervor. »Bitte kommen Sie. Die Tür zum Innenhof. Bitte schnell ...«

Die Stimme verstummte. Ich hörte das Scheppern eines herunterfallenden Hörers.

»Da muß was mit Poppy sein«, sagte ich zu Iris. »Schnell.«

Wir rannten in den dunklen Innenhof hinaus. Auf der anderen Seite konnte ich die erhellte Tür zu Miß Crumps Wohnung sehen. Sie stand halb offen, und während ich noch schaute, zwängte sich Poppy durch sie hindurch nach draußen. Winselnd kam sie auf uns zugerannt.

»Poppy fehlt nichts«, sagte Iris. »Schnell!«

Wir rannten auf Miß Crumps Tür zu. Poppy stürmte an uns vorbei ins Wohnzimmer. Wir hinterdrein. Alle Lichter waren an. Poppy rannte zu der Stelle hinter einem Sofa mit hoher Lehne, auf die auch wir zustürmten, um nachzuschauen.

Poppy kauerte auf dem Teppich. Ihre Schnauze hatte sie auf die Vorderpfoten gelegt. Sie jaulte und starrte Miß Crump an.

Poppys Haushälterin war ebenfalls auf dem Boden. Sie lag reglos auf dem Rücken, ihre Beine waren verdreht, ihr kleines, fahles Gesicht verzerrt, ihre Lippen zu einem schrecklichen Grinsen gedehnt.

Ich kniete neben Poppy nieder. Dann griff ich nach Miß Crumps schmalem Handgelenk und fühlte ihren Puls. Poppy heulte immer noch. Iris stand da, kerzengerade und leichenblaß.

»Peter, sag schon. Ist sie tot?«

»Noch nicht ganz. Aber fast. Gift. Sieht nach Strychnin aus ...«

Wir riefen sofort einen Arzt, dann die Polizei. Der Arzt kam, murmelte schockiert etwas von einer Strychninvergiftung und ließ Miß Crump schnellstens ins Krankenhaus bringen. Ich fragte, ob sie eine Chance hätte. Er antwortete nicht. Ich wußte, was er meinte. Kurz darauf kam die Polizei, und es gab so viel zu sagen und zu tun und zu bedenken, daß ich nicht dazu kam, an die arme Miß Crump zu denken.

Wir erzählten Inspektor Green die Geschichte mit den Blodgetts. Für uns stand völlig außer Frage, daß Miß Crump versehentlich an Poppys Stelle von ihnen vergiftet worden war. Da außer den drei Besuchern niemand das Haus betreten hatte, mußte einer von ihnen, da waren wir uns sicher, ein Blodgett gewesen sein. Der Inspektor bräuchte nichts anderes zu tun, als diese drei Personen ausfindig zu machen und festzustellen, welche von ihnen ein Blodgett war.

Inspektor Green sah uns mit unergründlicher Miene an und äußerte sich nicht weiter dazu. Nachdem er gegangen war, nahmen wir die herrenlose Poppy in unsere Wohnung mit. Sie kletterte aufs Bett und streckte sich zwischen uns aus, klopfte mit dem Schwanz aufs Laken und ließ ihren Kopf auf die Kissen nieder. Wir brachten es nicht über uns, sie zu vertreiben. Es wurde nicht gerade unsere schönste Nacht.

Früh am nächsten Morgen führte uns ein Polizist in Miß Crumps Wohnung. Inspektor Green wartete im Wohnzimmer. Sein durchdringender Blick gefiel mir ganz und gar nicht.

»Wir haben den Hamburger untersucht, den sie gestern abend gegessen hat«, sagte er. »Es war genug Strychnin drin, um einen Elefanten umzubringen.«

»Im Hamburger!« rief Iris aus. »Das beweist, daß sie von den Blodgetts vergiftet wurde!«

»Warum?« fragte Inspektor Green.

»Weil sie nicht wußten, wie korrekt Miß Crump war. Sie konnten nicht wissen, daß sie für Poppy immer ein Steak gekauft hat und für sich nur einen Hamburger. Sie haben das Steak und den Hamburger stehen sehen und sind natürlich davon ausgegangen, der Hamburger wäre für Poppy. Deshalb haben sie ihn vergiftet.«

»Ganz richtig«, fiel ich ein. »Das Steak und der Hamburger standen auf dem Küchentisch, als gestern die drei fraglichen Personen ins Haus kamen.«

»Ich verstehe«, sagte der Inspektor.

Er nickte einem Polizisten zu, worauf dieser den Raum verließ und mit drei Personen zurückkam – dem jungen Mann mit dem schütteren Haar von der Elektrizitätsgesellschaft, dem rothaarigen Vamp und dem jungen Polizisten. Keiner von ihnen machte einen glücklichen Eindruck.

»Können Sie beschwören«, fragte uns der Inspektor, »daß das die einzigen drei Personen sind, die gestern dieses Haus betreten haben?«

»Ja«, sagte Iris.

»Und Sie glauben, einer von ihnen ist entweder Blodgett oder seine Frau?«

»So muß es sein.«

Inspektor Green lächelte schwach. »Mr. Burns hier war bis auf das eine Jahr, das er beim Militär verbrachte, fünf Jahre bei der Elektrizitätsgesellschaft. Das hat man uns dort bestätigt. Miß Curtis wurde als die Schwester der Dame, der dieses Haus gehört, und als Nichte von Konteradmiral Moss identifiziert. Sie steht in keinerlei Verbindung mit irgendwelchen Blodgetts und war nie in Utah.« Er hielt inne. »Und was Officer Patterson angeht, ist er seit acht Jahren bei der Polizei. Ich persönlich habe ihn gestern hierher geschickt, um Miß Crumps Beschwerde nachzugehen.«

Der Inspektor zog einen Umschlag aus der Tasche und warf ihn mir hin. »Ich habe mir aus dem Archiv der *Ogden Bluffs Tribune* diese Fotos von Mr. und Mrs. Henry Blodgett besorgen lassen.«

Ich zog die Fotos aus dem Umschlag. Wir sahen sie an. Weder Mr. noch Mrs. Blodgett sah wie jemand aus, dem man gern im Dunkeln begegnen möchte. Aber keiner von beiden wies auch nur die entfernteste Ähnlichkeit mit einem der drei Verdächtigen vor uns auf.

»Vielleicht interessiert es Sie auch«, fuhr der Inspektor ruhig fort, »daß ich mich bei der Polizei von Ogden Bluffs erkundigt habe. Mr. Blodgett liegt seit über einer Woche krank im Bett, und seine Frau pflegt ihn. Das wird durch ein ärztliches Attest bescheinigt.«

Inspektor Green senkte den Blick auf seine Hände. Es waren tüchtige Hände. »Wie es mir scheint, hat sich Miß

Crump diese ganze Blodgett-Geschichte nur zusammen-gesponnen – oder aber Sie.« Seine grauen Augen durch-bohrten uns förmlich. »Wenn wir also die Blodgetts und diese drei Personen aus dem Kreis der Verdächtigen streichen müssen, bleiben nur noch zwei, die Gelegenheit hatten, den Hamburger zu vergiften.«

Iris blinzelte. »Wir?«

»Sie«, sagte Inspektor Green fast traurig.

Natürlich nahmen sie uns nicht fest. Wir hatte kein ersichtliches Motiv. Aber Inspektor Green befragte uns gründlich, und als er ging, bezog ein Polizist vor unserer Tür Stellung.

Wir verbrachten einen sorgenvollen Nachmittag damit, uns den Kopf zu zerbrechen, ohne zu einem Ergebnis zu kommen. Es war Iris, die schließlich auf den rettenden Gedanken kam. Sie hatte gerade die Reste des *Stroganov* an Poppy verfüttert, als sie plötzlich ausrief:

»Gütiger Gott im Himmel, natürlich!«

»Was natürlich?«

Mit leuchtenden Augen wirbelte sie zu mir herum. »Barney Thtone«, lispelte sie. »Warum sind wir da nicht gleich draufgekommen? Komm!«

Sie rannte aus dem Haus und packte den wachehaltenden Polizisten am Arm.

»Sie sind doch von hier«, sagte sie. »Wer ist Barney Stone?«

»Barney Stone?« Der Polizist sah sie verdutzt an. »Seinem Vater gehört der Drugstore an der Ecke.«

Iris schleppte mich zu dem Drugstore. Dort sorgte sie für einen ziemlichen Menschenauflauf. Der Polizist folgte ihr auch.

Ein dünner junger Mann mit Brille stand hinterm Ladentisch.

»Mr. Stone?« sprach ihn Iris an.

Sein Unterkiefer klappte nach unten. »Ich werd ver-

rückt, Miß Duluth! Ich hätte mir nie träumen lassen...
Also nein, Miß Duluth, was darf es sein? Zigaretten? Ein
Wecker?«

»Ein kleines Mädchen«, sagte Iris. »Ein kleines
Mädchen mit schmutzigblonden Zöpfen und einer
Zahnspange. Wie heißt sie? Wo wohnt sie?«

Barney Stone sagte prompt: »Sie meinen sicher Daisy
Kornfeld. Nicht besonders hübsch. Wohnt nur ein Stück
die Straße runter. Hausnummer 12. Miß Duluth, ich
weiß...«

»Danke«, fiel ihm Iris ins Wort, und schon waren wir
mit unserem immer größer werdenden Gefolge wieder
unterwegs.

Daisy saß im Kornfeldschen Salon und hämmerte
lustlos auf das Klavier ein. Von einer aufgeregt gurren-
den Mrs. Kornfeld hereingeführt, unterbrach Iris Daisys
Interpretation des *Fröhlichen Landmanns*.

»Daisy, das Foto, das du gestern von mir gemacht
hast, um es Mr. Stone zu verkaufen, ist es schon entwickelt?«

»Nein, Mith Duluth. Ich hab' dath Geld fürth Ent-
wickeln noch nicht beithammen. Fünfundthiebthig
Thenth. Mama gibt mir nur tthen Thentth für eine
Thtunde Klavierüben.«

»Hier.« Iris drückte ihr einen Zehndollarschein in die
Hand. »Ich kaufe den ganzen Film. Schnell, hol die Kamera. Wir lassen ihn sofort entwickeln.«

»Wahnsinn.« Die geldgierige Daisy schaute ungläubig
auf den Zehndollarschein.

Ich schaute auch etwas dumm drein, denn ich blickte
überhaupt nicht durch.

Auch eine Stunde später blickte ich nicht viel besser
durch. Wir waren wieder in unserer Wohnung und war-
teten auf Inspektor Green. Die liebesbedürftige Poppy
versuchte in meinen Schoß zu klettern. Iris, die Barney

Stone becirct hatte, Daisys Filme zu entwickeln, hielt den gelben Umschlag mit den Abzügen in der Hand. Sie hatte unseren Polizisten in geheimer Mission weggeschickt, aber ihr enervierender Hang zur Dramatik hatte sie daran gehindert, mir irgend etwas zu sagen oder zu zeigen. Mir blieb nichts anderes übrig, als auf Inspektor Green zu warten.

Schließlich kehrte Iris' Polizist zurück, und ich hörte, wie sie in der Diele miteinander tuschelten. Dann kam Inspektor Green. Er wirkte kühl und feindselig. Poppy mochte ihn nicht. Sie knurrte. Manchmal war Poppy wirklich clever.

Inspektor Green sagte: »Sie haben sich in der Stadt rumgetrieben. Ich habe Ihnen doch gesagt, Sie sollen hier bleiben.«

»Ich weiß.« Iris' Ton war unterwürfig. »Es ist nur, daß ich herausfinden wollte, wer Miß Crump vergiftet hat.«

»Das wollten Sie also herausfinden«, spöttelte Inspektor Green.

»Ja. Die Sache ist eigentlich ganz einfach. Ich verstehe gar nicht, warum wir nicht gleich darauf gekommen sind.«

»Sie meinen, Sie wissen, wer sie vergiftet hat?«

»Natürlich.« Iris lächelte, ein aufreizendes Lächeln. »Henry Blodgett.«

»Aber ...«

»Fragen Sie bei den Fluggesellschaften nach. Ich bin sicher, Sie werden feststellen, daß Blodgett vor ein paar Tagen hier runter geflogen ist und heute wieder eine Maschine zurück nach Utah genommen hat. Und was die Sache angeht, daß er angeblich krank im Bett lag und von seiner Frau gepflegt wurde, möchte ich mal meinen, daß sich Mrs. Blodgett der Beihilfe zu einem Verbrechen schuldig gemacht hat.«

Inspektor Green machte große Augen.

»Eigentlich ist das Ganze meine Schuld«, fuhr Iris fort.

»Ich habe gesagt, außer diesen drei Personen wäre gestern niemand im Haus gewesen. Allerdings war noch jemand hier. Bloß waren die Umstände, unter denen er hergekommen ist, so selbstverständlich, so alltäglich, daß ich ihn völlig vergessen habe.«

An diesem Punkt begann mir ein Licht aufzugehen. Inspektor Green knurrte: »Und wer ist diese Allerweltstype?«

»Der Mann«, sagte Iris mit zuckersüßer Stimme, »der von allen die beste Gelegenheit hatte, den Hamburger zu vergiften. *Der nämlich, der ihn geliefert hat.* Der Mann aus dem Supermarkt.«

»Und das ist keineswegs nur eine Vermutung. Wir können es beweisen.« Iris kramte in dem gelben Umschlag. »Gestern morgen, als wir ausgingen, stießen wir mit dem Mann zusammen, der Miß Crumps Einkäufe brachte. In diesem Moment hat ein reizendes kleines Mädchen ein Foto von uns geknipst. Dieses Foto.«

Sie suchte einen Abzug heraus und reichte ihn Inspektor Green. Ich stellte mich hinter ihn, um über seine Schulter einen Blick darauf zu werfen.

»Leider fotografiert Daisy eher im impressionistischen Stil«, murmelte Iris. »Diese Hüfte am rechten Rand, das bin ich. Der Hintern gehört meinem Mann. Aber die Gestalt in der Mitte – ein hervorragend getroffenes Porträt von Henry Blodgett, würde ich sagen. Natürlich, wenn man sich die Schürze und den Stoppelbart wegdenkt ...«

Sie hatte recht. Von Iris und mir hatte Daisy fast alles abgeschnitten, aber den Lebensmittelboten hatte sie voll draufbekommen. Und dieser Lebensmittelbote war eindeutig Henry Blodgett.

Iris nickte ihrem Polizisten zu. »Sergeant Blair hat mit einem Abzug dieses Fotos die Runde durch die umliegenden Lebensmittelgeschäfte gemacht. Im Supermarkt haben sie Blodgett wiedererkannt. Sie haben ihn erst vorgestern eingestellt. Er hat gestern morgen ein paar

Lieferungen erledigt, darunter auch die von Miß Crump, und ist dann spurlos verschwunden, ohne sich seinen Lohn auszahlen zu lassen.«

»Tja ...«, stotterte Inspektor Green. »Also dann ...«

»Was können Sie ihm alles zur Last legen?« fragte meine Frau erwartungsvoll. »Versuchten Mord, Betrug, illegalen Besitz von Gift ... Diese Ratte, ich hoffe, Sie machen ihm ordentlich die Hölle heiß, wenn Sie ihn schnappen.«

»Und ob wir uns den schnappen«, erwiderte Inspektor Green.

Iris bückte sich und tätschelte Poppy zärtlich den Kopf. »Keine Sorge, mein Schatz. Miß Crump wird bestimmt wieder gesund, und wir veranstalten eine richtig schöne Taufe für deine Sprößlinge ...«

Iris sollte, was die Blodgetts anging, recht behalten. Die Polizei machte Henry ordentlich die Hölle heiß. Und seine Frau wurde wegen Beihilfe festgenommen. Und auch mit Miß Crump behielt Iris recht. Sie liegt zwar immer noch im Krankenhaus, aber es geht langsam, aber sicher aufwärts mit ihr, so daß sie aller Wahrscheinlichkeit nach an der Taufe teilnehmen können wird.

Mittlerweile bleibt Poppy auf ihren eigenen Wunsch bei uns und harrt voll heiterer Gelassenheit ihrer Entbindung entgegen.

Ist es nicht schön, einen Hund zu haben, der die Miete zahlt?

Deutsch von Sepp Leeb

JOHN LUTZ

Der vierbeinige Komplize

Sam neben mir knurrte, als gefiele ihm der Anblick des imposanten Herrenhauses hinter der Windschutzscheibe nicht. Ich hatte eigentlich nichts gegen den alten Kasten, weil unser Besuch hier mit einem Honorar verbunden war.

Ich bog mit meinem Käfer auf die halbkreisförmige Auffahrt und hielt im Schatten eines der vielen Giebel des Hauses. Auf der anderen Seite der Auffahrt stand eine schlichte graue Limousine, die ich kannte. Sie hier zu sehen, überraschte mich nicht. Als ich Sam die Tür aufmachte, warf ich einen Blick auf die bewaldeten Hügel, die das Haus umgaben, und fragte mich, wieviel davon den Creels wohl gehörten.

Ich klingelte. Ein Butler öffnete die Tür fünfzehn Zentimeter weit und sah mich über seine aristokratische Nase hinweg an. »Milo Morgan«, stellte ich mich vor. »Ich bin mit Vincent Creel verabredet.«

Die Nase senkte sich ein paar Grad, als der Butler Sams gedrungene Gestalt in Augenschein nahm. »Treten Sie bitte ein, Sir. Aber der, äh ...«

»Mr. Creel hat uns beide engagiert«, sagte ich.

In einem großen viktorianischen Raum unterhielt sich Lieutenant Jack Redaway, dessen nicht gekennzeichnetes Polizeiauto vor dem Haus stand, mit den Mitgliedern der Familie Creel. Vincent Creel schüttelte mir die Hand und stellte mich den anderen Familienmitgliedern vor. Da waren der große und elegante Robert, der kleine, muskulöse James, die kleine und fast genauso muskulöse Millicent. Wie Vincent Creel, grauhaarig, weltgewandt und sehr reich, waren auch sie Geschwister des Mordopfers Carl Creel.

Es war Carl Creel gewesen, der mit seinem Bestseller *Wie trotze ich der galoppierenden Inflation* die Familienkasse wieder aufgefüllt hatte. Die Creels, die sich bis dahin mit dem schwindenden Reichtum aus den Ölgeschäften ihrer Vorfahren über Wasser gehalten hatten, waren ihre finanziellen Probleme auf einen Schlag los, nachdem ein großes Filmstudio die Rechte an Carl Creels Buch gekauft und eine kassenträchtige Komödie danach gedreht hatte.

»Mr. Morgan und ich sind uns bereits viel zu oft begegnet«, sagte Lieutenant Redaway. Er sah Sam an. »Ich habe gehört, Sie haben einen neuen Partner.«

»Das ist Sam«, sagte ich. »Er beißt nicht und richtet keine Schweinereien an.«

»Der Gentleman in der Firma. Eigentlich hätte ich gedacht, gerade Sie als Privatdetektiv würden merken, Morgan, daß ›Sam‹ eigentlich nicht zum Geschlecht des Tiers paßt.«

»Das ist kurz für Samantha«, erklärte ich ihm. »Da Sam außerdem sterilisiert ist, benutzen wir der Einfachheit das männliche Fürwort. Aber wir haben sehr beeindruckende – und akkurate – Visitenkarten.«

»Verschonen Sie mich bitte damit. Ich weiß, Sam Spayed.«

»Richtig. Und er hat eine gute Bluthundnase.« Das stimmte. Sam ist ein unscheinbares braunes Tier, das wie eine Mischung aus hundert Rassen aussieht, von denen die letzte Generation Bulldoggen gewesen sein dürften, aber seine Nase ist hundert Prozent reinrassiger Bluthund. »Wir würden uns gern mal den Tatort ansehen«, sagte ich sowohl zu Vincent Creel als auch zu Redaway gerichtet, »bevor der Geruch noch schwächer oder infolge offizieller Pfuscherei ganz ausgelöscht wird.«

Vincent führte mich, Sam und Redaway in ein Arbeitszimmer im Erdgeschoß. »Ich habe gehört, Sie bedienen sich etwas ungewöhnlicher Methoden«, sagte er zu mir. »Man sagt auch, daß Sie damit Erfolg haben. Ich will meine Familie unter allen Umständen von diesem Stigma befreit wissen. Wie wir bereits in Ihrem Büro vereinbart haben, erteile ich Ihnen bei der Aufklärung des Todes meines Bruders völlig freie Hand.«

Ich nickte. Sam hielt seine eingedrückte Bluthundnase an Creels Hosenbein, schnüffelte daran und bedachte Creel mit seinem komischen Vierbeinergrinsen, das alles und nichts bedeuten konnte.

Als uns Vincent Creel im Arbeitszimmer alleinließ, fuhr Redaway seine Stacheln aus. »Sie haben mir hier gerade gefehlt, Sie können einen Fall gründlicher verkorksen als jeder andere Schnüffler, den ich kenne.«

»Wäre der Fall nicht von Anfang an verkorkst worden«, entgegnete ich, »wären Sam und ich nicht von Vincent Creel angeheuert worden.« Ich sah auf den großen, ovalen Blutfleck hinab, den Sam bereits beschnupperte. »Das ist wahrscheinlich die Stelle, wo Carl Creels Leiche entdeckt wurde.«

»Ihre Kombinationsgabe läuft wohl schon auf Hochtouren«, gab Redaway zurück. Er war genauso hundsgemein, wie sein Raubvogelgesicht und seine stechenden schwarzen Augen vermuten ließen.

»Dann schießen Sie mal los«, sagte ich, wohl wissend, daß er sich nicht weigern konnte. Vincent Creel hatte mich engagiert, und wie jeder clevere Cop respektierte Redaway den politischen Einfluß der Creels.

»Vorgestern abend hat Carl hier in seinem Arbeitszimmer gearbeitet«, erklärte Redaway mit einer stinkenden Zigarre im Mund, die er sich gerade ansteckte, »als die anderen Familienmitglieder einen Schuß hörten. Sie kamen alle von da gelaufen, wo sie sich gerade aufgehalten hatten. Carl lag tot auf dem Teppich. Er hatte eine Kugel vom Kaliber 22 im Kopf. Die Tür zur Terrasse stand weit offen, und Caster, der Hund der Familie, ein großer Irish Setter, rannte diesen Hügel dort hinauf, als verfolgte er jemand in den Wald. Da für alle außer Zweifel stand, daß Carl tot war, rief Vincent zuerst die Polizei an und dann einen Arzt.« Redaway verschränkte die Arme und sah aus wie ein Schlot.

»Das war's?« fragte ich.

»Das war ein kurzer Überblick.« Redaway sah nach unten und grinste, als Sam wegen des Zigarrenrauchs hustete und ihn böse anstarrte.

Ich sah mich im Arbeitszimmer um. Der nicht besonders große Raum war mit einem Schreibtisch, einem kleinen Sofa, einem samtbezogenen Sessel, Bücherregalen und Aktenschränken aus Eichenholz eingerichtet. Außer der Tür zur Terrasse gab es zwei Fenster. Die Tür zum Flur hatte ein Schnappschloß und keinen Riegel.

»Also keins dieser Verbrechen von der Stillen-Kämmerlein-Sorte«, sagte ich. »Wie sieht's mit dem Motiv aus?«

»Carl hatte angekündigt, er wolle sämtliche Einkünfte aus seinen Buch- und Filmrechten der Gesellschaft für Schlaflosigkeit spenden, einem New Yorker Forschungsinstitut. Creel hatte nämlich unter chronischer Schlaflosigkeit gelitten. Und nun kamen auch noch die restlichen Familienmitglieder um ihren Schlaf, weil sie Angst hatten, um das Geld zu kommen.«

»Was Sie damit sagen wollen, ist also ...«

»Daß jeder, der zum Zeitpunkt von Carl Creels Tod im Haus war, ein Motiv hatte. Außerdem hatte jeder eine Gelegenheit.«

Sam seufzte und streckte sich an einer Stelle aus, wo die einfallende Sonne ein Band aus Licht auf den Boden zeichnete. Er verliert schnell den Mut. Die ganze gedankliche Schwerstarbeit muß immer ich übernehmen.

»Den Mord hat einer der Creels begangen, die im

Zimmer nebenan sitzen«, sagte Redaway, »aber wir haben keine Handhabe gegen sie, solange sie behaupten können, es war die Tat eines Einbrechers, den Carl überrascht hat.«

»Dieses Einbrechermärchen werden ihnen die Geschworenen aber nicht abnehmen«, wandte ich ein.

»Das werden sie wohl oder übel müssen, wenn wir mit keiner Tatwaffe aufwarten können. Und bisher wurde keine Schußwaffe gefunden. Da sämtliche Creels weniger als eine Minute, nachdem der Schuß gefallen war, hier versammelt waren, blieb praktisch keine Zeit, um die Tatwaffe zu verstecken. Wir haben das Haus und das umgebende Gelände gründlich durchsucht. Keine Schußwaffe. Der Verteidiger kann, und das völlig berechtigterweise, geltend machen, daß sie der Eindringling mitgenommen hat.«

»Dann ist also vielleicht doch jemand ins Haus eingedrungen. Ein Einbrecher, der von Carl Creel überrascht wurde.«

Redaway, mit der Zigarre im Mund, grinste hämisch. »Vielleicht war's ja der Butler?«

Sam und ich tauschten Blicke aus. »Was *ist* eigentlich mit dem Butler?«

»Bart – so heißt der Mann – hatte an diesem Abend frei, und er hat ein hieb- und stichfestes Alibi. Er war mit Jenny, der Köchin der Creels, beim Pferderennen. Das können mehrere Zeugen bestätigen.«

»Wie sieht es mit Fußabdrücken im Freien aus? Und haben Sie nicht gesagt, der Hund hat jemand verfolgt?«

»Wir sind gerade mitten in einer Dürreperiode; der Boden war zu hart für Fußabdrücke. Und Caster kam nach ungefähr einer Stunde wieder nach Hause, mit leeren Pfoten.«

Sam schien zu grinsen und bleckte mit einem kurzen, gutmütigen Knurren die Zähne.

»Wenn es keinen Eindringling gab«, fragte ich, »was

hat der Hund dann Ihrer Meinung nach im Wald verfolgt?«

Redaway zuckte mit den Achseln. »Ein Eichhörnchen,
ein Kaninchen – keine Ahnung. Hunde rennen immer
hinter was her.«

Immer noch grinsend, stand Sam auf und setzte sich
an die Tür. Bei jedem neuen Fall legt er immer wieder
ein unheimliches Gespür für das richtige Timing an den
Tag.

»Dann werde ich jetzt mal mit den einzelnen Verdächtigen reden«, beschloß ich.

»Klar«, sagte Redaway. »Vor allem mit dem Butler.«

Die Familienmitglieder erzählten Sam und mir das, was
sie bereits der Polizei erzählt hatten. Nicht einer von
ihnen beschwerte sich, daß er die ganze Geschichte noch
mal erzählen mußte.

Millicent Creel war im Nähzimmer gewesen und hatte
mit einer Freundin telefoniert, als sie den Schuß hörte.
Die Freundin hatte Millicents Aussage bestätigt und
hatte den Schuß sogar selbst durchs Telefon gehört. Millicent hatte sich entschuldigt und war aus dem Zimmer
gelaufen, um nachzusehen. Sie traf fast zur gleichen Zeit
wie ihre Brüder vor Carls Arbeitszimmer ein. Sie klopften mehrmals kurz hintereinander, dann rissen sie die
Tür auf und fanden Carl tot auf dem Boden liegend vor.
Die Tür zur Terrasse stand offen, und in der Ferne sahen
sie Caster in den Wald laufen, als verfolgte er etwas oder
jemand.

Robert Creel war oben in seinem Schlafzimmer gewesen und hatte ein spätnachmittägliches Nickerchen gemacht. James, der gerade mit Caster von der Jagd zurückgekommen war, hatte im Bad neben seinem Schlafzimmer geduscht. Nur mit einem Handtuch bekleidet,
war er aus seinem Zimmer gestürzt und hatte Robert bereits die Treppe hinunterlaufen sehen. Als sie die Tür

des Arbeitszimmers erreichten, kam Vincent Creel aus dem Keller hoch, wo er in seiner Hobbywerkstatt gearbeitet hatte, und Millicent rannte vom Nähzimmer her den Flur herunter.

»Vergleichen Sie die Entfernungen«, sagte Redaway, als wir wieder allein waren. »Jeder von ihnen könnte Carl Creel erschossen und sich dann an den Ort zurückgezogen haben, von wo er gleich darauf mit den anderen Creels zum Tatort zu eilen vorgab.«

»Nachdem er die Mordwaffe versteckt hatte«, fügte ich hinzu.

»Wenn Sie mir jetzt auch noch sagen können, wo«, sagte Redaway, »dann holen wir die Waffe einfach, verhaften den Schuldigen und legen den Fall zu den Akten.« Er war der einzige Mensch, den ich kannte, der gleichzeitig mit den Zähnen knirschen und eine Zigarre rauchen konnte.

Sam streckte sich neben dem Sofa aus und gab einen Laut irgendwo zwischen einem Knurren und einem Glucksen von sich.

»Lacht der Hund über mich?« fragte Redaway allen Ernstes.

»Ihn stört nur der Rauch«, versicherte ich. »Ich würde gern mal mit dem Butler und der Köchin sprechen.«

Redaway verdrehte die Augen, ließ aber nach Bart und Jenny schicken.

Bart, der Butler, erzählte mir, er sei zum Zeitpunkt des Mordes beim Pferderennen gewesen. In dem Moment, als der Schuß fiel, verlor er gerade zehn Dollar bei der Zweierwette, und um das zu beweisen, hatte er Zeugen und die wertlosen Wettscheinabschnitte. Er sagte, Jenny sei dabeigewesen und habe sich beim Wetten auf ihr kompliziertes System gestützt, das aus einer Mischung aus Astrologie und den Namen exotischer Gewürze bestand. Sie hatte siebenundzwanzig Dollar gewonnen; Bart hatte fünfzig verloren. Sie gingen oft zusammen auf die Rennbahn, in der Regel mit einem ähnlichen Ergebnis.

Da Jenny gerade mit der Zubereitung des Mittagessens beschäftigt war, ging ich in die Küche, um ihr meine Fragen zu stellen und um zu sehen, was für exotische Gewürze sie benutzte. Die Küche der Creels war so groß und so gut bestückt wie die Küche eines mittleren Restaurants. Es gab Fleischwölfe, Hochleistungsküchengeräte, einen riesigen Gefrierschrank und einen Gasherd, der die Hälfte einer Wandseite einnahm. Irgendwas roch gut.

Jenny war eine Frau mittleren Alters, mit runden Schultern und blondem Haar, das sie über ihrer mißtrauisch gerunzelten Stirn zu einem Knoten hochgesteckt hatte. Sam schnupperte die Küchendüfte und ließ sich direkt neben ihr nieder, als ich uns vorstellte. Außerdem hielt sich in der Küche noch ein großer, schlaksiger Irish Setter auf, bei dem es sich vermutlich um Caster handelte. Sam und Caster ignorierten einander, was mich nicht weiter überraschte. So war Sam nun mal und Caster anscheinend auch.

»Ich habe gehört, Sie waren beim Pferderennen, als Carl Creel ermordet wurde.«

Jenny nickte, während sie am Temperaturregler des auf Augenhöhe angebrachten Backrohrs drehte.

»Was haben Sie von Carl Creel gehalten?«

»Haben Sie das die anderen auch gefragt?« Sie sah mich mit ihrem gewitzten Spielerblick unverwandt an.

»Nein. Deren Alibis sind nicht so gut wie Ihres und das von Bart. Bei ihnen ist die Wahrscheinlichkeit nicht so hoch, daß sie mir eine ehrliche Antwort geben.«

Sie lächelte kaum merklich. »Ich konnte ihn nicht leiden. Carl Creel war ein böser und geiziger Mensch. Niemand konnte ihn leiden.«

»Glauben Sie, irgend jemand hier konnte ihn so wenig leiden, daß er ihn ...«

»Woher soll ich das wissen? Ich bin Köchin, keine Psychologin.« Sie langte in die Spüle und holte einen Steakknochen heraus. »Einen netten Hund haben Sie.« Sie bot den Knochen Sam an, der ablehnend den Kopf abwandte. Im Zusammenhang mit dem Hatfield-Fall wollte man ihn vergiften, und seitdem ist er etwas vorsichtig, wenn er von Fremden was zu fressen kriegt.

»Na, dann eben nicht«, sagte Jenny und gab den Knochen Caster, der damit prompt nach draußen verschwand.

»Sam ist unbestechlich«, sagte ich.

»Schlechte Manieren hat er, mehr nicht.« Sie begann Zwiebeln zu schneiden.

»Ist das der heutige Speisezettel?« fragte ich. Mit einem Magnet war am Kühlschrank eine Liste befestigt.

»Ja.«

»Jede Woche der gleiche?«

»Alle zwei Wochen«, sagte Jenny. »Der Abwechslung halber.«

»Montags Roastbeef? Donnerstags Schinken? Freitags Steak?«

»In den ungeraden Wochen«, bestätigte mir Jenny säuerlich.

»Wer übernimmt das Einkaufen?«

»Entweder ich oder Bart.«

»Was machen Sie mit den Abfällen?«

»Wir bringen sie nach draußen, in eine Mülltonne mit einem Plastiksack. Der Müll wird einmal die Woche abgeholt.« *Zack!* fuhr das Messer durch die Zwiebel.

Sam und ich verdrückten uns. Sams Augen tränten.

Danach sprach ich noch mal mit James. Er erzählte mir, er sei am Tag der Ermordung seines Bruders nicht wirklich jagen gewesen, sondern bloß im Wald spazierengegangen und habe dabei zur Übung auf alle möglichen Gegenstände geschossen. Ich ging nach unten, um Vincent im Keller aufzusuchen. Er werkelte mit seinen Heimwerkergeräten herum und machte eine schöne Nußbaumplakette mit dem Creelschen Familienwappen, zwei gekreuzte Ölbohrtürme auf grünem Grund. Nichts Erhellendes bei diesem Gespräch. Als ich Vincent verließ, schnappte ich mir Lieutenant Redaway.

»Kommen Sie voran?« fragte er sarkastisch.

Sam starrte ihn finster an.

»Ich glaube, ich habe die Lösung fast unter Dach und Fach«, sagte ich. »Würden Sie bitte dafür sorgen, daß sich nach dem Mittagessen alle in Carls Arbeitszimmer einfinden?«

Redaway starrte mich mit ungläubiger Feindseligkeit an. »Meinetwegen. Aber wissen Sie, was ich glaube? Das ist nur ein Vorwand, damit Sie zum Essen bleiben können.«

»Heute gibt's Steak mit Salat«, scherzte ich.

»Woher wissen Sie denn das schon wieder?«

Ich grinste. »Nur ein bißchen Detektivarbeit, Lieutenant.« Sam gab sein glucksendes Knurren von sich, und wir gingen weiter. Vor dem Mittagessen hatte ich noch verschiedenes zu erledigen.

Nach dem Mittagessen versammelte sich der ganze Haushalt, Bart und Jenny eingeschlossen, in Carl Creels Arbeitszimmer. Außerdem leistete uns noch ein großer, stoischer Polizeisergeant namens Evans Gesellschaft, den Redaway auf mein Ersuchen herbestellt hatte. Alle standen unbehaglich herum und versuchten, nicht auf den Blutfleck zu treten. Caster saß neben Robert Creel und ließ sich von ihm am Ohr kraulen.

»Dann mal los mit der Milo-Morgan-Show«, sagte Redaway mit einem hämischen Grinsen. Alle Augen im Raum rotierten in meine Richtung, sogar die von Sam.

Wenn du schon mal die Aufmerksamkeit aller hast, dachte ich mir, läßt du sie am besten auch nicht mehr los. »Ich weiß, wer der Mörder ist«, sagte ich, »und das werde ich Ihnen jetzt beweisen.«

Sam trottete zur Tür und ließ sich dort mit ernster Miene nieder.

»Der Schlüssel zur Lösung des Falls liegt bei Caster«, sagte ich. »Als er gesehen wurde, wie er durch den Wald rannte, nahmen alle an, er würde etwas verfolgen. Aber vielleicht rannte er vor jemandem *davon* oder, genauer, irgendwo*hin*. Als ich ihn heute vormittag mit einem Knochen aus der Küche verschwinden sah, fiel mir ein, daß viele Hunde einen ganz bestimmten Platz haben, an dem sie ihre Knochen vergraben oder wo sie gerne drauf rumbeißen. Und wenn sie einen Knochen kriegen, laufen sie normalerweise sofort zu diesem Platz. Das ist reine Instinktsache, und dient dem Zweck, ihr Fressen zu sichern. Hunde sind solche Sklaven ihrer Instinkte, daß ihr Verhalten selten von der Norm abweicht.« Sam schien mich stirnrunzelnd anzusehen. »Die meisten Hunde«, fügte ich hinzu.

»Mörder sind nicht so berechenbar wie Hunde«, widersprach Redaway. »Falls Sie nicht gerade glauben, Caster hätte Carl Creel erschossen, kommen Sie endlich zur Sache.«

»Sie haben mir erzählt, James«, sagte ich, an den jüngsten Creel gewandt, »daß Sie am Tag, als der Mord geschah, im Wald schießen waren und daß Caster Sie begleitet hat.«

James Creel nickte. Seine grauen Augen waren gelassen und blinzelten nicht.

»Dem entnehme ich, daß Caster, der im Raum war, als Carl erschossen wurde, an das Krachen eines Schusses gewohnt war.«

Über Redaways schmales Gesicht legte sich plötzlich ein Ausdruck ungläubigen Staunens. »Sie wollen doch nicht etwa behaupten, Caster wurde dazu abgerichtet, die Tatwaffe zu beseitigen!«

»Ein Hund könnte auf keinen Fall so abgerichtet werden, daß er diese Aufgabe mit hunderprozentiger Gewißheit durchführt – vor allem nicht, wenn davon abhängt, ob man wegen Mordes angeklagt wird oder nicht. Ganz abgesehen davon, daß die Waffe trotzdem gefunden werden könnte.«

»Das bringt uns also nicht weiter«, sagte Millicent Creel ungeduldig, ihr pummeliges Gesicht in Falten gezogen. Sobald sie verstummt war, wandte ich mich Vincent zu.

»Ich war im Keller unten, um mir ihre Heimwerkergeräte anzusehen«, sagte ich ruhig, »habe gefunden, was ich gesucht habe.«

»Und das wäre?«

»Knochen«, sagte ich. »Winzige Knochensplitter.« Vincent bewegte sich unwillkürlich ein Stück in Richtung Tür. Sam knurrte, und Redaway stellte sich neben Vincent. Redaway, obwohl immer noch skeptisch, schaltete allmählich.

»Sie haben sich Ihr handwerkliches Geschick zunutzegemacht, um eine einfache Schußwaffe aus Knochen zu basteln«, sagte ich. »Etwas in der Art wie die selbstgebauten Pistolen, wie sie die Street Gangs verwenden. Nur daß Sie, anstatt ein Metallrohr zu verwenden, in einen Knochen ein Loch mit dem exakten Durchmesser einer Pistole vom Kaliber 22 gebohrt und dann einen Hahn und einen Bolzen daran befestigt haben. Gewiß, die Waffe war primitiv, und vermutlich brauchten Sie zum Zielen und Abfeuern beide Hände, aber Sie mußten ja auch nur einen Schuß abgeben, und das aus geringer Entfernung. Nachdem Sie diesen Schuß abgefeuert hatten, gaben Sie die Waffe Caster. Sie wußten, er würde damit weglaufen, daran herumnagen und sie schließlich vergraben. Sie liefen in den Keller. Und dann taten Sie so, als kämen Sie nach oben gerannt, um zu sehen, was es mit dem Schuß auf sich hatte, den Sie selbst abgefeuert hatten.«

Vincent Creel war sichtlich nervös. »Morgan, wenn Sie glauben, damit könnten Sie ...«

»Was, Mr. Creel?« fragte Redaway, bei dem inzwischen der Groschen gefallen war.

»Sie haben keinen Beweis, Morgan!«

An diesem Punkt zog ich ein Glas Meerrettich aus der Tasche und strich Caster etwas auf die Hinterläufe. Sam legte ich eine Leine an und drückte sie Sergeant Evans in die Hand. »Sam ist ein hervorragender Spürhund«, sagte ich, »und er liebt Meerrettich über alles. Der Geruch macht es wahrscheinlich etwas einfacher.« Aus der anderen Tasche nahm ich einen Steakknochen vom Mittagessen und hielt ihn Caster hin. Der große Setter schnappte mit den Zähnen danach und hatte es so eilig, nach draußen zu kommen – die Tür zum Garten war auf meine Veranlassung offengelassen worden –, daß er erst ein paarmal mit den Pfoten durchrutschte.

»Wenn Sie einfach Sam folgen würden, wie er Casters Fährte aufnimmt«, sagte ich zu Sergeant Evans, »werden Sie bestimmt zu der Stelle kommen, wo Sie nach einigem Rumschnüffeln Ihrerseits die Mordwaffe finden werden.«

Sam drückte seine Knautschnase auf den Teppich und schnaubte und schnaufte bereits wie eine Dampflokomotive, die sich eine Steigung hinaufkämpft. Evans wurde fast umgerissen, hielt aber an der Leine fest und lehnte sich zurück, um sein Gleichgewicht zu halten, als ihn Sam quer durch den Raum und zur Tür hinaus zerrte.

»Gehen wir doch ins Arbeitszimmer«, schlug ich vor.

Die Atmosphäre dort war vielleicht kühl, kann ich Ihnen sagen. Kühl und gespannt. Niemand sagte auch nur fünf Worte, bis eine halbe Stunde später Sergeant Evans und Sam hereinkamen. Ich weiß nicht, welcher der beiden zähen Verbrechensbekämpfer breiter grinste.

Evans zeigte uns den Knochen, den er in wenigen

Zentimetern Tiefe in frisch aufgewühltem Erdreich gefunden hatte. Wirklich eine bewundernswerte Arbeit, ein großer Hinterbeinknochen, der grob der Form einer Handfeuerwaffe ähnelte. Der Länge nach, etwas von der Mitte versetzt, war ein sauberes, rundes Loch durch den Knochen gebohrt, so daß es nicht mit dem Mark zusammenkam. Die leere Patronenhülse steckte noch in dem Loch, das am hinteren Ende einen größeren Durchmesser hatte, um genügend Platz für einen Knochenzylinder mit einem aus einer abgefeilten Schraube bestehenden Bolzen zu lassen, der vermutlich mit Hilfe eines starken Gummibandes gegen die Patrone katapultiert worden war. Diese Schraube war der einzige metallische Bestandteil der eigentlichen Schußwaffe; Caster hätte nur noch ein bißchen mehr daran herumnagen müssen, und sie wäre zusammen mit der leeren Patronenhülse abgefallen, so daß die ganze Konstruktion wie ein x-beliebiger, von einem Hund mißhandelter Knochen ausgesehen hätte. Ich nahm an, Vincent Creel hatte seinen Bruder erschossen, das Gummiband in seinem Ärmel versteckt, Caster die Knochenpistole gegeben und gedacht, er wäre aus dem Schneider. Das perfekte Präzisionsarbeitsverbrechen. Fast.

Vincent Creel, sein Gesicht inzwischen fast purpurrot, schnauzte mich an und wollte von seinem Sessel aufspringen. Doch Redaway und Sam knurrten zurück, und er ließ sich wieder zurücksinken.

Redaway zog eine kleine Karte heraus und las Creel seine Rechte vor, dann nickte er Evans zu, der Creel Handschellen anlegte und ihn abführte. Die restlichen Familienmitglieder schauten schockiert drein, bis auf Millicent, die mit einem Taschentuch ihre Kartoffelnase betupfte.

»Was ich nicht verstehe«, sagte Robert Creel. »Warum hat Vincent einen Privatdetektiv engagiert, obwohl er der Mörder war?«

»Um den Verdacht von sich zu lenken«, sagte ich. »Und außerdem dachte er, er hätte nichts zu befürchten.«

»Außerdem hat er den unfähigsten Privatdetektiv weit und breit engagiert.« Redaway war wieder ganz der alte. Die Gehässigkeit in Person. Er wußte, die Festnahme würde auf sein Konto gehen.

»Damit wäre er nicht der erste, der unsere Firma unterschätzt hat«, konterte ich.

Ich dachte, was stehen wir hier noch rum und lassen uns dumm anreden, und wandte mich mit Sam zum Gehen. Redaway stand uns im Weg. Als jedoch Sam schnurstracks auf ihn zulief, machte er Platz. Ich drehte mich um. »Tut mir leid, daß es kein Eindringling war«, sagte ich zu den immer noch fassungslosen Creels. Zu Redaway sagte ich nichts, nicht mal Wiedersehen. Sam und ich gingen allein nach draußen und blickten uns nicht um.

Erst als wir in unserem Büro zurück waren, dämmerte es mir. Sam sah aus dem Fenster, auf die Skyline der Stadt hinaus, ich ging am Schreibtisch die Post durch. Da wir die Tat unserem Klienten angehängt hatten, war niemand da, der unser Honorar zahlte. Toller Job! Fluchend knüllte ich die halbgeschriebene Rechnung zusammen und warf sie in den Papierkorb.

Sams Gesicht konnte ich nicht sehen, aber seine Schultern bebten, als lachte er. Ein Hundeleben ist das. Wirklich.

Deutsch von Sepp Leeb

HERBERT RESNICOW

Die Hundenummer

Wenn es darum geht, einen Verdächtigen
auszuschnüffeln, dann ist
ein Hund der beste Detektiv …

Ein guter Witz gefällig?
Da kommen dieser Bursche und sein Hund in das
Büro eines Agenten. »Ich hätte eine gute Hundenummer
anzubieten«, sagt er.

»Die hab' ich schon zur Genüge«, antwortet der Agent.
»Viel zu viele.«

»Mit dieser Nummer ist das etwas anderes«, beharrt
der Bursche. »Ein sprechender Hund.«

»Bauchredner kommen mir schon zu den Ohren heraus.«

»Kein Bauchreden«, sagt der Bursche. »Sie können
meinen Adamsapfel beobachten.«

»Dann machen Sie es eben, ohne Ihren Adamsapfel zu
bewegen. Ich brauche immer noch keine Bauchredner.«

»Hören Sie doch einfach zu, ja?«

»Okay«, sagt der Agent. »Sie haben eine Minute.«

Der Bursche wendet sich dem Hund zu und fragt:
»Welches Kartenspiel spielst du am liebsten?«

»Mau-Mau!« klafft der Hund.

»Und was ist das Gegenteil von glatt?«

»Rrrrauh!«

»Und wenn du zuviel trinkst, endest du im …?«

»Suff!«

»Raus!« brüllt der Agent. »Macht, daß ihr hier raus-
kommt, ihr Schwindler! Und wagt es ja nicht, zurückzu-
kommen!«

Der Mann und der Hund drehen sich um und gehen auf den Ausgang zu. Sie sind sehr deprimiert. An der Tür bleibt der Hund stehen, dreht sich zu dem Mann um und fragt kleinlaut: »Delirium tremens?«

Toller Witz, nicht wahr? Als ich ihn zum erstenmal hörte, habe ich mich vor Lachen gekugelt. Sie auch, stimmt's? Aber wenn Sie ihn zum zweitenmal hören würden, hätten Sie dann auch gelacht? Ein wenig vielleicht? Okay, aber wie wäre es dann beim drittenmal? Beim sechstenmal? Glauben Sie mir, beim zehntenmal würden Sie sogar einen Ihrer besten Kunden davon abhalten, ihn zu erzählen.

Das ist normal. Wissen Sie auch, warum? Weil Sie ihn schon vorher gehört haben? Falsch. Sonst verraten Sie mir bitte, warum Sie auf die Ankündigung Barbra Streisands, sie werde jetzt ein Lied singen, das Sie vorher schon neunundneunzigmal gehört haben, mit Applaus reagieren, obwohl sie noch nicht einmal den Mund aufgemacht hat. Und was ist, nachdem Sie das Lied zum hundertstenmal gehört haben? Dann applaudieren Sie noch lauter. Warum? Lieben Sie das Lied? Gewiß, aber den Witz haben Sie auch geliebt. Okay, ich gebe Ihnen noch ein anderes Beispiel. Wie oft haben Sie Abbott und Costello mit der Nummer ›Wer ist zuerst dran?‹ gehört. Zehnmal? Fünfzehnmal? Zwanzigmal? Ich bin vom Fach und habe die Nummer der beiden mindestens fünfzigmal gehört. Zum Teufel, *ich selbst* habe die Nummer vielleicht *eintausendmal* aufgeführt – in diesem Gewerbe klaut *jeder* – und sie wirft mich immer noch vom Hocker. Auf der Bühne kann ich kaum an mich halten, und ich bin ein Profi. Und was Len betrifft, meinen Partner, der mir auf der Bühne immer die Fragen stellen muß oder mir dauernd in die Quere kommt, kann ich nicht begreifen, wie er es schafft, keine Miene zu verziehen. Sie dürfen nicht vergessen, daß er mich dabei beobachten kann, wie ich Grimassen schneide, was mir ja unmöglich ist.

Ich kann die Anstrengung, nicht zu lachen, so aussehen lassen, als bekäme ich einen Tobsuchtsanfall, aber Len ... Wenn er nicht alles absolut ernst nimmt, ist das ganze Programm im Eimer.

Nun, die Antwort lautete: Es liegt nicht nur an den Worten oder an der Musik; es ist das, was man daraus macht. Wenn Len und ich beispielsweise den Gag mit dem sprechenden Hund ins Programm aufnehmen, sitzt Len auf der linken Seite der Bühne hinter einem großen Schreibtisch und steckt sich eine dicke Zigarre an. Ich platze förmlich herein – komme nicht einfach hereinspaziert, sondern *platze* herein. Ich lechze so sehr nach einem Engagement, daß ich mich nicht beherrschen kann. Sobald ich merke, wie penetrant ich bin, befürchte ich, vielleicht meine letzte Chance verpatzt zu haben, einen Auftritt zu bekommen. Der Agent tut so, als sei er sehr beschäftigt. Eine volle Minute lang schaut er nicht vom Schreibtisch auf, während ich allmählich in Wut gerate. Ich bin schlampig gekleidet, trage nicht meine normale weite Hose, sondern einen übergroßen, zerknitterten, alten Anzug und eine verwegene graue Perücke – mein Kostüm eines verrückten Wissenschaftlers. Len, der Agent, trägt eine Melone. Wenn er aufschaut, bläst er mir Zigarrenrauch ins Gesicht. Ich bin so begierig darauf, einen Auftritt zu bekommen, daß ich den Rauch nicht einmal mit der Hand verscheuche. Ich lege meine Hände auf seinen Schreibtisch und er wirft mir einen *Blick* zu. Sofort nehme ich meine Hände wieder weg. Stehe aufmerksam da. Begreifen Sie? Wir erzählen keinen Witz, wir treten in einem Theaterstück auf. *Schauspielern.* Ein richtiges Theaterstück. Mit einer tollen Pointe am Schluß. Wenn Trixie – das ist die süßeste kleine terrierähnliche Hündin, die Sie je gesehen haben, und der intelligenteste Vierbeiner, mit dem ich je gearbeitet habe –, wenn die also zu mir aufschaut, als wenn sie befürchten würde, ihre falsche Antwort würde uns den Job kosten, und dann mit dieser süßen, traurigen Stimme ›Delirium tremens?‹ fragt ... *PAFF!* Blackout! Ich versichere Ihnen, das Publikum rast. Gerät völlig aus dem Häuschen. Wir verwenden die Nummer als Schluß des ersten Programmteils der Show und haben drei, vier Vorhänge. Garantiert! Und als besonderen Knaller schicke ich dann Trixie allein heraus, damit sie sich wie ein Star verneigt. Das Publikum gerät noch einmal ins Toben. Und Sie können mir glauben, wir könnten diese Nummer zweimal in einer Nacht bringen, und die Leute würden sie nie leid werden. Weil es eine richtige Show ist, ein richtiges, aus dem Leben gegriffenes Stück. Traurig und lustig zugleich. Wie viele Male haben Sie einen großartigen Film gesehen oder ein Lied gehört, das sie lieben, oder einfach zum tausendstenmal Ihre Enkelkinder betrachtet? Von einigen Sachen kann man einfach nie genug bekommen.

Len und ich – wir sind gegenwärtig nirgends unter Vertrag. Wir treten nur ab und zu in Altenheimen und in den Kliniken für Kriegsveteranen auf, um in Übung zu bleiben. Wir reden uns immer ein, wir machten das, um ein gutes Werk zu tun, aber eigentlich tun wir es, um nicht durchzudrehen. Und um Applaus zu bekommen; auch davon kann man nie genug kriegen.

Trixie spricht natürlich nicht. Sie ist eine *Hündin,* zum Teufel! Ich übernehme das Bauchreden. Man muß nicht besonders genau hinschauen, um zu sehen, wie sich meine Lippen bewegen, denn ich kann nicht richtig bauchreden, aber wenn ich mein Gesicht zum Bühnenhintergrund gewandt habe und jeder sich auf Trixie konzentriert, merkt man nichts. Und Trixie spielt ihre Rolle perfekt. Ich berühre mein linkes Auge, und sie schaut mich an. Auf die gleiche Weise, auf die ich meine zum Bühnenhintergrund weisende Hand bewege, öffnet und schließt sie ihre Schnauze. Ich schnalze mit den Fingern, und sie hüpft in meine ausgebeulte Hose. Das erzielt immer einen Lacher. Und wenn ich meine Hose herunterlasse und Trixie heraussteigt wird wieder gelacht. Trixie und Len und ich, wir sind eben alte Profis. Zu alt. Sterben an Langeweile. Spielen den ganzen Tag Rommé. Dabei hatte ich auch die Eingebung. Beim Romm_éspielen.

»Len«, sagte ich, ordnete die Karten und steckte sie weg. »Ich habe eine fantastische Idee.«

»Was machst du denn da, Arnie?« beschwerte er sich. »Du liegst fünfzig Punkte im Rückstand und hörst auf? Hörst einfach auf und schuldest mir immer noch fünfzig Cent!« Len ging es nicht ums Geld, sondern ums Prinzip. Er trachtet danach, mich soweit zu bringen, daß ich ihm einen Dollar schulde. Ha! Soll er erst einmal so lange leben! *Wir* beide sollten erst einmal so lange leben.

»Warum spielen wir Rommé?« fragte ich. Man muß sehr darauf achten, wie man mit seinem Partner redet, denn bei einer komischen Nummer hat er die schwierigste Rolle. Sein Timing muß absolut perfekt sein. Wenn man sich also mit ihm unterhält, muß alles genau ins Schwarze treffen. Ganz genau.

»Weil ich und Jean, und du und Hallie genug auf die hohe Kante gelegt haben, um nicht mehr arbeiten zu müssen, allerdings nicht genug, um uns in einem dieser tollen Country Clubs einzufinden. Außerdem hasse ich Golf.«

»Würdest du in einen Country Club gehen, wenn du in der Lotterie gewonnen hättest?«

»Machst du Witze?« Er warf mir einen angewiderten Blick zu. »Mit wem soll ich mich denn da unterhalten? Und was soll ich sagen? Wir sind die letzten Vertreter einer sterbenden Zunft, Arnie. Selbst im Friars … Heutzutage gibt es keine richtigen Komödianten mehr, nur noch Komiker, die im Stehen Witze erzählen. Mit Mikrofonen. Die sind nicht einmal in der Lage, selbst etwas zu entwerfen. Erzählen Einzeiler, die Sie irgendwelchen Jungs vom College abgekauft haben. Hast du schon jemals über einen dieser Witze lachen können?«

»Du sprichst mir aus der Seele, Len: Es gibt heutzutage keine richtigen Komödianten mehr. Wir sind das noch. Die einzigen Vertreter einer ganzen Zunft.« Ich ließ ihn eine Sekunde lang nachdenken, das war für Len genug. Er schnallt schnell. Bei der Arbeit kam es oft vor, daß irgend etwas falsch lief. Meinen Sie etwa, wir hätten innegehalten? Zum Teufel noch mal, natürlich nicht! Ein Profi hält niemals inne; er paßt sich den Gegebenheiten an. Manchmal ist das Ergebnis dann noch lustiger als vorher.

»Willst du wieder arbeiten? Ist es das?«

»Du etwa nicht?«

»Wo denn? Es gibt in diesem Land kein einziges Varietétheater mehr.«

»Wir machen unser eigenes Varietétheater auf. Ann Corio hat es mit seinem *Das war das Varieté!* doch auch geschafft. Jahrelang war er damit auf Tour.«

»Das ist über zwanzig Jahre her. Die Zeiten haben sich geändert. Unser eigenes Varietétheater aufmachen? Das kannst du vergessen!« Er streckte seine linke Hand aus und begann, an den Fingern abzuzählen. »Erstens haben wir nicht genug Geld, um auch nur anzufangen. Weißt du, was heutzutage ein Tanzorchester kostet? Die Theatermiete? Acht Tänzerinnen? Ein Sänger? Zweitens, wo kriegen wir die Mädchen her? Einen Striptease machen ist etwas anderes als sich bloß auszuziehen; es ist eine Kunst. Heute gibt es kein Mädchen mehr, das auch nur annähernd an eine Honey Deare und eine Jasmine Lafleur herankommt. Annähernd? Zum Teufel noch mal, die sind doch nicht einmal imstande, ihren Tanga anzubehalten.« Er sprach von Hallie und Jean; zu ihren Zeiten waren sie große Stars gewesen. Sie heizten dem Publikum so richtig ein und bekamen am Ende mehr Applaus dafür, noch *zweimal* soviel am Leib zu tragen als heutzutage einige Fotomodelle in der Fernsehwerbung, die von Kleinkindern gesehen wird. »Drittens wird keiner auch nur einen müden Dollar zahlen, um sich Girls mit Brustkörbchen und Tangas anzuschauen, wenn man zum nächstbesten Strand gehen kann und ... Zum Teufel, es gibt Bars, die sind gar nicht weit von hier entfernt, in denen sind schon die *Kellnerinnen* fast vollkommen nackt.«

Ich wartete, bis er fertig war; Len konnte es nicht leiden, unterbrochen zu werden. »Ganz genau, Len. Aber was sie nicht haben, sind Komödianten. Richtige Komödianten. Wie viele Nummern kennst du?«

Len schob seine Unterlippe nach vorne und dachte eine Sekunde nach. »Einige Hundert. Dreihundert vielleicht.« Er begriff, worauf ich hinauswollte. »Du willst eine Varietéshow ohne Girls machen? Unmöglich. Und zudem brauchen wir Kulissen.«

»Die Hälfte der Nummern lassen sich vor dem Vorhang spielen. Eine Menge weiterer Nummern kann man mit den Utensilien durchführen, die im Keller jedes Theaters herumliegen. Und da erzählst du mir, wir bekämen keine Show zusammen?«

»Für eine ganze Reihe Nummern braucht man eine Frau, die irgend etwas sagt. Möglicherweise zwei. Für einige der besten benötigt man viele Girls. Wo sollen wir die passenden Mädchen finden? Die müssen zwei Monate lang proben, bevor sie auch nur die Grundlagen gelernt haben. Und das wären dann *Schauspielerinnen!* Und die könnten auch nicht einen einzigen Satz sagen ohne einen geschriebenen Text. Sie könnten auch nicht improvisieren. Würdest du einer Schauspielerin zutrauen, daß sie die Stimmung im Publikum mitkriegt oder mit unserem Timing harmoniert? Das Varieté ist etwas anderes als ein klassisches Theaterstück.«

»Zwei der besten haben wir direkt hier vor uns auf unserer Veranda. Hallie und Jean.«

Er drehte sich um und betrachtete unsere Frauen. Sie strickten und führten Frauengespräche. »Ja, sie waren die besten. Aber Hallie hat ein wenig zugenommen, und Jean ist magerer geworden.«

»Herrgott, sie werden sich ja auch nicht ausziehen; sie machen bei den Sketches mit. Ein bißchen Make-up, ein bißchen Rouge – und sie werden hervorragend aussehen. Alles, was wir brauchen, sind ein paar junge Mädchen, die dort einspringen, wo wir sie brauchen. Statistenrollen. Sagen müssen sie nichts.«

»Und woher nehmen wir das Publikum? Wer wird das bezahlen? Wie viele von uns alten Querulanten gibt es überhaupt noch, die sich an all das erinnern?«

»Das ist es ja gerade. *Keine.* Wir haben ein ganz jungfräuliches Publikum. Wir werden ihm das *wirkliche* Varieté nahebringen. Ich habe heute im Wörterbuch nachgesehen. Satire. Parodie. Ausziehnummern. Wie bei den alten Griechen. Fünfzehn Nummern pro Programmteil. Zwei Programmteile. Dreißig lustige Auftritte pro Vorstellung. Kurzauftritte, um genau zu sein. Schau nur, wie viele Leute zu *Benny Hill* gekommen sind. Und wir werden sie vom Hocker hauen.«

»Du hast immer noch nicht beantwortet, mit welchem Geld wir das Theater mieten sollen.«

»Wir mieten es gar nicht. Wir verkaufen uns als Programm. Wir vier und die beiden neuen Mädchen. Sechs. Und Trixie. Sieben. Wir beginnen im Borscht Belt, dann sind die Catskills dran. Wenn wir dort gut ankommen, gehen wir nach Atlantic City, nach Las Vegas, vielleicht sogar bis *Hollywood.* Wir können jede Nacht zwei Shows bringen, zwei völlig unterschiedliche Shows. Weißt du, was das in Geld umgerechnet bedeutet? Zwei völlig unterschiedliche Shows mit nur sechs Leuten?«

»Trixie frißt nicht viel. Und sie ist ein Profi.«

Als wir zum erstenmal auswärts auftraten, bekamen wir keines der großen Hotels. Die waren alle extrem vorsichtig und wollten sehen, wie wir ankamen, bevor sie uns buchten. Ich mache ihnen deswegen keinen Vorwurf; sie werden alle von großen Gesellschaften geführt und können keine Risiken eingehen. Sie würden eher große Summen für gut etablierte Attraktionen zahlen. Wenn der große Name ein Flop wird, kann keiner die Hotelleitung kritisieren. Wenn wir – *Die Len und Arnie Show* – jedoch an einem wichtigen Ferienwochenende einen Flop landen, kann sich derjenige im Hotel, der uns engagiert hat, eine neue Arbeit suchen.

Wir sechs – wir hatten zwei nette Mädchen aufgegabelt: Elaine Gorton und Isabel Bandera; sie verfügten zwar über keine große Erfahrung, waren aber intelligent, hübsch und arbeiteten hart – waren in unserem neuen Wohnmobil zum Restawee Mountain Lodge Hotel gekommen und bereit, an diesem Abend die Show aufzuführen. Es war nicht gerade einer der großen Veranstaltungsorte und der Eintritt war ebenfalls nicht besonders hoch, aber in der Anfangsphase muß man eben so manches in Kauf nehmen. Der Leiter des Theaters, Ralph Millry, zeigte uns unsere Zimmer – es waren natürlich die schlechtesten, die sie anzubieten hatten – und stellte mich dem Bandleader vor. Es war nur eine fünfköpfige Kapelle, aber zumindest war für Trommelwirbel und Beckentusch bei den Blackouts gesorgt.

Millry machte mir allerdings Sorgen. Dieser Sorte war ich schon vorher begegnet: sanft und schleimig, mit angeklatschten schwarzen Haaren und blassem Gesicht. Gewiß, er war ein Profi, würde uns gut einführen, und auch die Arbeit hinter der Bühne würde klappen; er würde keinesfalls seinen Lebensunterhalt ruinieren. Nein, es waren die Girls. Einige Theaterleiter glauben, die Mädchen seien im Trinkgeld inbegriffen. Nun, bei meiner Truppe würde das nicht laufen. Was ihr draußen treibt, sagte ich den beiden Girls, ist eure Angelegenheit. Im Theater wird jedoch gearbeitet, und ich erwarte von euch professionelles Verhalten. Wenn euch jemand bedrängt, sagt es mir. Ich bin nicht groß und auch nicht stark, aber mein Programm lasse ich mir von keinem kaputtmachen.

Wir vier gingen die Treppe hoch, um uns nach der Reise etwas auszuruhen – wir waren immerhin nicht mehr so jung wie früher. Elaine und Isabel beschlossen, am Swimming-pool etwas Sonne zu tanken. Vielleicht wollten sie ja auch ihre Figur ein wenig zur Geltung bringen und ein paar nette Jungs treffen. Warum auch nicht? Sie waren jung. Ich sagte allen, daß wir uns um vier im Gesellschaftssaal treffen würden, um noch einige Abläufe durchzugehen, ein Gefühl für die Bühne zu bekommen, unsere Kostüme und Perücken aufzuhängen, unsere Requisiten zurechtzulegen, die Beleuchtung auszurichten und die Einsatzzeichen festzulegen. Alles wie gewohnt.

Es war vier Uhr, und Isabel war nicht da. Das entsprach nicht dem guten Eindruck, den sie die zwei Wochen unserer gemeinsamen Arbeit bei mir hinterlassen hatte. Isabel war ein ernster Mensch, sie trank nicht, war nicht auf den Kopf gefallen. Elaine sagte, sie hätten ein paar nette junge Männer getroffen – Bernie, einen Angestellten, und Harris, einen Lehrer – und vereinbart, sich vor der Show an ihrem Tisch zum Abendessen zu treffen. Ich sagte Elaine, sie solle alles absuchen, und schickte Hallie mit ihr mit. Die beiden Jungs waren am Swimming-pool und beschworen, Isabel seit ein paar Stunden nicht mehr gesehen zu haben.

Jetzt machte ich mir ernsthaft Sorgen. Wir sahen an allen Plätzen nach, die in Frage kamen, fanden aber keine Spur von Isabel. Schließlich ließ ich Elaine die Kleider herunterbringen, die Isabel auf der Hinreise getragen hatte, und Trixie an ihnen schnüffeln. Sie ist zwar kein Bluthund, aber selbst der unfähigste Hund kann noch tausendmal besser riechen als der fähigste Mensch. Im Grunde meines Herzens wußte ich jedoch, daß es zu spät war.

Trixie und ich fanden Isabel im Lagerraum hinter der Bühne. Zusammengeschlagen und erwürgt. Gräßlich. Ihr Kleid war zerfetzt, ihr Slip war ihr vom Leib gerissen worden. Ich sagte Hallie, sie solle den Sheriff informieren und unverzüglich kommen lassen. Unauffällig. Zusammen mit Len und Trixie blieb ich vor der Tür zum Lagerraum stehen, um sicherzugehen, daß keiner irgend etwas veränderte. Welche Beweismittel auch immer da sein mochten, es sollte da nichts durcheinandergeraten. In meinem Alter wollte ich mich außerdem nicht allein mit einem Kerl in Ralph Millrys Alter anlegen. Ich wußte, daß er es getan hatte; mit Sicherheit war es keiner von den beiden netten jungen Burschen gewesen. Ich meine, warum hätten sie das tun sollen? An Orten wie diesem kommen nicht nur drei Mädchen auf einen Jungen, so daß die Burschen auswählen konnten; sie hatten sich ja auch bereits mit Isabel und Elaine verabredet. Der Natur ihren freien Lauf zu lassen, war viel einfacher, als zu versuchen, Isabel in einem Lagerraum zu vergewaltigen. Es mußte einfach Millry, diese Laus, gewesen sein. Konnte ich Beweise dafür bringen? Nein, verdammt noch mal, beweisen konnte ich gar nichts. Ich war jedoch so lange herumgekommen, daß ich mit meinem Instinkt meistens richtig lag. Len war mit mir einer Meinung, und wenn er das ist, kann man seine Schuhe darauf verwetten, daß ich recht habe.

Sheriff Dan Kramer war ein stattlicher Mann mittleren Alters, durchschnittlich groß, ein wenig schwerer als üblich und Brillenträger. Kein Trottel, aber auch kein Genie. Er ging in den Lagerraum, um einen flüchtigen Blick auf alles zu werfen. Als er herauskam, sah er genauso aus, wie ich mich fühlte. »Ich benachrichtige den Coroner«, sagte er.

Als er mit seinem Anruf fertig war, sagte ich ihm, wen wir der Tat verdächtigten. Inoffiziell gab er uns zu verstehen, aß ihn das nicht weiter überraschen würde. Jetzt war ich überrascht. »Wenn Sie wissen, daß er es war, warum unternehmen Sie dann nichts?«

»Ich *weiß* es nicht«, sagte er. »ich *glaube* es. Ich brauche Beweise. Wenn es Fingerabdrücke geben würde … Aber die werden nicht da sein. Er ist nicht besonders schlau, aber wenn es darum geht, sich selbst zu schützen … Es ist eben nur so, daß sein Ruf … Mir kommt da so einiges zu Ohren. Gerüchte, Beschwerden, die nie in den Akten gelandet sind … Er ist nicht aus dieser Gegend – es ist jetzt seine erste Saison –, die Eigentümer des Hotels sind daher völlig ahnungslos.«

»Und Sie lassen ihn damit ungestraft davonkommen? Mit dem Mord an diesem netten, unschuldigen Mädchen?«

Er wirkte traurig. »Es könnte sein, daß ich das tun muß.«

Ich glaubte ihm. Aber auch wenn er bereit war, Millry ungestraft mit einem Mord davonkommen zu lassen, ich war es nicht. Wenn es sein muß, kann ich eine Menge hinnehmen, aber das konnte ich nicht vertreten. Isabel Bandera war eines meiner Mädchen, und wir Profis müssen doch zusammenhalten. Wenn wir das nicht tun, wird sich auch kein anderer für uns einsetzen, soviel ist sicher.

»Ich wollte eigentlich nichts mit der Sache zu tun haben«, sagte ich und führte mich auf wie ein verlegener Zivilist, »aber was würden Sie sagen, wenn ich Ihnen mitteile, daß es einen Zeugen gab?«

Das Gesicht des Sheriffs hellte sich auf. »Wirklich? Das hätten Sie sofort sagen sollen!«

»Nun, der Grund dafür war … Das kann ich Ihnen nicht einfach so erzählen, das muß ich Ihnen zeigen. Hören Sie, machen Sie den Gesellschaftsraum leer und trommeln Sie alle zusammen.«

»Auch Millry?«

»Ihn auf alle Fälle. Holen Sie auch diese beiden jungen Burschen – wie hießen sie doch gleich? –, Bernie und

Harris, mit denen sich Elaine und Isabel verabredet hatten. Elaine wird Ihnen zeigen, wer das ist. Tun Sie so, als würden Sie auch sie verdächtigen, aber glauben Sie mir: Für diese Sache kommt kein anderer als Millry in Frage. Stellen Sie sie auf die Bühne, leuchten Sie sie aus, so daß alles so aussieht, als ob sie sie für eine Identifizierung aufstellen würden. Damit es auch echt wirkt, holen Sie noch ein paar Hilfskellner dazu.«

»Sie nicht?«

»Ich bin auch da, aber ich muß mich um andere Dinge kümmern. Machen Sie einfach das, was ich Ihnen sage, stellen Sie die richtigen Fragen – ich schreibe sie auf, damit Sie auch nichts falsch machen –, und der Zeuge wird den Mörder identifizieren.«

Eine halbe Stunde später standen die Verdächtigen mit Millry in der Mitte auf der Bühne, jeweils eineinhalb Meter voneinander entfernt, mit dem Gesicht nach vorne, etwa drei Meter vor den Rampenlichtern. Hinter ihnen, vor dem Bühnenhintergrund, stellte ich für mich einen Stuhl hin, auf dem ich sitzen konnte. Die Scheinwerfer waren so ausgerichtet, daß sie den Verdächtigen direkt ins Gesicht leuchteten. Wenn man nicht daran gewöhnt ist, kann das einen ganz schön aus der Fassung bringen.

Kramer gab bekannt, daß Isabel ermordet worden war und daß er die Mitarbeit aller benötigte. Es sei kein Zwang, meinte er, aber er legte jedem eindringlich ans Herz, mitzumachen. Die Verdächtigen und insbesondere Millry machten einen schockierten und verwirrten Eindruck, aber wie hätten sie auch sonst wirken sollen?

Während der Sheriff sprach und ihre Aufmerksamkeit auf sich lenkte, kam ich ganz leise aus dem Bühnenhintergrund hervor und setzte mich in den Stuhl hinter ihnen. Dann kam Len von der rechten Seite auf die Bühne und setzte Trixie vor die Reihe, mit dem Gesicht zu den Verdächtigen gewandt, und zwar so, daß sie mich deutlich und direkt hinter Millry im Blickfeld hatte. Mit ein wenig Glück würde Millry denken, Trixie schaue ihn direkt an. Dann stellte sich Len ans Ende der Reihe.

Ich berührte mein linkes Auge. Trixie hob den Kopf und schaute mich an. Ich hoffte inständig, daß Millry, dieser Hurensohn, der Schweiß ausbrach. Der Sheriff stand auf der rechten Seite der Bühne in der Nähe der Rampenlichter. »Das ist Trixie, der berühmte sprechende Hund«, erzählte Kramer den Verdächtigen. Dann drehte er sich um und blickte auf Trixie. »Bist du bereit?« fragte er.

Ich machte mit der Hand die entsprechenden Zeichen. »Beerrrreit!« sagte Trixie und öffnete synchron dazu ihr Maul. Die Verdächtigen schauten sich gegenseitig an, ihnen war nicht wohl in ihrer Haut, sie begriffen noch nicht, was das alles sollte.

Kramer hielt seinen Blick auf Trixie gerichtet. »Warst du im Lagerraum, als Isabel Bandera ermordet wurde?« fragte er.

»Rrrrichtig!« sagte Trixie. Millry hatte keine Möglichkeit, dagegen einzuschreiten; sobald er den Mund auftat, kam das praktisch einem Geständnis gleich.

»Wer hat Isabel ermordet?« fragte Kramer Trixie.

»R-R-R-R-Ralph!« sagte Trixie. Mit ausgestreckten Händen stürzte sich Ralph Millry auf die Hündin, wollte ihr ans Leder. Ich schnalzte jedoch mit den Fingern, und sie flitzte an ihm vorbei und sprang auf meinen Schoß.

»Das ist eine Lüge!« schrie Ralph und drehte sich blitzschnell um. »Hört nicht auf ihn; er ist ein *Hund!*« Er stürzte sich auf mich. Len versuchte, ihn aufzuhalten, aber Ralph stieß ihn beiseite. Als er mich erreicht hatte, ließ ich meinen Fuß von der Seite gegen sein Knie schnellen. Er schrie auf, fiel um, und begann, auf mich zuzukriechen, immer noch versuchend, den einzigen Zeugen des Mordes umzubringen. Als er wieder nah genug herangekommen war, trat ich ihm mit dem anderen Fuß in sein häßliches Gesicht. Das war für Isabel.

Sheriff Kramer hatte seine Waffe gezückt, und schützte Ralph Millry. Der Mörder hielt die Hände über sein zerschundenes, blutendes Gesicht und schrie. »Ich habe es nicht getan! Es war Notwehr! Sie hat mich angegriffen! Sie hat damit angefangen!« Kramer legte ihm Handschellen um.

Hallie kam herüber, nahm Trixie aus meinen Armen und küßte sie. Warum auch nicht? Sie hatte es verdient; die beste vierbeinige Schauspielerin der Catskills. Elaine kam dazu, küßte auch mich, weinte. Dann kam Len, wischte sich den Staub von den Schultern. »Dein Timing war abwechslungsweise gar nicht so schlecht, Arnie«, meinte er. »Eines Tages wirst du noch ein richtig guter zweitklassiger Komödiant.« Er nahm meinen Arm und zog mich vom Stuhl hoch. »Geh jetzt nach oben und leg dich hin.« Er begriff, wie sehr mir die Anstrengungen die Kräfte geraubt hatten, begriff, daß ich mich am Abend nicht mehr auf den Beinen halten konnte, wenn ich keine Gelegenheit zur Entspannung bekam. »Wir müssen heute abend noch zwei Vorstellungen geben. Jean und Hallie und ich – wir werden schon dafür sorgen, daß alles klappt.«

»Heute abend treten wir auf?« Elaine konnte es nicht glauben. »*Zwei* Vorstellungen?«

»Die Show muß weitergehen«, sagte Jean zu ihr. »Aber heute abend wird Trixie sich für den ganzen Beifall bedanken.«

Deutsch von Gunther Seipel

Ellis Peters

Spannende und unterhaltsame Mittelalter-Krimis mit Bruder
Cadfael, dem Detektiv in der Mönchskutte.
»Ellis Peters bietet Krimi pur.«   NEUE ZÜRICHER ZEITUNG

Wilhelm Heyne Verlag
München

Anne Perry

Ihre spannenden Kriminalromane lassen das viktorianische Zeitalter wieder lebendig werden. Ein Muß für jeden Liebhaber der englischen Krimi-Tradition!

Ihre Romane im Heyne-Taschenbuch:

Frühstück nach Mitternacht
01/8618

Die Frau in Kirschrot
01/8743

Die dunkelgraue Pelerine
01/8864

Die roten Stiefeletten
01/9081

Ein Mann aus bestem Hause
01/9378

Wilhelm Heyne Verlag
München

Mary Higgins Clark

»Mary Higgins Clark gehört zum kleinen Kreis der großen Namen in der Spannungsliteratur.« *The New York Times*

Wilhelm Heyne Verlag
München